MINGUO TONGSU XIAOSHUO
DIANCANG WENKU

江南花雨·章台柳

民国通俗小说典藏文库·顾明道卷

顾明道◎著

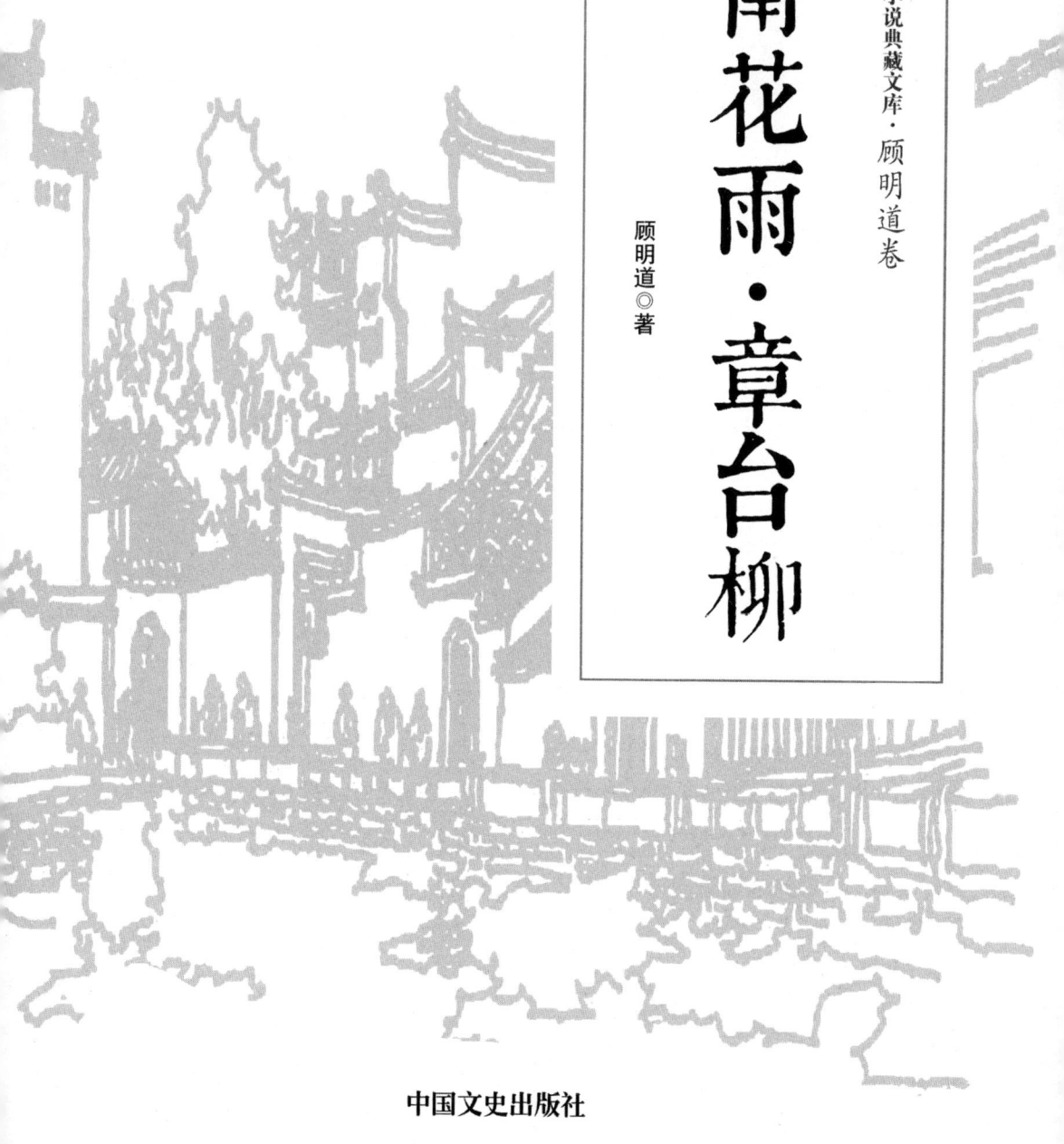

中国文史出版社

顾明道和他的小说（代序）

张赣生

在本世纪（指二十世纪）二十年代末，能与"南向北赵"并称的武侠小说作家只有顾明道。

顾明道（1897—1944），原名景程，江苏苏州人。他八岁丧父，自幼体弱，上学时膝部患骨结核（中医所谓骨痨）致残，行动依赖拄拐。他毕业于教会所办的振声中学，因学习成绩优秀，即留在该校任教，并受洗为基督教徒。1922年，范烟桥移居苏州，范氏在辛亥革命的时候就曾与友人组织"同南社"，诗酒唱和；这时又于七夕会同赵眠云、郑逸梅、顾明道等九人组织"星社"，以文会友。顾氏由此结识了一批文友，他一生的文学活动大体未超出这个小团体的范围。顾明道因一直希望医好腿疾，所以结婚较迟，抗战爆发后，他和母亲、妻子全家移居上海，苏州的家产毁于战火，从此落入贫病交加的处境中。他一生以教书为业，战前一直在苏州振声中学执教，迁居上海后一面写作，一面仍自办补习学校，招生授课，直至肺结核把他折磨得卧床不起才停办。病重时生活无着落，全靠朋友周济，终年只有四十八岁，身后凄凉。

了解了顾明道一生的经历，有助于我们客观地认识和评价他的小说。

从顾明道一生经历来看，腿残、留校执教、参加星社，这三件事深刻影响着他一生的文学事业。民国初年的上海，盛行哀情小说，即文学史上称之为"淫啼浪哭"的时期。1912年，徐枕亚的《玉梨魂》和吴双热的《孽冤镜》在《民权报》同时连载，随即又连载李

1

定夷的《贾玉怨》，流风所被，一片哀音。顾明道就在这种风气的影响下，开始试写小说，那时他只有十七岁，尚未成年。他的处女作是短篇言情小说，发表在高剑华主编的《眉语》月刊上，这是一份以知识妇女为读者对象的刊物，脂粉气很重，在该刊的创刊号上发表了一篇阐明办刊宗旨的《宣言》，其中说："花前扑蝶宜于春；槛畔招凉宜于夏；倚帷望月宜于秋；围炉品茗宜于冬。璇闺姐妹以职业之眼，聚钗光鬓影能及时行乐者，亦解人也。然而踏青纳凉赏月话雪，寂寂相对，是亦不可以无伴。本社乃集多数才媛，辑此杂志，而以许啸天君夫人高剑华女士主笔政。锦心绣口，句香意雅，虽曰游戏文章、荒唐演述，然谲谏微讽，潜移转化于消闲之余，亦未始无感化之功也。每当月子弯时，是本杂志诞生之期，爰名之曰《眉语》，亦雅人韵士花前月下之良伴也。"看了这篇《宣言》，读者当能了解此刊物的性质。顾明道在1914年左右开始写小说时，选中这样一个刊物投稿，也就表明顾氏本人的性格难免有些多愁善感的脂粉气。

我指出顾氏性格中的脂粉气，因为这决定着他文学作品的基调，丝毫也没有嘲讽顾氏之意，每个人都在一定的环境下养成他的性格，这没有什么可嘲讽的，我们要研究的只是事实。郑逸梅在《悼顾明道兄》一文中提到两件事，其一为："明道最初的作品，刊登在许啸天所辑的《眉语》杂志上，该杂志多载女作家的文字，他就化名梅倩女史，撰着短篇小说。有一位读者，是登徒子之流，写信追求他，缱绻缠绵，大有甘伺眼波之意。明道接到了信，大笑之下，用梅倩具名答复他。那个登徒子欣喜欲狂，寄给他一帧照片，请他交换'芳影'，并约他会晤某园。明道到这时，才用真姓名自行揭破。这一段趣史，明道时常讲给人听的。"其二为："《江上流莺》稿成，我曾为他写一小序，有云：'江山摇落，风雨鸡鸣，我侪丁斯乱世，应变无方，干禄乏术，臣朔饥欲死，乃不得不乞灵于不律，红茧缫愁，绿蕉写恨，借以博稿资而活妻孥。社友顾子明道固与予相怜同病者也。'明道读了，亦为之感喟百端，不能自已。"当时正值日寇侵作，人民生活困苦，对此局面"感喟百端"也是情理中的事，我们不必咬文嚼字，过分挑剔；但达到"不能自已"的程度，就难免少些丈夫气了。以上两件事都可证明顾氏确有些多愁善感的脂粉气。

顾明道养成这样一种性格，固然与前述民初上海文坛的时尚有关，在当时一些人的心目中，唯其如此才配称为"才子"，少了贾宝玉味道就被视为粗俗；但是就顾氏本身的内因而言，腿残对他心理上的影响，恐也不容忽视。肢体的残疾不仅影响着顾明道的性格，也限制着他的行动。郑逸梅《悼顾明道兄》一文说："这时他在吴门振声中学担任教务，因不良于行，往返不便，所以他住在校中。"顾氏是一位多半生未离他那中学小天地的人，缺少广泛的社会生活经历，在这方面，他既不能与同时的"南向北赵"相比，更不能与后来的"北派四大家"同日而语。对于这样一位学生出身，生活面狭窄，又多愁善感的作家来说，写言情小说自然是最方便的，他可以坐在家里凭自己的情感体验来打动读者，只要情感诚挚，哪怕写的只是他个人的小天地，也总会有其可取之处。但自向恺然《江湖奇侠传》引起轰动之后，报刊编者和出版商均热心于武侠一途，顾明道为适应这一潮流，便也改弦易辙，于1923年至1924年在《侦探世界》杂志发表武侠小说。1929年，他由杭返苏，途经上海，与当时主编《新闻报》副刊《快活林》的星社文友严独鹤相会，恰逢《快活林》需要连载长篇武侠小说，严约顾撰写，这就促成了他一生的代表作《荒江女侠》的问世。

《荒江女侠》刊出后竟大受欢迎，同年冬，上海三星图书局向新闻报馆购买版权出版单行本，至1930年8月已翻印四版，1934年11月更达到十四版，这在当时是很可观的销行数。可见其轰动的程度。由于此书畅销，顾氏也就续写下去，共出版了六集，并被友联公司改编为十三集连续影片，上海大舞台、更新舞台也改编为京剧连台本戏，风靡一时，大有凌驾《江湖奇侠传》之上的势头。这部小说之所以能取得如此出人意料的效果，今天的读者或许很难理解。当时最著名的武侠小说，是"南向北赵"的作品，向恺然连缀民间传说，自有其吸引人的一面，但却少了点爱情纠葛、哀感顽艳；赵焕亭的《奇侠精忠传》据说原有不少狎媟的描写，因而触犯禁例，出版时经过删削。顾明道于此际把武侠、恋爱、探险等成分捏在一起，就给读者一种新鲜感，满足了十里洋场那特定读者群追求新奇、热闹的要求，正如严独鹤在《荒江女侠序》中所说："以武侠为经，以儿女情事为纬，铁马金戈之中，时有脂香粉腻之致，能使读者时时转换眼光，而不假非僻之途，不赘芜秽之词。是以爱读者驰函交誉。"

顾明道用以吸引读者的另一个办法是写"冒险"，他在谈及自己的作品时说："余喜作武侠而兼冒险体，以壮国人之气。曾在《侦探世界》中作《秘密之国》《海盗之王》《海岛鏖兵记》诸篇，皆写我国同胞冒险海洋之事，与外人坚拒，为祖国争光者。枣又著有《金龙山下》一篇，可万余言，则完全为理想之武侠小说也，刊入《联益之友》旬刊中。又曾写《黄袍国王》长篇说部，记叙郑昭王暹罗之事，曾刊《大上海报》，后该报停版，余亦中止，他日拟出单行本以饷读者矣。又新著《龙山争王记》，则方刊于《湖心》周刊中，该刊为西湖小说研究社出版者也。襄年余为《新闻报·快活林》撰《荒江女侠》初续集，尚得读者欢迎，今由三星书局出单行本，三集亦在付梓中矣；又为《小日报》撰《海上英雄》初续集，则以郑成功起义海上之事为经，以海岛英雄为纬，以上两种皆由友联公司摄制影片。又尝作《草莽奇人传》，则以台湾之割让，与庚子之乱为背景也。"（转引自郑逸梅《悼顾明道兄》）所谓"冒险体"或"理想小说"，显然是接受了西方的小说观念，是指类似斯蒂文生《宝岛》或斯威夫特《格列佛游记》的体裁，譬如他所著的《怪侠》，写一个身负绝技的革命者，失败后率党徒逃亡海外，去非洲探险，与当地土著争斗，称雄异域，即是一例。

就顾氏的为人来说，他是一个正直、爱国的书生。"一·二八"日寇进犯上海，顾氏写了《国难家仇》《为谁牺牲》等小说，表示了他作为中国人的同仇敌忾之心。顾氏一生写过五十多部小说，以武侠和言情为主，也有社会、历史、侦探等作，他临终前，春明书店出版了他的最后一部作品《江南花雨》，这本小说具有自述的性质。

目　录

江南花雨

章 台 柳

2

江南花雨

前　奏

　　这是一个初春的黄昏，虽然已近花朝，而春风如剪，春寒凄厉，还没有显出良辰美景艳阳天的样子。但是在上海的马路上，虽然霓虹灯的样子一时已瞧不见了，马路上的汽车也寂寥得很，有几辆木炭汽车有时叭的一声很快地驶过，似乎很骄傲地表示出它们在今日之下不可多得的汽车阶级。然而本来很时式的流线型摩托卡，背后却变成多生了一个瘤的样子，减少了它的美观呢。唯有新兴的三轮车却是很多地在马路上疾驰，往往一男一女并肩而坐，似乎有女同车，乐何如之？这也显见得上海的人在这烽火弥天的时代里，仍然忘不了纸醉金迷的生活。而在所谓风化区的汕头路一带，在那些旧式的青楼里面，电炬璀璨，弦管嗷嘈，顿时热闹起来。

　　这时候有一辆三轮车慢慢地驶到了一家门口停住，程景便独自坐在这车上。他是一个四十多岁的男子，戴着呢帽，穿着大衣，鼻架眼镜，像是个士人的模样。但是面貌清癯，已没有张绪当年的风度，而几乎像个病维摩，今晚是第一次到这里来访问美人的妆阁。

　　而在门口早有龟奴站着等候，好像知道他快要来的样子，连忙带笑招呼说道："程爷来了。"伺候他上楼去。

　　上海的地方样样都随时改良，唯有这些妓院却仍是一仍旧贯，绝不改变它们的作风。在一间妆阁里，沙发上圆台边坐着七八个人，有的口里吸着雪茄，有的嗑着西瓜子，正在那里聊天。

　　"丁，今年你们行里的放款怎么样？可是紧得多吗？"一个瘦长

3

的西装男子向一位面团团戴着眼镜的丁先生说。

"董先生，你们厂里是老主顾了，不论贵厂或你个人要吃款子时，敝行没有不尽先答应的。今年你们的棉纱生意又赚进了多少万？"

董先生摇着头说："没有没有，今年的情形又不同了，原料缺乏是一个很严重的问题。"他说到这里又向旁边那个穿西装的少年问道，"朱先生，你去年在双马纱上大大地获利，今年怎么样了？"

西装少年将身子斜靠在沙发上，右腿搁在左膝上，口里嚼一片梨，微笑不答。

大家正在谈生意经，而程景来了，众人都立起身来，点头招呼。

中间有一个和程景年纪仿佛的男子，身上穿着一件淡灰的灰鼠袍子，脚踏黄色革履，脸上也戴着眼镜，头发却朝后梳得光光亮，神采奕奕，很有些雍容华贵的样子，很快地走到程景的身边，带笑招呼道："我们都来了，你却为什么姗姗来迟？"一边说一边请程景在沙发椅子里坐下，又回头对众人说道，"今晚对不起得很，我自己也因有些事情耽搁，所以到得不早，落在诸君后面，不然我们也可以做一局方城之戏呢。"原来此人就是今夕的东道主人葛雨生，也是程景的总角之交。

葛雨生又代程景和几个初次见的朋友介绍，但是其中如董仁夫和董廉清等却也是故雨。程景并不是一个商人，他不会和他们谈什么生意经，而众人也知道他是一个握笔管的朋友，当然也不来和他谈生意经，而反和他谈谈文艺，问问文坛上的消息。

一会儿外房已摆上了酒席，上面大光头的电灯都开亮了，越显得灯红酒绿，鸨母和婢仆都在一边殷勤地伺候众人入席。葛雨生也招呼众人到外边去入座，今天的宴会也是无所谓的，所以并没有推让的麻烦，大家随意而坐。程景便和董仁夫葛雨生坐在一块儿。那徐娘虽老风韵犹存的老本家绿宝和一个名唤金凤的，还有一个十四五岁雏发覆额的小妮子，坐在主人葛雨牛的旁边，拿着白兰地敬酒。

程景东张西望的脸上似乎露出失望的样子，得个空就向葛雨生带笑问道："你所说的伊人在哪里？怎么不见倩影？室迩人远，莫非要像《琵琶行》里所说的'千呼万唤始出来，犹抱琵琶半遮面'吗？不要使我徒劳往返，搔首踟蹰啊。"

"请你耐心一点儿，今天真是不巧，伊到外面去唱堂差去了，停会儿你总可以瞧见的。"葛雨生轻轻地向程景说。

"大概堂会很多吧？不要过了时候才回来，使人家扫兴，我深悔来迟些儿了。"程景说。

"对不起，不要说你，我自己也觉得兴致并不怎样的高。"葛雨生说了这话，眉头略皱一下，又抬起头来仰视着天花板，伸手将自己的眼镜架向上推了一推，脸上似乎有一些强笑。

菜来了，主人敬过酒，客人举杯道谢后，大家不客气，随便吃菜。

葛雨生向程景的脸上望了一望，对他说道："今日我们也许要有些放浪形骸的狂态显现在你的眼前，你可要又发生什么'众人皆醉唯我独醒'的感慨吗？"

"程先生，你也要吟着那'隔江犹唱后庭花'这句小杜的妙句吗？那就要使我们担当不起呢。"坐在程景旁边的董仁夫也向程景带笑地说。

"唉，这是在什么地方？这是在什么时候？既有风月可谈，像你们都是风流自负的人，当然尽可以谈谈风月，莫问时事，且食蛤蜊。像我也是最好落花无言，人淡如菊，可惜我还是不能焚砚搁笔，不得不胡乱写一些，恐怕反要给人家骂我太没有意思，供有闲阶级怡情悦性之用呢。"程景叹了一口气说。

"景兄，你又要借人杯酒浇己块垒了！你写的东西果能使人家怡情悦性，也是不错的。我就是喜欢读你作品的一个。今晚所以请你劳驾前来，也是有一点儿小小意思，倘然你高兴时，便可一挥妙笔，代那一对姐妹花写照，给我在情场上留一些纪念的痕迹。你也要笑

5

我不做无益之事，何以遣有涯之生吗?"葛雨生摸着他自己的下颏向程景说。

"'十年一觉扬州梦，赢得青楼薄幸名。'雨生兄，我要问你多情呢，还是薄幸?"程景带笑说。

"你要问我多情与薄幸，只是我自己也觉惘然，还是你说吧。"葛雨生说着摇摇头，同时他拿起一杯白兰地来喝了两口。

背后一只手伸过来，托了一玻璃杯的红茶，放到葛雨生面前，绿宝本家柔声说道："葛大少，你掺和了红茶同吃吧，免得喝得醉了，少停雅儿回来要怪我不劝你少喝一些的。"

"对了，雨生，你等到雅韵回来再多喝吧。"董廉清笑笑说。

"不，我要陪诸位嘉宾痛饮一下，来来，我们须先尽杯中的酒。"葛雨生高高擎着酒杯似乎自诩他的洪量。

这时候门外一阵细碎的革履声，有两个丽姝走了进来，带着浅笑，叫声郭少，又叫声丁少，乃是他们正唤的北里名花前来侑酒了。

霎时来了许多莺莺燕燕之流，鬓影衣香，锦簇花团，分坐在众人的身旁，室中顿时热闹起来。其中要算葛雨生和姓丁的姓朱的最为兴奋了，他们有说有笑地握着那些名花的柔荑，真有些色授魂与的样子。而这些轻颦浅笑的美人儿也都偎傍着，说几句温存的话，飞上几个媚眼，以博大少的欢心。世间的事本如做戏一般，他们和她们在这寸金光阴的当儿，也好似在那里做戏。唯有程景却抱着目中有妓、心中无妓的态度，冷眼旁观，微笑不语。

"今晚你要笑我们狂奴故态复发吗?我们有些不好意思在你的面前放出狂态来，恐怕入了小说。"葛雨生带着笑对程景说。

"世间最爱清狂客，你们尽管狂好了，越狂越好!我倒要瞧瞧你们的狂态，也可以增加我小说作料。只恨我没有像那写《花月痕》说部的主人那样风流潇洒，有一支生花妙笔，写出风流韵事来呢。何况又在这种时势，热锅上的蚂蚁，恐怕写不出好文章，徒然有负老友的雅意呢。"程景说着话，带着慨叹的样子。

6

"哈哈，你教我狂吗？那我倒狂不出来了。"葛雨生喝着一口酒说。

旁边的丁先生却挽着一个雏妓的玉臂，凑在伊耳边，喁喁地不知说些什么话。伊的粉脸竟贴到丁先生的颔下，十分亲热。丁先生当然是个中稔客，今天也是非常有兴。董仁夫董廉清这两位却不知怎的反倒淡淡的，似乎年事渐高，兴致已锐减了不少，酒也喝得并不多。

乐师来了，一个名唤小凤的首先唱一阕《凤还巢》，于是一个个接着曼声而歌。其中还有一个粤妓，自己打着扬琴，唱着南国的曲调，这却只有葛雨生领会了。因为座上的客人籍隶江浙两省的居多，葛雨生以前是生长在岭南的，当然能够知音。他对程景说道："这曲儿是南国的情歌，靡曼动人，自弹自唱，青楼中有此，也不可多得，因为娟娟此女，本是一位女学生呢。"

程景笑着点点头，葛雨生却反请这位弹扬琴的雏妓喝了半小杯酒。

接着又有一个年近二十的名花坐在朱先生身边，亲自弹着琵琶，唱一支小调，声音非常清脆。

"一曲琵琶，青衫泪湿，这声音很令人有些荡气回肠的，不知道座中可有第二个江州司马代她作一首《新琵琶行》？"葛雨生对着程景带笑说。

"可惜我们穿的都不是青衫，而多情之泪一滴也没有洒，没有白太傅的情感，恐怕也作不出像白太傅一样的好诗。"程景说。

这样热闹了一阵，渐渐地那些名花一个一个地告辞去了，只有一两个还坐在丁先生的身边，喁喁细语，大家耳朵里倒清静了不少。

葛雨生多喝了一些酒，薄有醉意，但是他还要和人家拇战。在这个时候，忽然有一个倩影轻轻地掠至葛雨生的背后，叫声"葛大少"。

柔和的声音钻进了葛雨生的耳朵，他回头一见了她，不禁如恨如喜地说道："好，你到这个时候才回来吗？"一边说，一边却早已伸过手去握住了她的柔荑。

"真的为什么回来得这样迟慢？你瞧席上的菜不是都已吃完了吗？再不来时，你们的葛大少要发火了，你怎生对得起他呢？快些赔个罪吧。"丁先生在旁边笑嘻嘻地这样说。

她听了丁的话，果然倚在葛雨生的肩上，曼声说道："葛大少，我真对不起，请你原谅。我身在外边，心里却挂念着家中，恨不得立刻跑回来。葛大少，你是明白的人，大概不会怪我的吧。"

果然这几句话好似很有力量的催眠符，又像甜蜜蜜的和气汤，葛雨生顿时满脸笑容，陶陶然地似乎要醉倒在美人怀中一般。凑巧在程景和葛雨生座位中间的朱先生立了起来，到沙发上去养些精神，有一个座位空着，她就一侧身体坐了下来。

一阵香风透入了程景的鼻管，他就做刘桢的平视。瞧伊人的芳龄正在豆蔻年华，身躯不长不短，水蛇般的腰肢，十分活泼。头上卷发如云，额前还有一撮短短的前刘海儿，两靥如初放的夭桃，灼灼其华。朱樱一点，刚在透出一串银铃似的声音，尤其是一双剪水双瞳，脉脉地溶溶地含着不少情波，在情波之中更含着无量情电，把来攻入男子们的方寸防御线，可说含有移山倒海之力，无坚不破，无孔不入，自会使一般五陵年少倾倒在她的眉梢眼角之下，而愿效南人的不叛。无怪葛雨生常在他面前啧啧称道了。

程景这样想着，他就故意对葛雨生带笑说道："请你介绍一下吧。"

葛雨生点点头笑了一下，便拍着她的肩膀把一手指着程景，对她说道："这位就是我常在你面前提起，而你一向闻名的程景先生，你快见见吧。"

她听了这话，连忙侧转身来，向程景叫应了一声，便把一片梨敬与他，因为她刚才敬过葛雨生一片。

"这就是我所说的本主儿雅韵了！但是她今晚回来得很晚，你说应该怎样去罚她？"葛雨生向程景带笑着问。

"好一个雅韵！雅韵欲流。"程景笑笑说。

"雅则雅矣，韵则韵矣，但流却流不得。"丁先生在对面哈哈地笑着说。于是众人也都笑起来了。

这样胡说乱道了一会儿，酒也喝得够了，葛雨生还要吩咐再开一瓶白兰地，但是本家绿宝却劝他不要再喝，只把剩余的四分之一拿出来，再倒在杯子里，大家也喝不下去了，有几个早已悄然离席。董仁夫和董廉清坐在雅韵的房里，谈他们厂里今年的业务了。唯有葛雨生和那位丁先生各自挽着玉人的手，着意温存，而雅韵也陪着葛雨生，低声絮语，备显殷勤。因为她年纪很轻，常常露出娇憨之态，博人的情爱，又如初春时枝上的花蕾，色香兼全，自然更是能够讨得人家欢喜。

程景坐了已有好久，不免也有些倦意，瞧葛雨生这种样子一时也不会走的，情致缠绵，当有更甚于此。自己业已见到了伊人一面，别的也没有什么恋恋了，于是他就在筵席将撤、尾声未终的时候，向葛雨生等众人告辞，坐着车子先回家了。

一钩新月从云中涌出，疏星数点，环绕在它的四周。白云一片，很快地在月亮的前面掠过，轻云笼月，月影微露。程景在归途中，对着天上的明月，耳边弦管的余音兀自袅袅地未绝。伊人的玉颜也好像在那月儿里，逗露着她的笑容。他想到葛雨生前天告诉他的一段荡气回肠的艳史，又回想到二十多年前葛雨生和自己在少年时候的情事，以及山软水温的故乡，花木明瑟的沧浪亭，一切的一切，都好像天上的轻云笼月一般，在自己的脑海中只留着淡淡的影痕。想起了不免旧恨新愁一齐涌上心头，胸中的牢愁也急欲借此一泄。既有良朋的属意，自己的一支秃笔却更不能偷懒了，于是他回去以后，隔了数天，立刻就开始写作了。

正是：

此情可待成追忆，只是当时已惘然。

9

第一章　回首江南好春色

在那苏州城里最热闹的地方要算观前街，好如上海的南京路一般。每当华灯初上的时候，初履联翩，充塞于途。一般的绸缎肆、点心店、菜馆、糖果店，没有一家不充满着顾客。尤其是时髦的苏州人，在星期六、星期日的下午必要到观前街上来购物。便是没有东西买，也喜欢到这里来兜风一个圈子，除了玩杂耍和烧香的玄妙观，鱼龙曼衍，百戏杂陈，也是乡下人最喜欢光临的场所。而北局一带地方几年来开辟得面目一新，是高尚士女流连的所在，如服务社会事业的青年会，屹然占据在北部。而电影院、京剧场、咖啡馆、小公园等也都环绕在四周，一般青年士女尤喜到这地方去溜达。一到晚上，霓虹灯光怪陆离，耀目生缬，无疑是天堂中醉人心魂的乐园。吴下的繁华，于此也可窥见一斑。但在二十多年前——民国初年——的时候，那地方都是荒地，有几个培塿土墩，上面也没有树木，只在春天供给一般好玩的儿童跑到培塿上去放纸鸢。西面是一个巡警局，夕阳下山时，在那荒地上却常有一大堆人围着，瞧看警士们练习什么猴拳和醉八仙等拳术。背面有一家茶楼，名唤清风明月楼，每当夏日的傍晚，茶座上的客人尤多，都到这里来饮茗纳凉。而观前街尚没有拆阔，一家家的银行和戏院都还没有开设出来呢。那时候的苏州又是在静的时代中，尚未完全沾染到东方巴黎的上海化。

苏州在静的状态中，而城南的地方尤其是静之又静，说也稀奇，

10

苏州虽然是个人烟稠密的古城，有些地方房屋鳞次栉比，似乎挤得十分紧密，而没有隙地。可是在盘门之内一带地方，小溪野田，浮屠古刹，大有乡村风光，素有冷水盘门的称谓。盘门为什么如此荒凉呢？据父老相传，说在红羊时代太平军攻入苏城，从盘门进来的，焚掠甚惨，所过之地纵火焚烧，闾里为墟，直杀到护龙街南段的饮马桥下。那时正在晚间，只见桥面上却有一队兵士站在那里，隐隐约约，如有云雾环绕，高挑的灯笼上都有一个"关"字。太平军趑趄不敢上前，一探听在这饮马桥上，本有一座关帝庙的，城中并无清兵，恐怕这是伏魔大帝关公显圣。那时候，鬼神的迷信未除，关公的印象深入于民间，没有不尊敬的，尤其是赳赳武夫，所以太平军也就不敢再向前屠烧了。城北城中的元气得以保留，但是城南却完了，至今还是兴不起来。但这是神话，到底是神话，姑妄听了罢了。

在葑门一带也是比较冷僻的，和盘门在伯仲之间。据说这是在元末明初的时候，吴王张士诚盘踞苏州，明太祖的大军进攻吴下，徐达的部下从阊门进，常遇春的兵马从葑门进。常遇春武功卓越，杀戮甚盛，他的部下杀入葑门，大肆焚屠，幸亏徐达闻知，传令禁止，然而葑门一隅已受到了很大的影响哩。这两种都是吴人口头相传的野乘。

因此在葑门盘门之交有一个地方名唤南园，那边阡陌纵横，菜畦桑圃，无异于农村。十亩之间，农夫荷锄，妇稚携榼，黄牛戽水，布谷清鸣，俨如一幅豳风图。若然我们在春夏之间到那地方去散步，几乎忘记了身处在软红十丈的都市中呢，而那地方的沧浪亭尤其是风景幽雅，脍炙人口。

沧浪亭是一个园林，在南园之西，孔庙之东，三元坊之南。那边清溪一曲，美渠满池，环绕着这闻名吴中的古迹胜地。门前有一顶石桥，垂柳飘拂，绿荫盖地，里面假山丛叠，回廊曲折。在那假山之上，有一座小小亭子，就是那古今相传的沧浪亭了。凡是读过苏子美自己作的那篇《沧浪亭记》，和归有光写的一篇《沧浪亭记》，前者是写园林的胜景，后影是叙亭子的历史，没有一个人不心向往之的。虽然自宋朝到今日已有数百年，而沧浪亭由兴而废，由废而兴，还是保存着它的面目，给一般后人凭吊其间，发思古之幽情。更可贵的，在沧浪亭的附近有许多学校建筑着他们新式的校舍，使一般学子弦诵于此，课余之暇，在那边溪畔钓鱼，树下听鹂，平添许多清趣。在沧浪亭的对面有个可园，也是现在的省立图书馆，那时候也备着一部分古书给学子们进去浏览，所以这地方是个黉宫学府的特区，来来往往的除了少数乡人，大都是些莘莘学子。

在某某专门学校寄宿舍的前面是一片广大的场地，也是附近几处学校公共的操场。这天是星期日的下午，场地占有许多学生在那里踢球，往来角逐，显着健儿的身手。有一个青年学生往操场门口匆匆地走进来，约莫有十七八岁的光景，面貌清秀，态度斯文，鼻上架着一副在那时候流行的托立克眼镜，身穿一件淡灰绸的长夹衫，脚踏黄色革履，手挟着一卷东西，一步一步地走到寄宿舍门前。门里有几个学生刚才走出来，他们中间有一个人和那跑来的少年认识的，早向他招呼问道："你来看葛雨生的吗？"

"正是，不知道雨生兄有没有出去？"少年走进了门，反向他问。

"他正在里面等候你来呢，我们要到观前街去，再会吧。"说着话，他们一个个走出去了。

少年走到门房口，门房里有一个校役，正坐着看小书，少年便向他说道："我来看葛雨生的，烦你快到里面去通报一声。"校役点头答应，立刻站起身子，走到里面去了。

少年跨过一个小小天井，转了一个弯，跑到一间会客室里去坐着等待。不一会儿，听得门外一阵革履声，葛雨生当先步入，鼻上也戴着眼镜，风采奕奕，穿着一件咖啡色哔叽夹长衫，很有些潇洒出尘的样子，手里拿着几本书，背后还跟着他的同学鲁光和吕观海。

"哈哈，程景兄，你到这个时候才来吗？我们等得你好心焦！"

葛雨生带着笑向这少年程景说。

程景走到葛雨生身边，和他一握手说道："对不起得很，今天舍间来了两个亲戚，我陪他们吃了午饭，到了一个地方去，方才赶紧跑来的，我知道你们要盼望了。"

"不错，秋水望穿，不见伊人，姗姗来迟，有负春光，你将怎样地处罚？"鲁光走近身边说。他是一个胖子，面孔上常带着几分笑容，好如坐在山门口的弥勒佛，笑口常开，与人无忤。

"鲁兄，悉凭你怎样说吧，今天我们倘然到清风明月楼去吃茶弈棋，准让小弟来还账。"

"别的都不要紧，今天你的大作可带来没有？"葛雨生又向程景叩问。

"带来了，我写了一篇短篇武侠小说，名唤《飞头将军》，你们看这个题名稀奇不稀奇？还有两篇笔记，其中一篇是记的四川盗棺奇案，就是那天陈飞兄告诉我的，我把它很忠直地记下来了。"程景一边说，一边将他手里挟着的一卷东西解开来，乃是几叠稿笺，双手奉给葛雨生等看。

这时候，他们四个人在中间一张桌子上，各据一面地坐了下来。校役送上茶，葛雨生、鲁光、吕观海三人各拿着程景写的稿笺，披览大略。

"程景真不愧为吾党健者！他的大作近来迭次在《上海小说新报》里一篇篇地披露，若不是他的作品好，那位大名鼎鼎的总编辑木子先生怎肯把他的佳作尽先刊登呢？此次他为我们编的《缥缃囊》杂志如此努力，这是我们的光荣，我们要催促昨非兄快快进行出版的工作才是。"葛雨生侧转头对吕观海说。

"承你们这样过誉，使我愧不敢当的，我只好算是附骥有缘，滥竽充数，你们的大作都写好了吗？"程景喝了一口茶，带笑地问。

葛雨生笑了一笑，很兴奋地回答道："我也写了一篇言情小说，题名《水云乡里的安琪儿》，但自问写得很不好。至于鲁光兄的作品

13

是译的一篇法国的言情名著，唤作《红楼倩影》。而观海兄已写了一篇《我对于今日中国小说家的刍言》。听说昨非兄又写了一篇社会小说，唤作《天堂惨剧》。我们务要在吴中文艺界放射出一颗小小的星光才好。至于封面画已请一位女画家庄女士画好了，画的是香草美人，因为庄女士的兰花也是今日画花中有名的佳作啊，我已交给昨非兄寄到上海印书馆制三色版了。"缥缃囊"三字的题名，也托朋友去代求南通的张啬庵为我们一题了。"

"你如此努力，我们这本杂志一定可以出版成功了！好在我们的目的不在乎利，而是为着文艺而文艺的，大胆地尝试一下，虽然我们都是后生小子，在文坛上没有什么身价的。"程景向葛雨生说。

"当仁不让，后生可畏！这是圣人说的话，我们不要太非薄了自己，况且有你这一支生花妙笔，绝不致贻讥大雅的。你是一位未来的名小说家，我们可以断言的。"葛雨生向程景说。

"你们这样说更使我惭愧了，我们只是感觉到文艺的兴趣，也不欲让吴中的文艺在这小说新潮流中太寂寞了，所以提起笔来，做东施的效颦，哪里敢希望做一位小说名家呢？笑话笑话！"程景把手搔着头说。

葛雨生把程景的稿笺折叠在一起，放在一边，取过他拿出来的几本上海新出版的小说，交与程景，因为前天程景要向他借的。

程景接到了小说，突然又向葛雨生问道："我们前天合摄的小影你可去拿过吗？不知拍得好不好？"

"啊哟！我倒几乎忘记了！昨天我到观前去，已向照相馆里拿回来了，你拍得真不错，待我去拿给你看吧。"葛雨生说着话，立起身来就望里面走去。

这里三人略谈了几句话，葛雨生已回身出来，手里拿了一张八寸的照片，又托着一盘花旗蜜橘。他将橘子先放在桌子上，再把照片送到程景面前，说道："你瞧几个人里面要算你的态度最为自然了，我们都不及你。"

程景连忙接过照片，仔细向照上一看，先见他自己的小影坐在左边，一手支颐，面上微露笑容，右腿搁在左膝上，果然摄得很是俊逸。再看坐在左边的葛雨生也还摄得态度自然，便笑道："你也不错啊！"

"我自觉没有你摄得好，你不要客气。"葛雨生说。

"哈哈！你们摄得都好，可称一时瑜亮，无分轩轾。像我拍起照来时，可以媲美《水浒传》的鲁智深呢。"鲁光张开着笑口说。

"莫谈照相，且吃橘子。"旁边的吕观海一边说，一边伸手向盘子里拿了一只最大的蜜橘，剥着皮就吃。

葛雨生却从身边取出小洋刀，将蜜橘一一切开，于是众人大啖橘子。

橘子吃完了，程景便向葛雨生道："今天我们要不要到观前去？还是到哪里去玩赏春光？"

"暮春三月，江南草长，我们不要辜负了这良辰美景，时候已经三点钟了，要出去走走时，快些开步走吧。"鲁光说着话，第一个站起身来。

"这时候到观前去似乎太晚了，清风明月楼上的佳座恐已被他人捷足先得，我们还是去骑驴子吧。"葛雨生向众人提议。

接着早听掌声响起来："很好很好，驰骋之乐，我是最欢喜的，所以首先赞成。"吕观海拍着手掌说。

"你们既然都同意，那么就去骑驴子吧，你们请少待一下。"葛雨生说了这话，拿着程景的稿笺又匆匆地走到里面去了。

程景鲁光吕观海三个人一齐立起身来，在室中踌躇着，等到葛雨生换了一件新制的绸夹衫出来时，他们就一同走出了宿舍，穿过了操场，走到三元坊口。

在那边街口站立着几个短衣草履的驴夫，一见他们到来，立刻抢上前说道："先生，要坐驴子吗？我们有稳快的花驴在此。"

葛雨生是常常坐他们驴子的，所以和他们有些认识，有一个名唤小和尚的，早牵着一头花驴到他的面前。

"我们共要四头驴子。"葛雨生对小和尚说。

小和尚知道今天生意来了，连忙招呼他的同伴把驴子一齐牵上来伺候他们四个人上鞍。

四人都跨上了驴背，程景恰巧驴着一只黑驴，他对葛雨生带笑说道："我今天要唱《黑驴告状》了。"三人听了都哈哈大笑。于是他们便在驴背上商量到什么地方去，因为他们本来出外闲游并没有目的地的。

"我们可以打从护龙街转到王洗马巷去拜望汪桐，他若然在家里，我们就可以在那边畅聚一下。否则我们仍坐了驴子，打从学生街跑到盘门去，依旧回到这里兜一个圈了，这就合着苏州人的俗语，叫作城头上出棺材，远兜远转，你们可赞成吗？"葛雨生向三人说。

当然大家都无异议，于是一抖缰绳，四头驴子鱼贯般向前跑去了。吕观海对于此道最精，他是当先第一，他的身体很长，坐在驴背上很有威风。葛雨生居第二，骑驴的架子也很好。唯有鲁光和程景最少经验，程景是很胆小的，缰绳拉得很紧，列在第三，鲁光却在末后。他们两头驴子跑得很慢，过了饮马桥，他们二人早已落后，和葛雨生、吕观海的驴子相距已有一箭多远了。

原来在那个时候，苏州城里尚没有车辆行驶，城外虽然已有马车和人力车，可是因为城里的街道太狭小了，一概不能进城，在城里的代步只有藤轿和驴子。藤轿之数并不多，这项生意是桥头的轿夫做的，是要两个人抬着走，而且坐的人藏身在轿门里，不免有些闷气，所以坐的大都是些太太小姐们或是年老的男子，以及一般到医生门上去求诊的病人。至于少年人却都喜欢骑驴子，比较爽快得多。但是苏州城里的驴子也不多，只有几处街头巷口停歇着驴子，招接客人。这三元坊是沧浪亭出入之口，也是学校丛集之地，那些学生们都喜欢骑驴子的，所以常有几头驴子伺候在那里。然而好的驴子也很少，常有人包去的，剩下的大都是些劣性的蹇驴。

16

程景跨在黑驴的背上，一心要追及葛雨生，可是这头驴子十分刁钻，它也觉得坐在它背上的人并不是一个老坐客，所以它也要施展它的黔驴之技来捉弄人了。那时候苏州城里的街道虽狭，而电灯已是流行，所以每隔一段路便有一根很长很粗的电杆木竖在道旁。那黑驴瞧见前面有电杆木，它总是要故意偏着身子走近电杆木去，程景用力把它拉过来时，一会儿它又跑向电杆木去了。程景暗想这可恶的黑驴莫非要出自己的花样吗？何以它见了电杆木，偏偏凑上去呢？他记得以前有一个同学告诉他说，因为喜欢骑驴子反吃了驴子的亏。有一次那同学骑了驴子到观前，跑得快时，不料那驴子忽然向电杆木旁边擦过去，那同学的两膝是张开在两旁的，一个不留神，他的右膝盖撞到电杆木上去，痛彻骨髓。他连忙停了驴子跳下来，卷起裤管一看，自己膝盖上的皮已擦去了一大片，肉也开了，鲜血流出来。他连忙到附近的西医诊所里去察看，幸亏骨头没有损坏，敷了药，包扎好了回去，以后不敢再骑驴子。这是一个最明显的殷鉴。有的驴子往往喜欢走到中途，突然将头望地下一钻，屈着一膝下跪，这样好使驴背上的人倾跌下来。若然走在河边，它总喜欢靠近着水的一边走，好像要跑下水去的样子，使坐客吓出一身汗来。幸而这些伎俩程景都知晓的，所以他很小心地防备着，可是因这黑驴有意和自己打搅，心里很觉得有些不爽快，到底被他想出一个计策来了。等到那黑驴又走近电杆木时，他故意装作不知道，并不去拉它过来，全副精神注意在这驴头和电杆木上，看看将近电杆木不到三寸的时候，驴头当然先要过去的，程景立刻用足气力，将缰绳突然向右边一拉，这也是出于黑驴不防的，黑驴的头立即撞在电杆木上，痛得它直跳起来。程景坐在它背上，脸上微微露出笑容，好像得胜的样子。经过了这一次，那黑驴向前跑路时再也不敢跑到电杆木边去了。

　　一会儿他们早跑到了王洗马巷，在汪桐的大门前先后停住，跳下地来，把四头黑驴交与小和尚看管。原来，客人骑驴子时，驴夫要跟在背后跑的，这也是一个虐政。因为驴夫和客人十九是不相识的，倘然不跟着驴子跑，一旦遇见了坏良心的人把驴子骑了去不回来时，怎么办呢？况且有许多坐客骑单趟的，到了目的地，却把驴子去交给谁呢？故而驴夫也偷懒不得的了，除非有别的客人骑去时，他就可以省一些力，不跟着同去。此番他们共坐四头驴子，不得不跟着照料，所以小和尚和一个伙伴跟在后面的，但是两人都已跑出一身汗来了，拉着驴子去休息。

程景等走进汪家大门，要去访问汪桐，但是一问汪家的下人，方知道汪桐今天和家人一同到木渎乡间去扫墓了，不在家，室迩人远，这真是没奈何的事情。四个人只得退了出来，想想到什么地方去才好呢？于是他们照着葛雨生的原意，回到盘门去，重又跨上驴背，跑向盘门大街去。

他们从新桥转弯走半爿巷而到盘门东大街，而孔庙，而回转三元坊。当他们跑到半爿巷去，那地方十分荒僻，一半像街道，一半像乡下，所以路途倒很宽阔的。四头驴子参差相并着，嘚嘚地跑，那驴子的身上都系着铃儿，铃声一片，远远地发出回声来，本是把来警戒行人的，但在这地方也无用了。一座专用石头筑成的无极殿，巍巍地立在左边林子背后。那时候桃花开得烂漫，如张锦幕，绿柳丝丝，随风飘曳，更见着人家园子里的玉兰花，开得如雪一片白，地上芳草芊绵，野花欲燃，好似老天特地用五色锦来绣出这个大地春色给人们赏心娱目的。

"古人灞桥踏雪，驴背吟诗，但现在是春天。若然到了冬天，大雪纷飞的时候，在这里便很有诗意了！"程景在驴背上和并坐在一起的葛雨生说。

"我们可以说驴背看花！你看这春花不是大有艳意，何必冬日之雪？你有好诗不妨吟出一首来吧。"葛雨生向程景回答说。

"我不是七步成章的曹子建，也不是倚马可待的李太白，恕我没有这种天才，不能信口狂吟，但是今天骑驴子很觉有兴，停会儿回去后也许可以胡诌两首再给你郢政的。"程景侧着头回答。

他们一边说话，一边纵辔而驰，不知不觉已到了孔庙的前面。那地方更是清旷，两边草地中间砌的石板街道，远远地还有很长的一排雕刻的石栏。东西遥遥地相对着两个高大的牌坊，左面牌坊上有四个斗大的字乃是"德参天地"，右边牌坊上也有四个大字，乃是"道冠古今"，这八个字也只有大哉孔子可以当之无愧了。吕观海方要一抖缰绳，疾驰过去，程景忽然高声喊道："且慢！我们大家快快下鞍，不要失了礼貌。"

"你这话是什么意思？"吕观海拉住了他的驴子，回转头来向程景问。

"我听说在前清时候，不论文武官员人等路过孔庙正门，一定要下马，或是出轿而步行过去的。你们不信时，可以走过去窥视庙门前也许还有这一块禁令式的石头竖在那边呢。想孔老夫子在世的时候，一车两马，仆仆风尘，凡是他经过圣帝明王贤人孝子的闾门，他总要在车子上凭轼敬礼的。我们既然都是读书孩子，也不可忽略了这个礼节。虽然在现在的时候废孔尚且有人提倡，还有什么人注意在这件事情上呢？"程景向他们侃侃而谈。

"哈哈！你的头脑为什么这样的顽固呢？此一时彼一时也，何必学什么古？"吕观海说着，仍旧要骑驴过去。

"这是由于各人观念的不同，好在我们骑了好多时候，不妨下来走一段路也好的。"葛雨生说着话，和程景同时跳下了驴背。

于是吕观海和鲁光也只得跟着离鞍，把四头驴子交与小和尚，他们并肩向前，缓缓地走去。远望着那瑞光塔矗出在绿树梢端，被斜阳映照着，好像有道的老僧披着黄布衲，静坐在那里，阅遍人世沧桑。天空里还有二三风筝，在那里嗥嗥地响着。这地方僻静得很，孔庙的正门是常年紧闭着的，门前丰草长得几乎同人一样高了，使人瞧着不禁慨叹。路上也没有什么行人，只见有两个樵夫，担着野柴走过。还有一个美术学校的学生，挟着三脚架，走到瑞光塔那边去，也许他正在找寻画图的资料。四个人且行且谈，转了一个弯，不觉已回到了宿舍前的操场门口。因为这距离是很近的，也不用再骑驴子了。

"好了！我们总算骑了驴子出去兜了一个大圈子了，也不致辜负这大好春色。"葛雨生说着话，从他的身边皮夹子里取出四枚雪亮的银圆，抢着付去了骑驴子的钱。在那时候费一块钱骑两个钟头的驴子，已是很高的代价了，所以小和尚接到手里，面上带着笑容，立刻谢了一声，赶着空驴子去了。

"你们可要回到宿舍里去吗？那么我要和你们再会了。"程景向他们说。

"天色还没有晚，你何必要紧回家去？你家中也没有什么爱人在等待着你。此刻我们肚子饿了，不如便到那家庭点心店里去用些晚点，顺便望望那个馄饨西施，我也有好几天不去了。"葛雨生笑嘻嘻地向程景说。

"好啊，醉翁之意不在酒，你真的未能忘情于彼美吗？不知你到那边去吃过了几次点心？"程景带笑说。

"冤枉冤枉！我方才已说过好几天没有去了，今天我们出游，余兴未尽，所以我要请你们去，你何必这样说呢？"葛雨生带笑带辩地说。

鲁光摆动着肥胖的身躯，走过来对葛雨生说道："你是个多情种子，惯会牵惹情丝。前天我和你在南园散步，遇见了一个乡下少女从小桥上走下来，你却立定了身子，回头不时地向她瞧看，口里还说什么乱头粗服，天然丰韵，我未尝不笑你有些儿痴，后来你就做出了一篇《水云乡里的安琪儿》来了，是不是？那么你再好来一篇《馄饨西施》吧……"他说到这里，又回头对程景说道，"我们去吧，让他今天做一个东道主，我们大家来吃一饱也好的。"

"很好，就让我来做东道，但是停会儿请你们在那边不要胡说八道，那位馄饨西施是十分心灵的，不要使她含羞。"葛雨生说。

"好，你真体贴得到，无怪鲁兄要说你是多情种子了。"程景拍拍葛雨生的肩膀说，于是他们四个人就一齐走到他们的目的地去了。

　　什么叫作家庭点心店呢？原来在那时候苏州的点心店只开设在市上，而且除了观前和阊门两处，合配人家的点心店，真像凤毛麟角，不可多得。至于在冷僻的地方更是没有的了。这三元坊本是冷僻的所在，有什么点心店呢？但因学校开得多了，一般学生早晚都要出来吃点心，于是这一家家庭点心店就应运而生了。那店就开设在和三元坊接头的护龙街的一条小小的横街里，地方是非常冷僻的，本来有什么生意好做呢？但是他们专供给几家学校里的学生早晚吃的，局面并不大，开支也省，就设在家里，没有门面，所以外边陌生的人倒也一时不容易找到的。他们家里一共四个人合作，一个是五十多岁的老妪，也就是他们家里的老祖母，专在厨下烧烧火、搓搓面粉的。一个是四十岁左右的妇人，就是老妪的媳妇，煮菜做点心，都是她一人挑大梁的。一个就是妇人的女儿，大家称为馄饨西施。她惯会裹馄饨，所裹的虾仁馄饨，味美可口，大家欢喜吃，更因为她的容貌生得很有些俊俏，便不期而得了一个馄饨西施的别号。还有一个八九岁的小弟弟，常常做些搬碗送手巾的工作，听说还在小学校里念书呢。只是他们家中不见一个男子，外边人也不知道他们家庭的内容，只知道馄饨西施姓高，名玉华，本也在小学校毕业过的，现在却不读书，帮着她的母亲开这点心店了。大家因为他们点心做得好，座位又清洁，所以都到他们店里去尝尝味道。更有那一位馄饨西施在一旁敷衍，所以风魔了许多青年男学生，趋之若鹜，就变得门庭若市、座无隙地了。但是他们并不送到外边来的，实际上家中没有一个男子，也不便送了。现在时候上海也有这种家庭食品店开设，可是在那时候规模狭小，只有一个雏形罢了。

　　一个小小的墙门，跨进去就是一个很大的天井，种着不少花，篱内养几只鸡，有一个小小紫藤花棚，也有一株桃树、一株枇杷树，所以一进门来，眼中就觉得雅倩不俗。里面有一间宽畅的客堂，将板壁夹作两半，设立几个雅座。桌子上各有一个小小花瓶，插着鲜艳可爱的花。靠右面还有一个小小房间，也供给客人坐的，但须要等到外面坐满时候，或是很熟的客人来，方才开放。至于左边有两个房间，房门紧紧闭着，不用外人问津，就是他们的卧室了。厨下却在后面，地方虽小，收拾得窗明几净，可以小坐。这天程景和葛雨生等走进去的时候，见外边座上的吃客早已坐满了，有几个相识的向他们点头招呼。那个小弟弟走出来，见了葛雨生，马上笑嘻嘻地叫了一声葛先生，就领他们到右面的小房间里去坐。

四人掀开门帘走进房间，朝南也有四扇纸窗，有两扇开着，一个小小的天井里有一株梧桐，对面墙上还蒙覆着爬墙草，被驰荡的春风吹拂着，变成碧浪一样。窗槛上还供着几盆花，倒也幽雅叫人。正中有一张方桌子，放着四只小藤椅，旁边靠墙还有一张半桌和两只椅子，在半桌上铺着白色的台布，也供着一盆花。左面墙上挂着一副小小的楹联，上联是"苔痕上阶绿"，下联是"草色入帘青"，用的《陋室铭》上的句子，写的隶书，虽不出色，尚属平庸。下面署款是王如春书赠，却不知道是个何许人也。壁上挂着一个横式的镜架，写着四个正楷大字"食德饮和"，下款是什么"七子山人，时年七十有七，七月七日书"。鲁光指着这镜架，哈哈笑道："这七子山人倒也兴致不浅，他难道也对于馄饨西施有些意思吗？但是为什么写上许多七？七七四十九，丧家以七为期，这口彩并不吉利啊。"说得众人都笑起来了。

"这房间虽小，尚称幽静，我是最欢喜坐在这里小酌为快的，可惜这墙壁上的点缀还是俗而不雅，我想去请某画家画个山水横披，悬在右面粉壁上，不是比较好得多吗？"葛雨生在桌子边坐下来说。

"很好，少云先生不是你的老师吗？你何不去请他画一幅呢？"程景说。

"好，我要去试试了，但你也不可不和我一下，你可以做几首诗，写上冷金珊瑚笺，配一个小小镜架送给这里，岂不是美具难并

22

吗?"葛雨生向程景说。

"我没有江郎之才,不敢胡乱涂鸦,唐突了西施,佛头着粪,罪过不小,谨谢不敏。这个要请石遗老人一题,方可增光蓬荜,为西施张目呢。"程景说。

"不错,我们还是后生小子,外面没有人知道的,非得名士诗人,或是达官巨卿来宣传一下,总是不能使人注意的。在这里倘有樊樊山易实甫辈代这小妮子作一二诗词,怕不会像陈圆圆那样名噪江南吗?"吕观海很慨叹地说。

四个人刚才坐下身子,但见室门上的门帘一掀,有一个倩影翩然掠入。

第二章　蓬门未识绮罗香

一个娇小玲珑的女郎，梳着一条大发辫，用五色丝线扎着，长把根，额前打着一撮前刘海儿，衬出一张鹅蛋脸，明媚的双眸，细长的蛾眉，生得很是美丽。上身穿一件白地小红花洋布的夹衫，下面是一色的单裤，外扎着一个干干净净青竹布的围身，脚上白洋袜，黑洋缎的单鞋，甚是有样，真是"娉娉袅袅十三余，豆蔻梢头二月初"。诗人之言，可以移咏了。

她是谁？就是在这里一群学子口中所艳称的馄饨西施高玉华，也是小家碧玉中的翘楚。

四人的视线不约而同地集中在玉华的身上，尤其是程景和葛雨生，他们俩都是近视眼，双目在眼镜里对着玉华，做刘桢之平视。

"葛先生有好多天不来店里吃点心了，今天要吃什么？"玉华走到葛雨生身边带笑说。

"馄饨馄饨，我们是来吃馄饨的。"葛雨生笑嘻嘻地很响地对她说。

"对不起，你们来得迟一些，虾仁馄饨也没有了，只有鸡肉的，可好吗？"玉华又向葛雨生柔婉地问。

"鸡的味道不下于虾，我们只要你亲手自己裹的，其味一定胜人，你与我们快送四碗来吧。"葛雨生一摸自己的颏下说。

"可要再用些别的东西？今天的豆沙猪油馒头也好的。"玉华再问。

24

"很好，烦你就拿两客豆沙馒头来吧，我们肚子饿了，请你们快一些。"葛雨生说。

"可以可以。"玉华柔声答应着，回身走出去了。

"苏州女儿嫩如水，昔人寄之吟咏，情之所钟，正在我辈。雨生兄，你对于这一位小家碧玉，也有些意思吗？"程景向葛雨生低声带笑问着。

"别胡说，我是借此消遣，调剂调剂上课的沉闷而已，你不要来打趣我，前月某杂志上刊登的大著《某女士之自述》，中间所云陶生，不就是夫子自道吗？哈哈，我劝你不要颓丧，不要懊恼，未来的安琪儿洁身以待你睐盻的大有人在呢。"葛雨生向程景说。

"唉，像我这样的一介书生，自知是个穷措大，哪有美人儿来垂青于我呢？我几天读了你借给我的琴南翁译的《迦茵小传》《红礁画桨录》小说，清言霏玉，绮语串珠，中间有许多言情的佳句，都经你用墨水笔在旁边加上了许多圈儿，且在上面加以评语，你真的把小说当作古文辞类纂读了，但是你为什么不圈别的地方，而单注意在那些绮语上呢？"程景又向葛雨生说。

"琴南翁的行文很有古文气息，你不是前天曾称赞他作的《畏庐论文》和《畏庐文集》吗？我就欢喜把他译的欧美名著当作古文一般读，我以为和明末的归有光侯方域辈相较，也无多愧色，所以我加倍注意了。"葛雨生笑笑说。

"不错，你一向是私淑琴南翁的，可是我说的是因为你太注意言情之处了，足见你也是怀着一腔至高至洁的柔情，不知将来倾泻到哪一个丽人的身上呢？"程景说。

"情之所钟，正在我辈，你也不必单笑我了。这两部小说谅你读得入木三分，大有兴味吧。"葛雨生说。

程景笑了一笑，正要回答，只见玉华托着两盘馒头进来了，笑嘻嘻地放在桌上，又放上四双天竺筷子。

"你忙吗？可有工夫在此坐一刻？我们有话问你呢。"葛雨生带笑向她说。

"谢谢你，此刻我们很忙，外面座上还有许多客人要等吃馄饨呢，我母亲一个人忙不了，我正要紧帮忙，只恨少两只手，停会儿有工夫再说吧，对不起得很。"玉华说罢，向葛雨生送了一个秋波，回身就走。

"你少两只手吗？但是一个人只好有两只手的，多了一只手便变作三只手了，我们四个人却有八只手，可惜都不会裹馄饨，否则也好来帮你们的忙了。"鲁光嘻嘻哈哈地说。

大家瞧着鲁光像弥勒佛一般地大开笑口，也不觉笑起来，但是玉华已走到门外去，不知道她有没有听得。

热气腾腾的糖馒头在盆子里，麦粉的颜色又是这样雪白，四个人既然肚子空虚，也就大家不客气地拿着便吃。他们一边吃，一边讲高家母女的本领实在不错，单凭她们母女二人做出这样好的点心来供给客人，也是不容易的事了。越是蓬门女儿，越肯勤劳，若是富贵人家的千金小姐，那么只会坐着吃了。葛雨生又颠头播脑地说："娟娟此豸，不可多得，诚朝云之俦也！"

"哈哈！又动了你的绮思瑶情了，待我来代你做媒何如？"鲁光笑着向葛雨生说。

"我方才叮嘱你们不要胡说，我们只是抱着及时行乐的宗旨，何必这样说呢？"葛雨生皱一皱眉头说。

一会儿馒头吃完了，只见玉华和她的小弟弟各人手里托着两碗馄饨送到室里来。小弟弟放下了他手里的碗，又到外面去拿了一个胡椒瓶和一小碗酱油来。玉华立在桌子边，对他们微笑道："你们吃吃看，这鸡肉馄饨和虾仁的也差不多，你们明天早些来，便可吃得着了。实在我们裹的也不多，倘然先向我们订了，也可以留下的，我们做的都是你们学生子的生意，无分彼此，谁先到谁先吃，今天对不起了。"

"这鸡肉馄饨是你姑娘亲手裹的吗？"葛雨生拿着胡椒瓶向玉

26

华说。

玉华点点头。

"很好，我们只要吃你亲手裹的馄饨。既然这馄饨是你自己裹的，那么不论虾仁和鸡肉都是好的，我们的目的就是要吃你裹的馄饨，你可知道吗?"葛雨生又向玉华带笑说。

"我真惭愧，自己觉得裹得并不好，却是你们这样地称赞，你们真是这里最好的主顾了。"玉华带笑说。

"哈哈，你年纪虽轻，倒会做生意，我们自然都乐于做你家座上客的。"程景一边吃着馄饨，一边向玉华说。

这时候，厨房里高声喊道:"玉儿在哪里? 馄饨好了!"玉华听了喊声，马上一溜烟地跑出去了。

四人也就各自慢慢地尝着馄饨滋味了。这馄饨的味道果然不错，皮子很薄，鸡肉馅不多不少，外加蛋皮丝和切好的一片片大虾米，汤水也很好。他们吃罢了馄饨，葛雨生余兴勃勃地说道:"今晚我想在此和诸位喝一些酒，畅聚一下，不回去吃饭了，程景兄也不必回去。我们虽然不在桃李园中，也可以春夜小饮，醉月坐花，可好吗?"

"花在哪里?"程景带笑向葛雨生问。

"花在这里!"葛雨生指着旁边半桌上供着的花，又对程景带笑说道，"这是不能开口的花，你若然要找解语之花，那么非我所指了。"

"月在哪里?"程景继续着问。

"你要明月吗? 今天是初五，此刻还没有月亮，正不凑巧，但是我们可以借物代替的。"葛雨生一边说，一边立起身来，走到柱子边去一扭电灯的开关，在这座位顶上的一盏电灯早亮起来了。虽然是二十五支光，却在这小小房间中已得十分光亮。遂又说道:"这个不是可以当作月亮吗? 况且停一会儿还有嫦娥要来呢，可以说聊胜于无了。"说着话仍归原座。

"不错，花也有，月也有，花就是月，月就是人，我但愿花好月圆人寿。"好久不说话的吕观海开起口来了。

"观海兄，你倒可以说善颂善祷了，我希望你这句话要留在雨生兄大喜的时候说的，或是请你写几个擘窠大字，把这花好月圆人寿六个字写在泥金笺上，配一个镜架，挂在他的青庐里，岂不是好吗？大家知道你写得一手何绍基的好字。"程景带笑对吕观海说。

"为什么必要送给我呢？这里除了鲁光兄，大家都是处男，他不好送你的吗？"葛雨生向程景说。

"哈哈，静如处女，脱如狡兔，我只闻有处女而没有处男，请问雨生兄处男的典故出在哪里？"程景向葛雨生摇摆着头问。

"有了处女当然也应该有处男的，难道女可有处而男不可有处吗？你要问我典故，恕我没有边孝先的腹笥，实在说不出来。但我想古时候有个鲁男子，坐怀不乱，也可以说得处男了。况且古时也有处子的名称，所谓子的一字不是专属于女子的，男人称男子，女人称女子，所以古时文章上记人家有几个儿女的，必要说有'女子'子几人，可见子字是男女通用的了。"葛雨生慢慢回答。

他们正在讨论着处女和处子，玉华早跑进房里，送上热手巾来，带笑说道："我们忙得很，手巾也忘记送来了，你们在这里斯斯文文地谈什么文章？什么叫作处女？处女可是古时的孟姜女吗？"

"不是的。"葛雨生摇了一摇头，"处女是处女，像你也可以说是处女。"

他说到这里，微微笑了一笑，程景、鲁光、吕观海大家都笑了。

玉华见大家对她笑，疑心着"处女"二字不是好名称，连忙摇摇头道："我不是处女，我不要做处女！"

"怎么你不是个处女吗？玉华姑娘，你自己肯这样承认的吗？"葛雨生向她很郑重地问。

玉华倒怔住了，将一只手指抿住了她的樱唇，低着头不答。

"哈哈！你又不要做处女吗？当然你将来不会做处女的，不消数年，你自己便知道了。我不希望你一辈子做处女，效法北宫婴儿子的彻其环瑱，终身不嫁，但希望你现在总是一个处女。"葛雨生说什么话，连连地对着她笑。

玉华似懂不懂地回身要往门外走。

"你且慢走，我还有话对你说呢，你们家里可有现成的菜肴？今晚我们要在你们家里吃晚饭呢，能不能？"葛雨生向玉华招着手问。

葛雨生所以要问她能不能，也因为这是一家家庭式的点心店，平日只供人家吃吃点心，并不预备酒菜招待晚餐的，不得不问一声。

玉华闻言回转头来，向葛雨生看一眼，带笑说道："葛先生要在这里用晚饭吗？这个我不能立刻答应，待我去问一声母亲，再来回复你。"

"好，你快去问一声吧，这是难得的事。我们打搅了你们，也知道的。"程景在旁边对着葛雨生说。

玉华又笑了一笑，一掀门帘，不见她的倩影。

"你看这事他们可能够答应？这里不比平常的店家啊。"鲁光向程景低声问着。

"当然能够答应的，雨生兄是这里的熟客，我们也不是恶客，况且绝不会叨扰他们的，自然何乐而不应呢？"程景说。

"他们若然不答应时，下次我再也不来这里吃他们的点心了。"葛雨生说。

大家说着话，门帘一掀，一个中年妇人走了进来，头上梳着横爱司髻，身穿一件黑布夹袄、黑裤子，外面缚着一个白围布，清清洁洁的，正是玉华的母亲。

"葛先生，你今晚要在这里请客吗？"玉华的母亲立定在葛雨生面前带笑问。

"不好算什么请客，我们因为今天很高兴，所以要在你们这里吃一顿饭餐，省得回校去了。你们这间房子虽小，收拾得很是雅洁，我们很喜欢在此多坐些时间，不知道能不能？"葛雨生向玉华的母亲慢慢说。

"葛先生如不嫌这里肮脏，请常常照顾，我们是十分欢迎的，今晚既然你们高兴在此吃晚饭，尽可以多坐些时间，我们可以代你们烧几样菜，不过恐怕不好吃的。你们若要吃好的菜，我们可以代你们到府前街万福楼去唤来。若要喝酒，附近酒店里也有的。"玉华的母亲向葛雨生带着温和的声音且笑且说。

"很好，万福楼的菜我是常吃的，还算不错，离开这里也比较近一些，烦你们代我去喊几样吧。再烦你们煮几样菜，你们点心做得好，菜也一定不错的。"葛雨生摸着自己下颏说。

"那么烦你去拿纸笔来吧。"程景在旁说。

玉华的母亲走至房门口，喊小弟弟拿了纸墨笔砚来请他们叫菜。

"今晚我们要叨扰雨生兄了。"鲁光带笑说。

"当然让我来做东道。"葛雨生一边说，一边磨了墨，提起毛笔来，在纸上写了两样菜，把纸交给程景，请他们大家各点一样菜。于是大家随意写了一样，把纸交给玉华的母亲。

"再烦你们代唤三斤上好的花雕来。"葛雨生说。

玉华的母亲回身走出房去了。

这时候外面座上吃点心的客人都已散去了，葛雨生和程景走至外面，见客堂里静悄悄地没有一个人，高家母女都在厨下忙着预备菜肴，刀砧的声音送到他们耳朵里。他们走在庭中，葛雨生立定在紫藤花下，顺手向旁边一棵月季花上采了一朵粉红色的花蕊，拈在手里，痴痴地欣赏着。

"真可谓拈花微笑了！"程景说。

"花开堪折直须折，莫待无花空折枝……"葛雨生低声缓缓地吟着，且说道，"花落花开，刹那间的事罢了，怎能得向东皇呼吁，愿花常好，一做护花使者呢？"

"好一个护花使者，你真有这意思吗，可要唱一折《梅龙镇》……我与你插上这枝花……"程景带笑说。

葛雨生摇摇头，拈花无言。

"'昨日一花开，今日一花开。今日花正好，昨日花已老。人生不得长少年，蹉跎何不回头早？'雨生兄，我们自己也是蓓蕾之花啊！锦片前程，各自努力。但是我不喜欢做春花，而偏喜欢效秋花，陆放翁《秋花叹》有'秋花与义士，荣悴相与同。岂比轻薄花，四散随春风'之句，秋天的花虽然没有春花的烂漫，而都带些奋斗的精神、高傲的色彩，东篱黄菊，山上红枫，何等的冷艳挺秀啊！"程景说。

这时候门上有叩门的声音，葛雨生和程景正要前去开门，只见玉华从里边跑出来，抢到前边去开门，原来是小弟弟买了酒和一些熟菜回来了。玉华接过了酒壶，回身走过葛雨生的身边时，笑嘻嘻地说道："你们请进去坐吧，我去烫酒来，你拿着这朵月季花做什么？"

"我爱好花，这花是你种的吗？颜色开得很好看，你们的庭院里真不寂寞。"葛雨生向她说。

"这是我母亲种的。"玉华一边说，一边走进去了。

葛雨生和程景也就回到那间小室里去，鲁光和吕观海却坐在那里谈《缥缃囊》出版的事情，于是他们一同讲办杂志的事了。

小弟弟和玉华送上四只冷盆来，一只是虾米拌海蜇丝，一只是小弟弟买来的熏肚子，一只是竹笋拌枸杞，一只是皮蛋，又放上了杯箸。

葛雨生瞧着玉华微笑道："今晚有劳你们了。"

"不忙，恐怕我们烧的菜不好吃的，好在万福楼的菜就要送来了。"玉华回头说。

"我倒不需要吃万福楼的菜，而喜欢吃你自己煮的，别有风味。"葛雨生又说。

玉华笑笑，和小弟弟都走出去了。

"我只是喜欢她的天然妩媚，在这五浊尘世里到处都是吃人的魔鬼、伤人的陷阱，外面一般冷酷的面目和虚伪的言谈，实在是不容易对付的。我们都是素丝未染的学子，自然最憎恶那些人，反不若绿窗小儿女天真烂漫，一颦一笑，都是从天性里发出来的。你们看玉华不是还有些孩子气吗？我是最喜欢这样的，倘然一味矜持，故意矫揉，这却令人望望然去之，不敢请教了。"葛雨生把手帕揩着杯筷，向程景等且笑且说。

"你这话可谓先获我心了。"程景笑笑说。

一会儿，小弟弟托着酒壶进来，葛雨生连忙接过，代三人各各斟满一杯，自己也斟上了酒。于是大家老实不客气地吃喝起来，又谈谈学校里的事情。

玉华进来了，手里托着一盆，笑嘻嘻地说道："这是我们自己烧的芙蓉蛋，你们吃吃看，吃得不好不要怪。"一边说，一边慢慢地放到桌子上。

"我是最喜欢吃蛋的，你们自己烧的芙蓉蛋真不错，我希望你们多烧几回。"葛雨生笑笑说。

小弟弟又托着一盆竹笋炒肉丝进来了，玉华从小弟弟手里接过盆子，安放在桌上，听得外面叩门声，玉华对小弟弟说道："你快去开门吧，准是万福楼送菜来了。"小弟弟答应一声，立刻跑出去，玉华还没有走开，却听外边嘻嘻哈哈地跳进一个七八岁的女孩子来。

"原来是三宝妹妹，哎哟，我倒忘记了。"玉华走过去，握着那女孩子的手轻轻地说。

"玉姐姐，我母亲请你去吃晚饭，昨天不是和你早已讲好了，为什么到了这个时候还不来？上海的珍姐姐早已和小阿姨来了，我母亲等得心焦，所以叫我来请你，你快快跟我去吧。"

这女孩子的声音说得又清婉又柔软，她头上梳着两条小辫子，扎着茄花紫的把根，分开了两行，一张小圆脸生得又白又嫩，两条细长的眉毛，好似弯弯月一般，一双眼睛黑白分明，非常灵活，两颊笑时露出两个小酒窝，身上虽穿一件粉红色的洋布衫，而她的面貌便令人一见可爱。

葛雨生对着那个女小孩子很注意地相视，又瞧瞧玉华的面庞，这时候他的一双眼睛左顾右盼的忙得很。

"秀色可餐，此之谓也！"鲁光在旁边对葛雨生带着笑低声说。

葛雨生和程景吕观海都不觉笑起来了。

"三宝妹妹，谢谢你，我本要到你府上来吃晚饭的。只因家里有了客人吃晚饭，生意忙得很，我不能让母亲一个人做的，好婆是只会烧烧火做不动了，我实在走不开。请你回去对寄母说，我不来了，抱歉得很，改日再来谢罪吧。珍姐姐和小阿姨面前也请你代我说一声，倘然她们不要紧回上海时，请到我家来聚聚，好妹妹，累你多跑一趟，对不起。"玉华和这女孩子说，这边皱皱她的蛾眉，勉强笑了一笑。

"不不，我要你去的，你不去时不但我母亲要不快活，珍姐姐和小阿姨也要不高兴的，她们叫我来催你立刻就去。"那女孩子说着话，拖住玉华的衣袂。

"珍姐姐是谁？小阿姨是谁？今晚你们的玉姐姐是不来的了。"葛雨生走过去，摸着女孩子的头顶，带着笑容说。

"你不要管，说给你听你也不认识的，都是你们在这里喝老酒，害得我们的玉姐姐不能到我家里去吃饭了。"女孩子说着话，噘起了她的一张小嘴，露出一团不高兴的样子。

葛雨生听了她的话，并不着恼，又笑笑道："玉姐姐不能去吃时，你可要我去吗？我倒肯做代表的呢。"

"你这个人真坏！我们不请男客人的，谁要你去？"说着话又对葛雨生眨两个白眼。

玉华恐怕她乱说乱话，得罪人家，所以拉着她的手说道："三宝妹妹，我和你到外边去讲吧，你看我母亲在厨下烧得很忙呢。"

她们出去了，程景对葛雨生说道："那女孩子不知谁家的女儿，生得真不错，将来长大时，我看还要比那个馄饨西施胜过三分，莫

33

小觑蓬门圭宝中，倒有天生丽质呢。"

"昔人云：何物老妪？生此宁馨！我要说：何物徐娘，生此雏凤？真所谓十步之内，必有芳草了。吴中多佳丽，于此可见一斑。"葛雨生掉着文言说。

"所以我要请你不如写上'秀色可餐'四个大字配在镜架里，挂在墙上，一则可以为这间小室生色不少，二则也是很贴切的，既然秀色可餐，那么馄饨也不必吃了。"鲁光笑着说。

"馄饨是要吃的，倘然秀色可餐真可以餐，那么生意也就要减少了。我却说有了秀色，更加使人吃得下，本要吃一碗的，就要吃两碗，所以生意越发好了。"程景在一边插口说。

吕观海却举着酒杯喝酒，又把筷子不住地夹着菜吃。

"观海兄，你的意思怎么样？为什么只吃不说？"程景向他问。

"哈哈！秀色真可以餐吗？那么疗饥有术，一日三餐也可以不必说了，我恐怕粉白黛绿还不如餐秋菊之落英呢。"吕观海托着酒杯说。

"嗯，观海兄竟要学鲁男子吗？须知食色性也，都是一样的，过屠门可以大嚼，对秀色不可以疗饥吗？"葛雨生笑笑说。

他们说话的时候，玉华手里又托着竹笋炒腰片走进来，又放到桌子上。

葛雨声向盆子里看了一眼，笑嘻嘻地对玉华说道："你们哪里来的腰片？今晚真忙了你们了。"

"这是小弟弟方才向外面肉店里买来的，还算新鲜，你们尝尝滋味看。"玉华说。

吕观海果然把筷子去夹了一片腰片，送到嘴里嚼了一下，点点头说道："真好，大家请啊。"

葛雨生却并不要紧吃腰片，双向玉华说道："方才那个小妹妹在哪里？可是回去了吗？"

玉华点点头。

"啊哟，你今天为了我们而牺牲一顿晚餐了，你要不要抱怨我们呢?"葛雨生对伊说。

"有什么抱怨，我明天再可以去的。"

"很好，那个小妹妹姓什么? 家住哪里? 伊生得真是美丽，伊的母亲就是你的寄母吗?"

"你怎会晓得的?"

"我是活神仙，怎会不知道?"

"嘿，我晓得你方才听了我的说话而知道的，否则你为什么问我小妹妹姓什么名什么呢?"

"你果然聪明，我骗不动你，请你快快告诉我吧，我是急性的人，渴欲知道呢。"

"三宝小妹妹姓秦，伊是我寄母的女儿。伊现在和我家小弟弟在一个小学校里读书。伊学校里的名字叫作雪梅，听说是有一位先生代伊取的。提起了秦雪梅三个字，那小学校里没有一个不知道。因为伊读书很聪明，在一年级里考过第一名，又在那学校开恳亲会的时候，伊在表演的当儿扮过小天使，穿着艳丽的衣服，装着假翅膀，在台上跳舞唱歌，看的人都称赞的。"

"雪梅雪梅，这名字比较三宝好得多了，将来伊一定是了不得的，只要伊的父母好好儿地把伊栽培。"

"唉，雪梅的父亲早已故世了，家中只有母亲和一个哥哥。"

"那么他们的家况大概是很可怜的，靠什么过活呢? 雪梅的哥哥可在读书吗?"

"雪梅的哥哥小名叫大宝，现在阊门外一家南货店里学生意，雪梅的母亲还算会想法子，所以一家衣食还勉强过得去。"

"雪梅真美丽，真活泼，你为什么不留伊在这里和我们瞎谈谈呢? 我们很喜欢小孩子的。"

"我恐怕伊要乱说乱语得罪你们，并且伊母亲等着我去吃饭，我既然不去，不得不赶紧叫伊回去说一声了。你若喜欢见伊，隔一天

35

我再叫伊来。"

"那又不必了。"

葛雨生和玉华这样一问一答地交谈着，程景、鲁光都在旁很注意地静听，吕观海只是喝酒，壶中的酒已快要干了。

外边又起了打门声，敲得很响。

玉华说道："这一定是万福楼送菜来了，我去开门。"说着话回身走出去了。

"玉华雪梅，这恐怕都是小家碧玉中的翘楚吧，假使雪梅年纪大了一半，那么和玉华在一起，可说是江东二乔了。"程景向葛雨生带笑说。

葛雨生喝了一杯酒，微笑无言。

果然是万福楼送菜来了，玉华和伊的母亲走进来，把桌上的残肴撤去，然后再把菜一样一样地放上来。玉华的母亲拿着空酒壶去，又烫了一壶酒叫玉华送来。玉华立在旁边，把桌子上供的花修剪修剪，又去关上了一扇窗，没有走开。葛雨生一边喝着酒，一边便和伊谈谈这店里的生意。玉华有问必答，口齿伶俐，并且常用伊的一双妙目向人不时地流波转动，好似含着不少的情愫，足够荡人心魂。

等到酒喝完了，肴核既尽，杯盘狼藉，大家又吃过饭，方才立起身来。这时候玉华等大忙了，全家下了总动员令，收碗了，抹桌子了，拧上热手巾了，倒茶了，忙得不亦乐乎。程景和鲁光、吕观海都到后边天井里去小解，独有葛雨生仍向椅子里坐下，且对他们说道："你们真太客气呀，喝了酒立刻就要还钞的。"

"哈哈，今天的账是要你还的了，我们要溜之大吉，把你留在这里做押账了。"鲁光一边笑着说，一边和程吕二人走出室去。

"他们若肯留我在这里，我倒很情愿的，只不知他们要不要？"葛雨生带笑说，这时玉华正在把一张台布摆放到桌子上去。

"葛先生，究竟处女是怎么样的人？为什么我说了不做处女，你们都要笑我呢？"玉华轻轻地向葛雨生问，同时伊看看旁边没有他人。

"哈哈，你这样聪明，这个却不聪明了，换句话说，处女就是没有嫁人的女儿家，所以你不要做处女，我们都要笑了。玉华，你有没有和人家订过婚？"葛雨生瞧着伊的面庞，轻轻地问。

玉华听了，脸上立刻飞起两朵红云来，一颗头低了下去。

此时程景第一个走进来，他早已窃听得葛雨生又在那里说什么处女不处女了。

"处女、处男在一块儿谈什么？好好，我都听得了。"程景带笑向二人说。

玉华慌得转身便往室外一走，鲁光、吕观海也走进来了。他们正要借着处女的题目做谈话的资料，而玉华的母亲已拿着万福楼的账单走了进来。

葛雨生连忙抢着接到他手里，看了一看，又问道："你们这里该要多少呢，可有账单？"

"我们不是酒馆饭店，没有账开的，随便葛先生给多少钱就是了，好在这是难得的事。不过我们自己烧的菜，恐怕你们不中吃，请你们包涵一下吧。"玉华的母亲瞧着众人的脸说。

"你家烧得菜真好，比较万福楼别有风味，可惜这里平常不留人吃饭的，否则我要天天来吃，再不要吃那学校里的饭菜了。"葛雨生一边说，一边从他身边皮夹子里取出二张十元的纸币，递给玉华的母亲。

"这一些些不算数的，若然不够时，你再对我说吧。"葛雨生说。

"够了够了，谢谢你葛先生。"玉华的母亲说着话，把纸币藏在伊的衣袋里去，回身走出了这间小室。

"我们可以走了，今晚谢谢雨生兄破钞。"程景对葛雨生说。

这时葛雨生虽欲留恋而不可得了，只得跟了大家走出去，但是他已带了几分酒意，口里还打着英语，赞美那个当垆女子呢。

玉华跟出来关门，送到门口，对他们说道："明天会，有空再来，倘然不嫌这里的菜不好。"

"我们当然要再来的，且有礼物送给你们店里呢，你可讨厌我们吗？"葛雨生回头带笑说。

"谢谢你！"玉华说这三个字，很清脆地从沉寂的空气里送进葛雨生的耳朵，好如夜莺在那边播弄它睨睨的鸣声。

晚风一阵阵吹来，夹着一些雨丝，天上一片阴霾，星斗全无，似乎要下雨的样子。在惨淡的街灯下，四人走到了三元坊口，葛雨生和鲁光要回宿舍，而程景和吕观海也各要取道回家。

"今天我们玩得很是有兴，隔一天我们再到那边去喝酒谈心。"葛雨生对程景、吕观海说。

程景向他们道了一声晚安，挟了几本书，匆匆地走回家去。他走到了楼上，听得他母亲房里还有针刺的声音，推开房门进去，一看他母亲正伏在绣花架下刺绣，他就叫了一声母亲。

"今天你到什么地方去的？怎样到这个时候才回来？你不要在外边荒唐，你在读书的时候须要一心用功，万不可意马心猿转别的念头。你知道你父亲就是因为读了书没有得志，而郁郁不乐身染废疾而早故的，那么你应该更要刻苦勉励，代我家争口气。"程景的母亲停了手中的针线，抬起头来，很严肃地向程景说。

程景见他的母亲这个样子，心里不由一怔，又皱了一皱眉头答道："我哪里敢荒唐，我早已告诉你，近来我和葛雨生正在办一种杂志，要想出版，所以很忙。方才我就是到他学校里去商议出版的事情，有几个朋友一同在内，我们在外边吃了晚饭就回来的，葛雨生做的东道主。母亲，你相信我的话吗？"

"我当然没有什么不相信，但是一个人总是当局者迷，旁观者清，自己不觉得的。你若能好好儿一心读书，我也当然没有别的话说了。"程景的母亲又对程景说。

程景仍不明白他母亲的用意，只得答应一声是，走到后面房里去。这是一间后房，虽然面积很小，而靠窗也放着一张书桌，上面堆满着许多中西书籍，靠里一张床就是程景睡的。左面壁上挂着一副小小对联，右面壁上挂着一个镜框，中间是一个西方美女，挽着一个雄骏的马头，名叫"美人与名马"，就是程景心爱的一幅油画，不过花了一块钱，从书店里买来的。旁边琳琳琅琅、高高下下地挂了不少杂志月报，像那时候出版的《民权素》《游戏杂志》《眉语》《小说月报》《礼拜六》《小说新报》等，应有尽有。既然是一本本的书，为什么不把它放在书架，而反去挂在壁上呢？这是程景的一种特别的嗜好，说穿了也没有什么意思的，因为那时候书店里等到新的杂志出版，运寄到苏时，他们就把来用小书夹夹住了，挂在书店的门口，给人家看了，知道新书出版，就可以进去买了。而杂志的封面大都用三色铜版印着时装美女的图书，或是古时的仕女画，虽然那时候尚没有什么电影明星的照片，而也是五色缤纷、美丽动人的。程景竟效法了书贾的办法，把新到的书买来后挂在壁上，这却没有什么生意经了，他算作装饰品的。这样新旧交换，可以没有间断，而时时可以转换眼光，因此他所有的一些钱都消耗在这个上，有时候宁可有了点心钱，积了下来，而去买书看的。好在那时候的杂志价钱便宜，只多一两角钱，卖到四角四角是很少的。其中有二种书，他也是用书券去调换来的，因为他在那时候，就喜欢抽出一些时间来做些短篇小说，投稿到上海报纸杂志上去，往往十九会登出来的。《小说月报》和《眉语》的主编都写信给他，请他做特约撰稿，他自然更是高兴握笔了。然而那时候的杂志大都没有稿费的，只送些书券，以为交换。程景起初写小说的目的当然也并不在乎金钱，得到的书券都拿到书店里去换书来看，所以他家里的杂志是很多的了。

当他走到书桌边，见他的妹妹惠文悄悄走过来，走到他的身边，指着书桌中间的一只抽屉，对他说道："哥哥，你瞧瞧这抽屉里有什么东西？"程景听了他妹妹的话，连忙开了抽屉，见纸堆上面有一个白色波纹纸的信封，用紫墨水写的字。这上面细小而娟秀的字迹触到他的眼帘时，他已知道是谁写给他的了，连忙拿到手里一看，只见这封信已拆开了，使他不由呆呆地一怔。

"谁拆我的信？"程景睁大了眼睛向他妹妹问。

"你不要怪别人，这是母亲拆开来的，我们绝不来拆你的信。"惠文说明，脸上笑嘻嘻的，好像知道伊哥哥奈何不得伊的样子。

于是程景恍然有悟，他的双眉不觉又皱起来了。

第三章　惊才绝艳少年行

　　程景是一个孤儿，他在小学校里读书的时候便遭失怙之痛。他的母亲守节抚孤，把他们兄妹三人自幼抚养成人，确是非常艰难辛苦的。他们的家世，在曾祖时一度曾为钱业中的巨商，在苏州胥门一带也有些小小名气的。后来到程景的祖父手里，衰落得很快。他的祖父是不习商只读书的，要想从科举场里一举成名。可是因为交了一班狎邪的朋友，常在外边秦楼楚馆中做冶游，因此旷废了学业，怎样能够考得中呢？早年就得了瘫痪的病，斫伤过度而夭亡的。程景的父亲也是读书的，但是也因不能痛下董子之帏，所以未能入泮，因此两代都不事生产事业，治生乏术，儒冠误人，怎能免式微之悲呢？

　　程景的父亲过了三十而立的时候，渐渐觉得环境日非，不得不出去奋斗一下了。那时候还是在清朝的末年，恰巧有一位封疆大吏从广东调到苏省来，声势赫奕，爵位崇高，以前和程景的曾祖曾有一些渊源。程景的父亲以为有故旧之谊，遂到南京去投刺拜谒，要想托那大吏荐一个小差使。虽然得见一面，然而在官场中最重势利，也没有讲什么话，结果只送了些程仪，允许他慢慢地想法，谁知这慢慢地三个字便慢了数年？程景的父亲早也望，晚也盼，常常写了八行书去请托，可是竟像石投大海杳无回音，心中未免郁郁不乐，自伤老大，不久就得了痨瘵之症，医治了三年，百药罔效，就此含恨长逝。当他临终的时候，程景还在学校里大考体操，他虽然知道家中父亲病危，早夕恐有变化，但是因为学期大考不能不到，况且这一天是最后一日了，他一清早就到校里去的。当他穿了制服，立在体操教员的面前，手里捏着两个哑铃，正要考试的时候，主任先生走进来，把凶讯告诉了他，方才知道父亲快要易箦了，家中差人唤他火速回去，他不由哇的一声哭出来了。体操教员已不再要考验他，许给他七十五分，叫他快快回家去吧。

当他滴着眼泪，立在他父亲的病榻前，见他父亲的脸色业已变得十分可怕。斜转着眼睛，对程景看了一眼，知道他的儿子回来了，双颊扇动了一下，又像笑，又像哭，口里有气无力地迸出两句话来，对程景说道："我去了，你年纪尚小，总要用心读书，将来好好做人，重振家声。"他再也说不动别的话了，在他眼睛里有两点眼泪淌出来。这父子永别的一幕，程景是永永留在他的脑海里而不曾磨灭的。

他既然做了孤儿，领会到家庭艰难的情形，以及自己将来一身责任的重大，所以格外要用心求学了。他上国文课时读到李密的《陈情表》、欧阳永叔的《泷冈阡表》，以及《诗经·蓼莪》之篇等必要凄然落泪，刺激很深的。又读到孟子的"天降大任"章、宋濂的《送东阳马生序》，更是深深地刻苦自励，希望将来自己可以有一天立己立人，不负他亡父的遗嘱，以及母亲的含辛茹苦。暑假中徒步到远处去补习，也不顾烈日的熏灼，无非要求自己早早达到愿望。在中学里跳越了一级，两年的书并在一起读，因此他的学问虽然进步得很快，而身体方面却亏弱了，加着他先天不足，体质本不强的，又乏丰富的营养，宛如一株树木得不到良好的灌溉和栽培，叫它怎能欣欣向荣而开放出鲜葩来呢？

他和葛雨生、吕观海等都是高小时代的同学，那时候的学制和现在不同，乃是小学四年、高小四年、中学四年、大学四年。程景没有读过初小，出了私塾就进的高小。在高小里毕业后，吕观海、葛雨生，还有袁宝林、冯圭央等同学都去投考某校，而程景因为自己对于算学一科没有兴趣，勉强得很，决计将来研究文学，或是政治经济，所以便和葛雨生等分道扬镳，考入了一个教会所设的中学里去肄习中西文学了。他们虽然进了不同的学校，不能朝夕同堂，可是因为以前在高小里的情感很厚，彼此依依不舍，所以每逢星期休沐或是放假的时候，依然要聚在一处，晤言为乐，又因他们都是喜欢看小说的小说迷，更是容易沆瀣一气了。

《缥缃囊》便是他们所要办的处女作出版物，集合了几个喜欢研究文艺的同志，大家个个担任撰述，且量力凑出一笔经费来，公推文昨非做总编辑，还有一个上海姓倪的朋友主理印刷和发行事宜。当时葛雨生和程景是此中最高兴的发起人，极力推动这事的进行。葛雨生又独自多填出一些款项来交给姓倪的去办，他们为了这杂志的事也费去两三个月的筹备呢。

程景先爱看武侠小说，后喜读言情小说，翩翩年少，顾影自怜。他也相信了古人说的"书中自有黄金屋，书中自有颜如玉"，满怀芳洁都寄托于卷首笔端，未尝不有山林隐苓、美人香草之思。他常和葛雨生谈着古今情场的故事，二人彼此安慰着，期待着，都有一样的心情，因此二人的友谊更是密切得多了。

程景有一家亲戚姓庞，住在娄门，他常随母亲到亲戚家中去盘桓。在那亲戚同居的芳邻中，有一个姓李的少女，二八年华，生得婉娈聪慧，如小鸟依人，非常可爱，两道水汪汪的秋波更是顾盼有情。伊的芳名是静波，独养女儿，没有弟兄姐妹的，家中只有一个母亲，是佞神拜佛的人，对于膝下这位明珠，珍爱异常。因为静波的母亲也是早失所夫的孤嫠，伊唯一的期望就在这一位掌珠的身上。幸亏庞家家产尚是小康，静波的父亲故世时留下一些田地房屋和现金，因此母女俩可以无忧无虑地安度光阴。静波就在附近某女校里读书，二人厮守着，生活优游，这一点却和程景的环境又是不同了。

静波虽是个少女，因为伊的性情活泼，每在放学以后常到程景亲戚家里来溜达，彼此住在一宅中，天天相见，不拘形迹，犹如自

43

己人一般，无话不谈了。程景去的时候也和静波时常觌面，大家都在少年，自然更是像磁石吸铁般吸引在一起，彼此谈谈学校的事情。有时候静波捧了一本书，常要请程景代伊解释。庞家也有一个女儿，名爱娇，比静波小二岁，也在同一学校里读书，不过性情傻一些，尚在高小学校里呢。三个人时常聚在一起闲谈的，但是程景喜欢和静波讲话，而不愿意多和爱娇兜搭，静波也是如此。然而大家都只得敷衍着爱娇而不敢冷落了，此因为二人没有爱娇为伴，不能多有机会接近呢。

有一次程景到庞家去盘桓，这天乃是星期日，所以他有暇的。他到了庞家，一心便想见静波，却坐了一会儿不见静波的影儿。平时程景到了庞家，只要静波听得他的声音，马上便跑出来的，而且有时候静波总是早在庞家的。今天他偏偏遇不到静波，倒使他疑讶起来，莫非静波不在家吗？他忍不住便向爱娇问起静波。

"你问静波吗？伊在前几天就生病，睡在床上，到今天还没有起来呢。"爱娇一边手中做着绒线活，一边仰起了头回答程景。

"哎哟！静波患病吗？是什么病？你可知道？有没有请过医生来诊治？"程景低声问着爱娇，露出十分关切的样子。

"你想伊家怎会不请医生的呢？第二天便请西医陈中任来看过的，听说这是一种流行性感冒，没有多大的妨碍，但因静波素来娇弱之故，似乎很重了。倘然像我这样的好身体，不请医生不吃药，也自会痊愈的。"爱娇指指伊自己笨重的身体说。

"我很想去望望静波，不知道她家里可能容许我去？"程景说。

"你怎样不好前去呢？你如要望望静波，不妨就去，静波的母亲你又不是没见过的。"爱娇说。

程景确乎在庞家也有好几回见过静波的母亲，胖胖的身子，圆圆的脸儿，眉目之间很有几分和伊的女儿相似，不像个早做寡妇的人，常常向人带着笑容，很能寻快乐的。手腕上套着灿灿的黄金镯，手指上戴着两枚一红一绿的嵌宝约指，使人家可以知道伊不是手中没有钱的人了。程景称呼伊伯母的。伊见程景是个好学生，且也和程景的母亲相见过，所以彼此都是熟识的。只是程景尚没有走到静波家中去，不免客气一点儿，所以程景为了小心起见，要托爱娇先到静波家中去说一声，倘她们母女欢迎他去的，然后他再走去。

越是傻的人越肯帮人家的忙，爱娇听了程景的话，马上就跑到静波家里去了。一会儿爱娇已走回来，对程景说道："你快快去吧，我已和静波说过了，静波正有一件事情要拜托你，伊叫我快请你去，静波的母亲也要你去呢。"

程景听爱娇这般说，好像奉到九天的纶音，十分兴奋，立刻跟着爱娇便跑。

这是一个大宅子，墙门虽已旧了一些，里面的房屋尚新，共住着三家人家，静波是住在中间第三进内，是完整的屋子。庞家是住在左面一院落，二楼二底，外面一进是另有一家姓张的租住。后面还有一个荒园，种着些桑树和菜畦呢。

程景跟着爱娇走过天井，从陪弄里往后走去，转了一个弯，便是静波所住的地方。朝南一排四开间的平屋，都是新式的玻璃窗。一个很大的石板天井，地下洁净无尘。程景走至客堂里，都是红木器具，正中天然几上供着白衣观音的像，两壁悬着书画对联。左首是一间画室，闭着门，没有人在内，右首悬着一个门帘。静波的母亲正在外房，一见程景跟着爱娇走来，便含笑招呼道："程家少爷，我家静波正在生病哩，你来望望伊吗？很好，快请进来吧。"

程景听得静波母亲的呼唤，受宠若惊，连忙一脚踏进外房，恭恭敬敬地叫一声伯母。

"请到里边房中去吧，静波尚睡在床上呢。"静波的母亲把手向内房一指，叫程景进去。

爱娇脚快，早已跑到内房，对睡在床上的静波说道："景哥哥来了。"

程景步入内房，先瞧见靠里有一张红木大床，白色罗帐用烂银钩子左右挂起。静波正拥衾而睡，蟠首向外，妙目斜睇，见了程景站在伊病榻之前，便向程景笑了一笑，道："你今天有暇前来吗？我可有些小恙，不能起来呢。"

"今天是星期日，所以我有暇前来走走，却不知你在患病，还是我向爱娇妹妹问明白了，要来探望你，不知你现在可觉得好些吗？"程景一边回答静波的话，一边偷瞧静波的芳姿，确乎清瘦了一些，更兼伊面上没有敷粉，也不免略见暗淡，可是眉如春山，眼如秋水，仍是掩没不了伊的天然美，头上云发也不蓬乱，像是梳栉过的样子。锦衾的左角松开着，露出伊上身穿的一件桃红色的紧身，这病美人的姿态，程景尚是今天第一次见到呢。

"不错，我倒忘记了，今天是星期日，你本来是休沐的。我却真不幸，在前几天就患病起来了。母亲请了西医前来，吃过药水，昨今两天渐渐愈好，今日寒热已退了，只是母亲还不许我起来呢，真令人闷损透了。唯有把你前番借给我看的小说在床上翻阅，聊以消遣我的寂寞。"静波一连串地说着，精神似乎很好。

"你要看小说，今天却没有带来，下一次我带几种新小说给你看，我希望你的病快快痊愈。"程景说。

"我也要看哩，我向你借《红楼梦》，你答应了我，为什么至今还不带给我？"立在旁边的爱娇插嘴向程景说。

"《红楼梦》吗？我恐怕借了这种小说给你看，舅舅也许要怪我的，我不愿人家说话，所以没有带给你。爱娇妹妹，我真对不起你的，你别要见怪。"程景含笑回答。

"不要紧的，你给我和静波姐看的《玉梨魂》也不是言情小说吗？只是这上面的诗太多了，我有些看不懂，我要看《红楼梦》。"爱娇又抢着说。

"很好，我也要看呢，请你下回来时借给我们看看吧，没有人会怪你的，你太会疑心了。"静波在枕上说。

"既然你们都是这样地渴欲一读此书，我准借给你们看便了，但你们不要变了红楼迷，里面的贾哥哥与林妹妹却做不得的。"程景带笑说，又向静波的脸上瞧了一下。

静波的玉颜上微微有一些红，更显出了伊的美。但是爱娇却并不觉得，反而带笑着说道："我们绝不会做林妹妹的，你却不要去做人家的宝哥哥。"天真的说话竟使床上的静波格勒一声笑将出来了。

这时候小婢金珠已送上茶来，而静波的母亲也拿了一袋胡桃糖走来，请程景和爱娇吃。程景在沿窗桌子边坐下，西首一座玻璃大橱正照着他自己的影子，觉着他的丰采还好。爱娇坐在静波的床沿上，和爱娇有一搭没一搭地乱说。静波的母亲却坐在妆台边的一张圆凳子上，手里托着一个水烟袋在那里抽水烟。

程景一边吃着胡桃糖，一边和静波母女闲谈，心中却惦记着爱娇方才和他说的静波有一件事要拜托他的那句话，不知道究竟是什么事，也不便再向爱娇问询。

隔了一歇，静波却开口向程景说道："我有一件事情拜托你费心，不知你可能够答应我吗？"静波发出银铃似的声音，竟使程景好如闻到了九天咳唾、玉旨纶音。

"请你告诉我，要有什么事叫我做？既承不弃，凡是我的智力能够做的，我都可以遵命。"程景很快地回答。

"我知道你一定能够的，我来告诉你吧。前月我们校里的国文主任薛先生曾在我的一班里挑选出三个人来去参加苏州中学生的文艺作品展览会，我就是三人中间的一分子。"静波说到这里，口中咳了一声嗽，顿了一顿。

"静波，这是因为你国文的程度很好，所以校中国文教师要选择你去参加啊。"程景说。

"啊哟，我的作文实在是幼稚的，写得很不好，不知道老师为什么要挑选我？大概也是蜀中无大将，廖化做先锋吧。"静波微微地笑着说。

"不要客气，我虽然没见过你的作文，爱娇却早告诉我说，你的作文簿上常有密圈吃的。"程景又说。

"我真的不好，但是先生选定了，我也只得遵从。他出了三个题目叫我们做，是各人拈阄儿拈定的。我虽拈定了，却一直怕动笔，直到现在限期已近，就在下星期三必要交卷，否则便不及送去了。因为国文教师也先要看过一遍呢。只是我现在病了，真的不能握管，下星期三叫我如何能交卷？倘使不交卷，学校少去一个应征的人员，校长先生便要不快活，他们都要怪我为什么不早些写好，以致误卯。而同学们也要讥笑我，说我真不会做，没有学问，所以推病而不交卷了。这个耻辱叫我怎受得起呢？为了这篇东西，这两天使我大大地忧愁，担上极大的心事，想不出个好办法来。除非我不顾了病，坐起来赶写这篇东西。但是寒热刚才退净，怎么就好写文章？校中国文教师已差校役来催过了，说星期二不能交卷，只好缺席。我正为了这事情感觉到没有办法，恰巧爱娇妹跑来，说你到伊家来游玩了。我想你学问很好，也许能够代我做一篇，做一个临时的捉刀人，所以请你来商量，不知道你能够答应我的请求吗？"静波说着，对程景笑了一笑，送了一个曼妙的眼波。静波的剪水双瞳，眼波溶溶，确有绝大的魔力的。

"我当然情愿代你捉刀的，不过恐怕我的国文程度也是浅薄得很，文学上缺少修养，写出来难免拉杂成篇，不知所云，不足增重你的名誉，反而……"

程景正要再说下去时，静波早又拦着说道："你能够答应了我，已使我不胜感幸，你写的东西会不好吗？我不相信，你的大作刊在《小说新报》上的，我已拜读过数篇，辞采和意思都好，你不要客气吧。"

"程家少爷，你能代我女儿做一篇文章，这是再好也没有的事了。可怜静波为了这事情焦虑得很，和我正闹着呢。你想我是只会念念经，或是打打牌的，这件事是门外汉，叫我怎能助伊想法呢？难得你能代劳，使我也放心不少。"静波的母亲抽着水烟，带着笑容向程景说。

"那么请你把题目告诉我，让我带回家去，代你用心写一篇，明日一准再来交卷，你放心吧，不用忧虑。"程景对静波说。

静波便叫伊母亲到外房去从伊所用的书桌抽屉里取出了一张薄薄小纸，拿进房来交与程景。

程景接到手里，一看这小纸上写着一个文艺题目，乃是《先秦诸子学术之蠡测》。他对这文题相视了一下，暗想这个题目范围果然很大的，对于战国时诸子百家的学说若不能粗知大略，怎样能够写这篇东西呢？无怪静波迟迟地惮于握管了。那教师出的题目似乎太高了一些，叫做的人困难了，自己若要做得好，非先参考一下，便不能说出所以然来呢。

静波见程景双手拿着这小纸凝视不语，便开口说道："你看这题目不是很难的吗？我本来也做不出，趁此机会费你的脑筋了。"

"这题目比较是难一些，但只要参考书看得多，也未尝不容易的。我既答应了你，明天下午一准交卷，绝不有负尊托。"程景鼓起勇气说。

"我真要谢谢你了，今天亏得你来了，使我轻轻地渡过这重难关，而不致被同学们讪笑了。"静波在枕上掠着云鬓说。

"景哥哥，我将来有了难的文题也要请你代做的，你不能拒绝我的啊！"爱娇在旁带着三分妒意说。

静波的母亲带着一脸的笑容走出去了。三个人在房中又随意闲谈，当当的钟声鸣了四下。

程景有了题目，要想早些回去写这篇文章，免得误了静波的事。他正想起身告辞时，只见李家的侄女托着一大盘油煎馒头进来，放到桌子上。静波的母亲已跟着走进来，请程景和爱娇一同吃点心。

"李家伯母今天你们为什么这样客气呢？景哥哥到我家来，理该我们请他吃点心的。"爱娇走过来说。

"不是一样的吗？我听得你家里人说程家少爷欢喜吃这里的油煎

馒头的，所以我叫金珠去买的。你们快吃吧，恐怕就要冷了。"静波的母亲带笑说。

程景倒并不怎样客气，就谢了一声，和爱娇面对面地坐着吃点心。这时候，静波在床上叫金珠拿了开水来吃她的药水。程景吃了四个馒头，搁住筷不吃了。爱娇也吃了三个。静波的母亲立在旁边，一定叫程景再要吃，程景只得又吃了一个，爱娇也陪着再吃一个，方才吩咐金珠拿下去。静波的母亲却一个也没有吃。

等到点心吃过，时候更不早了，房中已先觉得黑暗。程景真的起身告辞，他对静波说道："你自己保重身体，明天我一准再来交卷便了。"

"谢谢你，明天放学后我希望你早些来。我知道你喜欢骑驴了的，你骑了驴子来吧，也可以快一些。"静波仰着脸说。

程景答应了一声，又向静波的母亲说声明天会，他就走出房去，爱娇跟在后边。静波的母亲送到陪街口，方才回身进去。

程景又到庞家去坐了一坐，方才告辞，临走的时候，爱娇又对他说道："你明天来的时候不要忘记了《红楼梦》。"程景带笑点点头。

他去了，他匆匆地走在途中，想到了这个很是难写的，自己家中又缺少参考书，所以他想起了他平日常去问字请益的一位金老师，立刻跑到那里去向金老师借了几本书，又和金老师把这题目谈了一会儿。金老师是个诲人不倦的宿儒，自然讲给他听，他一一记在心里，然后辞别跑回家去，已是吃晚饭的时候了。

晚餐后，他功课也不预备了，先在灯下看了一会儿参考书。在他的脑子里思索既定，布好了局，然后提起笔来，一口气嗖嗖地写下去，写得很快，一会儿已写了三张纸头。休息了一会儿，再拿起笔来继续写，直到写完了这篇东西，计算已写去六张稿子，共有三千字光景。自己再细细看了一遍，把不妥的地方以及别字闲句一齐删削干净，刮垢磨光了一会儿，又加上了几处辞藻，然后再把自己的东西朗声而读。读到不顺的地方，再加改数字，方才自己觉得这篇东西可称完璧，尽心力而为之的了，不觉手舞足蹈起来。自己又觉得行文之乐，当莫逾于此了。但是同时听得壁上的钟声当当地已敲了十二下，不由立起身来打个呵欠。

那时候，前面房里的针刺声也还没有停息，只听他母亲在那里问道："景儿，你为什么写到了这个时候还没有睡呢？可是校中又在考试吗？"

程景不便直言回答他的母亲，只得含糊地嗯了一声，却听他母亲又在那里说道："现在读书也很辛苦的，不多几时听说你在小考，忙着预备功课，怎么现在又要考了呢？"程景听了他母亲的说话，不由暗暗好笑。

次日程景一清早起身，把这篇东西誊写清楚，然后带在身边，吃了早饭，到学校里去。他出门的时候已告诉他母亲说，自己今天放学后再要到庞家去，因为爱娇向他借书看，他母亲无可不可地答应了。他又把一部《红楼梦》带到学校里去。

这天放学后，恰巧有学生会，同学要他一同参加，可是他托故不肯出席，偷偷地溜出了校门跑到巷口，真的骑了一只驴子，很快地上娄门去。

当他走进庞家的时候，庞家众人正在吃糕，见程景又来了，不免有些奇怪，爱娇就说这是李家的静波姐托他写一些稿子，所以他这样的高兴。他舅舅听了，也不去管这事，便叫程景吃糕。

程景吃了一块糕，立起身来，走到庭中去，爱娇跟出来，向他轻轻地问道："《红楼梦》带来了没有？"

"带来了，在我的书包里，你不用心急。"他一边说，一边回身到里面茶几边，从他书包里拿出一部《红楼梦》来递给爱娇。爱娇笑嘻嘻地接了他的书，立刻悄悄地跑到伊的房里去放好了。程景等爱娇回身走出房来时，便和伊一齐又走到静波家里去。

今天静波已起身坐了，坐在床前一张藤椅子里，脸上也敷着一些脂粉，所以面色已比昨天好看得多。伊正在伸长了脖子盼望程景到来，所以当程景走进房里来的时候，伊就立起身来，带着一脸的笑容，叫声景哥。

静波的母亲出去买东西了，还没有回来，金珠送上了茶。程景也没有坐定，便从他身边掏出那篇东西来，双手交与静波，且说道："我是昨天晚上回去后像开快车一般赶起来的，恐怕写得牛头不对马嘴，请勿见笑。"

静波双手接过这一叠稿纸，两手交叉在胸前，向程景微微一笑说道："景哥，谢谢你，为我费去了不少神思。"伊一边说，一边坐下去，展开程景与的稿纸，一张张地从头至尾，拜读了一遍。爱娇也靠在伊的身边，两个头并在一起，赏识这篇程景的大手笔。

程景写这篇东西，确乎绞去许多脑汁，把先秦诸子的学术大略先做了一个引端，然后逐一分析，末后再加上一个总论，颇称简括，批评得也很平允。老实说，静波的国文程度还嫌不够，伊读了这篇东西，有小一半不十分明了，至于爱娇更是不明白了。当静波读完以后，连声称赞，爱娇也在旁边附和着。

"你们这样称赞我，更使我惭愧了，我自己觉得很不好，不过是敷衍塞责罢了。"程景搔着头说。

"好极了，你这篇文章写得非常出色，我哪里能够这样写呢？谢谢你为我这样地大费心思，像你这样的惊才绝艳，将来一定能够做到韩柳欧苏的。"静波说。

"啊哟，韩柳欧苏，都是唐宋的大文豪，旷古罕今的，我怎敢望他们的项背呢？"程景带笑说。

"静姐，你把这篇文章交与国文教师时，恐怕他看了要疑心不是你自己写的，那么怎样是好呢？我倒代你担心了。"爱娇在一边向静波紧问。

"不要紧的，教师若然问我时，我可以说是我自己做了而请他人代为修改的，这样就可以混过去了。"静波很镇静地说。

"对啊，你这个说法是很稳妥的，你们的国文教师也不能说你的不是，但我恐怕还要劳他的大笑修饰一番呢。"程景带笑说。

"这样好的文章也不必再改了，谢谢你。"静波一边说，一边把这一叠稿笺折好了，向伊自己衣袋里一塞，又问道，"《红楼梦》带来没有？"

"哈哈，你问《红楼梦》吗？已到了我的手中，非让我先看不可了，这是我的优先权，你不能抢我的啊。"爱娇拍着手，嘻嘻哈哈地说。

"爱娇妹，那么被你捷足先得了。"静波微笑说。

"真的被我捷足先得了，你总抢不过我的啊。"爱娇说。

"是你捷足先得的。"静波说着话，拍手笑将起来，爱娇却还不明白伊说话中的意思。

程景在旁边却忍不住向爱娇说道："你被静波姐姐占得便宜去了。"

"是我占了便宜，静波占的什么便宜呢？"爱娇走到程景身边来问。

"捷足先得，算你的脚快，所以捷足先得了。"静波又笑着向爱娇说。

爱娇此时方才明白了，立刻口里笑了出来，跑到静波身边去，伸起两只手要去拧静波的嘴，且说道："索性请你尝尝我的捷足厉害不厉害！"

静波在藤椅子里笑得没有力气，把手护住伊自己的嘴，但是爱娇力气大一些，静波又是病体新愈，坐在椅子里用不出气力来，两人扭了一会儿，程景笑着在旁边作壁上观。

"景哥，你快来助我一下吧，爱娇妹妹太欺侮我了。"静波发出呼救的声音说。

程景只得走过去解劝。

"景哥哥不用你来助伊，你应该帮我的，你若帮了伊，我就要不认识你了。"爱娇回头说。

此时程景倒变作了难人，真的不好意思去帮助静波。

"你除非向我讨一个饶，我方才不拧你的嘴。"爱娇一边拉开静波的手臂，一边带笑说。

"好妹妹，请你饶了我吧，我不再占你的便宜了。"静波笑得没有了气力，断断续续地说。

爱娇就放下伊的双手说道："看你方才病好，就饶了你吧。"

程景刚回到原座上，静波的母亲已回来了，买了许多东西。程景连忙立起叫应。伊见了程景，欢欢喜喜地就问伊女儿那篇东西是不是已写好了，经静波告诉了伊，伊向程景谢了一声，拿出一大包花生米和几包麻酥糖出来请程景等吃。

天色黑下来了，房里已张上了灯，程景又要告辞，可是静波的母亲十分殷勤地一定要留程景在她们家里吃晚饭。程景到底是和李家客气的，再三推辞，然而静波的母亲定要留他吃了去，静波也在旁边挽留，程景终于答应了。爱娇自然留着在这里一同陪伴。当晚餐时，静波的母亲吩咐婢仆们开在外房，他们四个人一同吃。静波的母亲正中坐，程景坐在左边上手，爱娇坐在右边，静波坐在下手。静波的母亲添了两样菜，很殷勤地敬给程景吃，程景很客气，并不多吃，在他面前的碟子里多余下不少没有吃过的菜。静波却喝了一碗薄粥，吃了伊母亲买回来的几片火腿。伊一边吃，一边瞧着程景常做微笑，可见伊内心的愉快了。

晚餐过后，程景向静波母女道谢后，再要告辞。她们因为程景所住的地方相距得很远，所以也不便再留了。

程景在街头暗淡的灯光下跑回家去，因为那时候驴子也没有了。路虽然远，时候虽然晏，可是他都不觉得，他只觉伊人的微笑常常浮现在他的眼前，一种天真烂漫的老态，竟使程景如饮醇醴一样地陶醉了。

从此程景和静波的关系又接近了许多。他表面上是到庞家去，实际上却是要去会见静波，而且有一件事更使他喜悦的，就是他代静波作的那篇《先秦诸子学说之蠡测》竟在这一届苏州中学生文艺作品展览会里得到了良好的批评。会中颁发给静波一张优等的奖状，而学校里也有奖品给静波。伊在校中因此而得到很好的荣誉，自然芳心款款，更是感谢程景，也更佩服程景文艺的优美。这无异是一个最真实的试金石。但是程景为什么自己没有作品加入在内呢？这就因为程景所读的学校是教会学校，在那时候自有教会的团体不受教厅的节制，和省立县立等学校是并不一致的。

静波为了要表示伊的感谢起见，特地买了绒线，亲自织了一件绒线背心赠送与程景。程景得了这件背心，心中的快乐自然不言而喻。正逢天气已冷，他就将这件绒线背心穿在身上，在他的妹妹前十分夸耀，正合着《诗经》上所说的"匪汝之为美，美人之贻"了。

第四章　小姑居处尚无郎

　　这是在程景生平脑海里所不能忘记的一幕，就是到了爆竹一声除旧，桃符万户更新的当儿，他到庞家去贺年。这天大约是年初三吧，他穿了他母亲为他新制的一件羊皮袍子，记得是青灰色线春的面子，在头颈还围着一条浅色的绒绳围巾，欣欣然地走进了庞家，耳朵里早听到丁零丁零掷骰子的声音，到得中堂一看，原来是他的舅母和表弟表妹以及一个大家称伊三婶婶的妇人，围在一张方桌上掷状元筹，其中最使他注意的就是和爱娇同坐着的静波。只见伊今天也换了簇新的灰鼠皮袄，颈里围着大红绒围巾，背后梳着大辫，用五色丝线扎着把根，头上还斜插着一朵珠蝴蝶，更见得容光焕发了。

　　"景哥哥，你来了吗？"爱娇早就喊起来。

　　"是的，我是来向舅父舅母贺年，舅父在哪里？"程景一边向他舅母叫应，一边问。

　　众人立刻就停了掷骰子，程景向他舅母拜年，又向众人连道恭喜。静波也走将过来，向他微微一笑道："景哥，恭喜你。"程景连忙还贺。那时候到人家去贺年的，都要行一种拜喜神的俗礼。吴下一般人家到了新年，十九要把他家祖先的画像——喜神一幅一幅地高挂起来，在喜神面前的桌子上还要放着香炉蜡扦儿，装着三果盆子，以及果盘汤盅之类。好在屋子里地方大，挂得多些也不妨，算是在一年的开始要纪念他们的历代祖先，直要挂到过了正月之宵，方才收去。贺年的人先道贺了活人，便要去拜喜神呢。拜的时候，必要点起三炷香插在炉里，恭恭敬敬地行拜跪之礼。到了现在的时候，风俗改变，已是绝无仅有了。当然有些大人家仍不怕麻烦，要保住这个古礼的，但是贺年的人却大都不去注重此事了。

程景拜过喜神后，走到桌子前，看众人掷状元筹，他舅母对他说道："我们这一局快要完了，你来加入吧。"

爱娇手里高高举起一根很大的状元筹说道："状元被我掷得了！"

"景哥，你来代我掷一下吧，我掷得手也酸了，却不能夺取爱娇妹妹的状元，你看我掷得的筹很少，这一局我是输定了的。"静波向程景道。

"很好，我来代你向爱娇妹那边去夺取状元到手，夺得了状元，便可反败为胜了。"程景说着话，一眼瞧见在静波身边的状元筹果然很少，大都是些秀才、举人之类的小筹。

什么叫作掷状元筹呢？原来这也是旧时候新年里的一种玩意儿，带着封建色彩的。那时候状元虽然没有，科举虽然废掉，可是状元筹在民间还是很流行的。凡是玩这种游戏的人，都要用六粒骰子轮流掷的，加入的人数也不一定，多少可以照状元筹的筹码算，那状元筹最考究的是用象牙制成。庞家的一副状元筹就是用象牙制的，式样很大，雕刻得又很工细，其分状元、榜眼、探花、传胪、会元、会魁、解元、进士、举人、秀才等类，挨着次序，定出筹码数目的多少，凡是掷得一红的便可取一根秀才的筹，却只得一注；掷二红的取举人，得二注；掷四齐的取进士，得八注；什么叫作四齐呢？就是至少有四粒骰子点数相同的，称为四齐，掷得一对二、一对三、一对六的，取解元，得十注。掷得三红的取会魁，得十六注。掷得不同的取会元，得二十注。所谓不同，就是一二三四五六六粒骰子掷出来各个不同的，掷得分相，取传胪，得二十八注。所谓分相，就是要六粒骰子分作二种，或是三粒五，三粒六，掷得四红的取榜眼或探花，得三十二注。掷得五子的取状元，得六十四注，须要等

57

到桌上所有的筹都被各人取去了，方算终局，照看各人所得的注数的多少，以定胜负。当筹码没有掷完的时候，状元虽被人家取去，仍旧可以夺得的。譬如你掷得三五子四点而得到了状元，只要他人掷出三五子五点，便可以夺去了。倘然再有人掷出四五子来时，又可以夺去。像这样的夺来夺去，称作夺状元，逐鹿中原。此得彼失，令人一会儿喜，一会儿恼的，这种玩意儿没有事做的时候玩玩也很有趣。人家往往在新年中家人团聚，借此为消遣行乐之具。小儿女更喜玩此，比较那些推牌九摇摊等赌博，输赢很小，时间又拉得很长，又是文雅得多了。不过到了现在的时候，这种状元筹的玩意儿却已被淘汰了。

程景代静波掷了两下，轮到第三筹时，静波瞧着骰子碗里喝起一声彩来，大家一看程景掷的乃是五粒五、一粒四，唤作五五子四点。

"状元拿来吧。"静波伸出了手向爱娇索取。

爱娇很不高兴地把状元的一根大筹轻轻地向静波身边一丢，噘起了嘴，埋怨程景道："都是你不好，要你来代伊掷什么呢?"

静波把状元向怀中一塞，咯咯地笑个不住。

"爱娇掷得的状元是什么资格啊? 却被我代静波妹夺来了。"程景问。

"么五子二点。"程景的舅母说。

"哈哈，怪不得被我夺来了，这本来是个起码状元啊!"

起码状元，说得众人又笑起来了，静波笑得更是厉害。

"你不要卖本领，你以为没有人再来夺你的吗? 只要我再掷一个五五子六点，或是六五子，就把你夺去了。"爱娇对程景说。

"不错，你快掷一个六五子吧! 我更希望你掷一个浑成，把众人手里的筹都夺来了。"程景笑着说。浑成就是要六粒骰子一样的点子，这本是很难的。古时有句老话说，要掷出浑成时，先有仙人在骰上经过，方可凑巧有此，虽然是一句齐东野语，也可见得它的难掷出来了。

"好，你快再掷一个六五子吧。"爱娇的母亲安慰伊女儿说。

"静波姐已把状元藏到怀里去了，叫我怎样夺伊的呢?"爱娇又噘着嘴说。

"只要你掷得出来，不怕伊不双手奉献。"爱娇的弟弟说。

"静波，你怎样把状元藏到你怀中去了? 难道你欢喜它要喂乳给它吃吗?"三婶婶带着笑向静波说。

"呸!"静波的玉颜立刻红起来了。

程景既代静波夺得状元，他也不再掷了，就立在静波的后面袖手旁观。静波身上今天洒着一种甜甜的香水，一阵阵地送到他的鼻管里去。

桌上的筹没有几根了，一会儿早已掷毕，结算之后，程景就坐在他表弟的旁边加入游戏。

今天程景的手气很好，常常掷出红来，他面前的筹顿时也多了不少，大家有些妒忌他，唯有静波却时时地对他微笑。

一会儿程景掷了一个四红，便笑嘻嘻地伸手把榜眼取了去。接着静波也掷出了一个四红，很快地把探花取到了手中，两人相视而笑，自然都很得意。

"俗语说得好，三财四喜，他们二人不约而同地都掷出四红来，榜眼探花都被他们取到手中，喜气冲冲，真是巧极了!"三婶婶带笑说。

"静波，要不要我来代你做个媒，配了我这位外甥少爷? 彼此都是读书人，年纪也差不多，算起来你还小两岁呢。"爱娇的母亲带着微笑对静波说。

两颊晕红得如新涂胭脂一般的静波低了头，却一声儿也不响。程景听了，心里也起了一种异样的感触，不期而然地，他的脸上也红起来了。

"景少爷，你说好吗? 可以请你舅母去做媒，也许是姻缘，一说便成功。"三婶婶向程景说。

爱娇却在一旁拍手笑起来。这时候，静波忽然骰子也不掷了，把一颗头伏在桌子上，羞得抬不起头来。说巧又不巧，静波家中的小婢走在外边天井里，喊声小姐，太太问你可要早吃了午饭出去拜年？静波答应一声，立刻借此机会，向外一溜，跑回伊的家里去了。

"哎哟！静波逃走了。"爱娇说。

"到底面皮嫩，经不起人家说的，哈哈哈！"三婶婶笑着说。

程景的心里却不免有些失望，深怪他舅母和三婶婶喜欢说笑话，反使静波溜走了。

静波虽然走了，大家依旧掷状元筹，静波的一份由爱娇代掷，被伊掷得了一个四五子六点，笑嘻嘻地取了状元在手，对程景说道："这一遭却不再被你夺去了！"

"好，我也不再来夺你的状元，否则恐怕你要骂我了。"程景一边说，一边掷。虽然仍在掷状元筹，可是桌子上少了一个静波，在他的心里便觉得寂寞多了，减少了不少兴趣。

一会儿已到午饭时候，大家停止掷骰子，程景的舅母吩咐下人开出饭来，伊对程景说道："你舅父出去贺年，此刻不回来，恐怕有朋友留他吃饭了。你可在这里吃过饭，静波家里也该去拜一个年，大家很好的，你母亲也和静波的母亲熟识，你平日也去的。倘然新年中你来了，反而不去，恐静波的母亲也要不快活。"

这些说话听在程景的耳朵里是非常之顺，也是求之不得的，立刻答应一声。午饭过后，程景马上走到静波家中去，见了静波的母亲含笑贺年。静波的母亲连忙请他在客堂里上坐，送上橄榄茶和果盘。今天静波的母亲穿了狐皮袄，头上插着两朵兰花，装饰一新。静波正在房里洗脸敷粉，换鞋子，原来她们母女俩正要出去戚家贺年了。

程景坐了几分钟，见静波靓装明艳，缓步而出。程景立了起来，带笑说道："你怎么掷了状元筹竟不待终局而走了呢？"

"对不起，我和母亲今天要出去贺年，不能陪你多玩，你在你舅家吃晚饭，不要就回家，我们吃了晚饭马上要回来的。你前次同我说要放花炮，我们今天晚上一同到后园去放，也是应时的游戏。"静波轻轻地对程景说，这时伊的母亲已走到房中去了。

　　"你高兴放花炮吗？我一定去买，但是请你务要早些回来，莫使人望穿了秋水。"程景说。

　　"当然我要早早回家的，绝不失约。你放心，我要买一块钱花炮，畅快地放它一下。"静波说着话，从伊身边摸出一个银币来要交与程景。

　　"哪里要静妹花钱？这区区花炮之钱我总是有的，你不必拿出来，你可以请我吃糖的。"程景带笑说。

　　"好，我必买糖给你吃，恰巧我们要经过观前的，采芝斋的糖果我知道你是爱吃的。"

　　静波的母亲走出来了，伊对程景说道："我们此刻要出去贺年。程少爷，你在舅家坐一会儿吧，我们晚上回来和你掷状元筹。"

　　程景答应一声，他就很知趣地告辞出去，让她们母女俩去贺年，不要打搅人家的时光。

　　程景走回庞家，和爱娇讲了一会儿《红楼梦》，他就走到外边去买了许多花炮回来，其中要算九龙取水、双蝴蝶为最多。

　　他的舅母见他买了许多花炮回来，又听爱娇说他要和静波等放花炮，便留程景在此住宿一宵，程景无可无不可地答应了。

　　晚上他舅舅回来，和程景坐着谈谈学生界情况以及国家大事。大家吃了晚饭没有事做，爱娇便嚷着要燃放花炮，不及等待静波回来了。程景心里虽要等候静波，面子上却不得不敷衍爱娇，他就取出几个花炮在庭中燃放，什么金盆撩鱼了，太极图了，月炮了，放了十几个，可是还不见静波回来，程景的心里又是何等的焦急啊！

　　程景的舅舅一时高兴，自己跑到花炮店去买了一座大花炮回来，安放在庭心中燃放，放出来的火花有梅兰竹菊四种，高可及檐，先是梅，次是兰，再次为竹，末后为菊，一朵一朵的花十分明显，先后四起，每隔一二分钟为一种，煞是好看。爱娇立在伊父亲旁边，只是拍着手哈哈地笑。

放到最后一次，喷出朵朵菊花的时候，外边忽忽地跑进一个人来，正是静波。

"这个梅兰竹菊的花筒真好看啊！静波姐，你为什么不早些回来？我们等不及你了。"爱娇欣欣然地对静波说。

"你们放过了，看过了，也是一样的，我只怪自己没有福气。"静波走过来冷冷地说。

程景恐怕静波要有误会，他连忙跑到伊的身边去，对伊带笑说道："你回来了吗？我们等得你好苦啊！我正有许多九龙取水、双蝴蝶等很好看的花炮，一概没有燃放，是要等你回家来一同玩的。"

"很好，那么你快拿出来放吧！我们晚饭吃得稍迟一点儿，所以不能早回家，你该原谅的啊。"

"静妹说哪里话。"程景笑了一笑。

燃放九龙取水等花炮是要到后园去的，所以程景拿了许多花炮和纸捻火柴等，跟着静波、爱娇走到后园去，小弟弟也雀跃同往，可是程景的舅舅等众人却不去了，让他们小儿女去玩耍。

后园虽不甚大，而比较空旷一些。程景和静波一路走时，他对静波说道："我放去的都是些小花炮，那个梅兰竹菊的大花筒是我舅舅买来的，所以由他先放呀。"

爱娇在旁边听得了，忍不住回头向程景说道："我知道你是要等静波姐姐回来放的，所以放去一个花炮，我瞧你便有些舍不得的样子，你好私心啊！"

"哪里哪里，我不过这样告诉静妹听，花炮也放去不少的，但好的却还没有放。"程景分辩着。

"好，这句话就是私心。"爱娇说。

"哪里敢有私心？九龙取水、双蝴蝶怎能在庭中放呢？即使放了，你们也看不见的啊。"程景又说。

他们一边说，一边走至一株桃树之下，立定了。

"这里很是空旷，我们可以燃放了。"静波说。

程景将许多花炮放在桃树下一块大青石上，又把几个月炮分递与静波爱娇，各人手里拿着纸捻待放，唯有小弟弟作壁上观。静波和爱娇各放了几个月炮，这是一种小玩意儿，放出来的月形火花并不高，也不大的。月炮放完了便要放九龙取水，因为这东西比较难放一些，静波爱娇起先都有些胆小，不敢尝试，而让程景先来开始。

程景当然高高兴兴地拿了一个九龙取水，这是一种线长形的花炮，一手高举，一手便将纸捻吹起，点着了药线，便听泼刺刺一声响，那花炮便向半空中飞了上去。静波、爱娇、小弟弟等一齐仰起头观看，今天正是月黑夜，天空里阴沉沉的，只有疏疏朗朗的数十点星光，那九龙取水到了空中放开来时，便见有九条龙形的火花，蜿蜒飞舞，徐徐落下，不知落到哪里去了。小弟弟喝一声彩，拍起手来，静波、爱娇也同声说道："真好看！有趣有趣！"

程景一连放了几个九龙取水，其中唯有一个火花不甚完美，他又放起双蝴蝶来。这种花炮升到了半空中，爆发出来，便见有一对蝴蝶翩翩跹跹地在天空里周旋而下，虽然射得很远，而非常清楚的。

静波和爱娇见程景放得很好，引起了她们的兴趣，大家都要燃放。程景便把九龙取水、双蝴蝶分选与二人，且指导她们怎样燃放。二人轮流放着，果然一样燃放得很好，二人也喜不自胜，程景连忙打着英语呼勒克勒克！

二人你也放，我也放，正在兴高采烈的当儿，可是程景所买的花炮却只剩一个了，他正想拿给静波去放，不料爱娇已走过来向他手里要取。

"静波要放这一个，你让给伊去吧。"程景向爱娇无意地说了这两句话。

爱娇却因此而着恼了，很快地把程景手中最后一个花炮伸手给

63

抢了过去，口里还叽咕着道："我为什么要让伊放呢？你不好给我放的吗？我要这一个。"

此时程景倒觉得左右做人难，既不好帮静波要，又不便让爱娇放，只得说道："那么待我放了吧。"可是那花炮已到了爱娇的手中，伊还肯再让程景拿回去吗？早已把纸捻燃着了，泼刺刺一声响，天空里又发现了九条小龙的火花在黑暗里翱翔着。

"这个花炮放得很好。"爱娇很得意地说，小弟弟也在旁边拍手起来。

此时静波却退后了数步，一声儿不响。程景虽然在黑暗里瞧不清楚静波的面部表情，可是他已料想到静波没有放着那个最后的花炮，心里一定很不快活的。这默然无音，便是伊人愠怒的表示。他连忙走到伊的身边去，轻轻地对静波说道："你再要放吗？我陪你去买。"

"不必了，你还是去买给爱娇放的好，你是伊的表兄，当然你要服从伊命令的。我若要放时，我自己不好去买吗？谁高兴来和人家争夺。"静波赌着气说。

"爱娇年纪轻，脱不了小孩子气，你知道伊的，请你不必介然于怀吧，我准代你去买。"程景安慰静波说。这时候爱娇听他们二人低低讲话，早已走将过来。

静波冷笑一声，对程景说道："我们兴尽了，你何必再去买呢？你买来时我也不放了，让爱娇妹一个人去放吧。"

"我多放了一个花炮，你就这样不快活吗？好在有景哥哥再去代你买的，你又何必生气呢？"爱娇对静波说，接着也冷笑了一声。

"那么花炮也不必放了，我们还是回到里面去掷状元筹吧，凄厉的夜风吹在人们身上，也觉得十分寒冷，使人受不起呢。"程景在旁边带笑说。

"我今天跑了许多路，此刻已觉得很疲倦了，母亲大概更是乏力，恐怕伊老人家怕冷，早要睡了，我也要去睡哩。你们不妨去多掷掷吧，明天会。"静波说毕，就回身向里面一跑。

程景要追上去挽回伊已来不及了，不由带着懊丧的情态，把足向地下顿了一下。

"伊要去睡眠，让伊去好了，我们回去掷状元筹。难道少了伊一个人我们便不能成局吗？伊不高兴同我们玩耍时，由伊去休。"爱娇说着话，拉程景进去。

程景当着爱娇的面也不便多说什么，只得跟了爱娇姐弟离开了这小园，回到庞家客堂里去，见他母舅正坐在灯下看书，舅母和三婶婶对面坐着闲嗑着瓜子。

"你们都放完了吗？"程景的舅舅放下书，对他们说。

程景点点头道："都放完了。"却不便将爱娇和静波为了争燃一个花炮而发生了小闲气的事告诉出来，只好闷在肚子里了。

"大家来掷状元筹吧，爹爹也要来掷的。"爱娇大声向伊的父母说。

爱娇的母亲说道："很好，时候还早，我们掷了几局，再睡也不迟。况且景甥难得在此的，我们也好陪他一起玩玩，但是静波为什么不见呢？"

程景还没有回答，爱娇早抢着说道："静波回去睡觉了，我们几个人来玩吧。"伊说着话就到房里去取出那副状元筹码和骰子以及掷骰子的大碗来。

于是程景的舅舅和舅母、三婶婶以及爱娇姐弟陪着程景在正中桌子上掷状元筹。他舅母还把日间程景代夺状元手气很好的事告诉伊的丈夫听。可是程景在这个时候，心里却没有像日间的高兴，勉强打起精神来和他们敷衍。

直到钟鸣十二下，程景的舅舅要睡了，遂告终局。程景就到客房里去睡眠。寒夜漏长，虽然已到了子夜，他却在枕上辗转反侧，一时休想入梦，心中好像有了一件事，不得妥帖和安宁，直到鸡声已起，他方才蒙眬睡去。

次日早晨，程景起身洗面漱口后，走到客室里来和众人相见。吃过了早点，他本因家中有事要想回去了，但是为了昨夜之事，若不和静波一见，自己的心里总是不得安宁的，所以他急欲去见静波。他舅舅要和他一同到观前去吃茶，游玄妙观，他却推辞不去，他舅母见他有些不高兴的情景，正要再问他时，恰巧来了几个友人，程景才得解围。

爱娇拿着一本《红楼梦》，坐在房里窗下偷偷地看。程景走过去对伊说道："今天静波没有来，我也要回家去了，伊还不知道，我和你到她家去告别一声可好吗？"

"你要去时不妨你自己一个人去好了，何必再要我来奉陪呢？我不去。"爱娇放下书卷，噘起着嘴回答程景。

"你陪我走一遭吧，你们二人本来是很好的，何必为了一些小事而生气呢？"程景赔着笑脸说。

"我本不和伊生气，是伊和我赌气啊，平常时候伊必要到我家来走一趟的，不论有事无事。况且现在有你在这里，伊更应该跑来和我们一起玩了。今天伊却偏偏不来，不是明明和我们闹别扭？我们何必一定要去见伊呢？"

程景听了他表妹的话，暗想你不高兴去见伊，但我却很要去见见伊。别看你们年纪轻，脾气倒很大的，何苦为了这一些小事就生起嫌隙来呢？所以他又向爱娇用好话劝了几遍，再许借好的小说给伊看，爱娇方才答应了他。

于是二人就走到静波家中去，静波的母亲在外房一见二人，便走出来说道："你们来得很好，静波不知和谁生了气，板着面孔，噘着嘴，早点也没有吃。我问伊时，伊却一句话也不说，你们快去和伊一同玩玩吧。"二人听说，连忙跑到静波房中去。

在沿窗桌子边的椅子上，见静波一手撑着下颐，枯坐在那里，虽然瞧见二人进来却装作没有看见一般。

程景走过去叫了一声"静妹"，静波有些不好意思，只得立起身来，看得出是很勉强的。

"静波姐姐，你和我生气呢，还是和景哥哥生气？你老实对我讲吧。"爱娇走到静波的身边对伊说。

"我没有和谁生气，我只是自己气自己。"静波说。

"奇了，自己又何必生气呢？一个人总是寻快乐的好，何况现在新年中呢？"程景向静波说。

"我瞧你脸上确乎是生气的，你恨我吗？我也会板起面孔来的，我来学你的模样吧。"于是爱娇果然蹙紧了双眉，睁起了一对眼珠子，鼓起了两个小腮，噘着一张嘴，向静波装扮着，又说一声"你看你看"。

扑哧一声，静波终于笑出来了，这一笑顿时把紧张的空气驱散，而程景的心里也宁静了不少，跟着也哈哈地笑起来了。二人一笑，爱娇也一起笑。小儿女之间一会儿喜，一会儿怒，本来没有什么深仇宿怨，自然很容易消除，这笑声便是和平之兆，程景的心事因此也丢开了。

"很好，我们大家不要生气，景哥哥要回家去了，他来向你告辞。"爱娇便握着静波的手向伊说。

静波闻言，呆了一下，便向程景斜盼了一眼，问道："你真的要回去吗？新年里没有什么事的，校中还没有开课，何必要紧回去呢？不好再住一天吗？"

"今天下午我家中还有一些事情要我去办的，所以我只得回去了，至多吃了饭回去，不能过三点钟的。我可以隔一天再来和你们玩，实在对不起得很。"程景向静波回答，他的双眉也不免随着微蹙。

"那么景哥哥一准等到饭后回去吧，我们再来掷一回状元筹，可以在这里让我们三个人掷，不要给小弟弟加入。他常常要多掷一把，或是把骰子掷出碗外，输了还要向人家胡闹，我不欢喜和伊一同玩的。"爱娇一连串地说着。

67

"很好，请你就去把状元筹拿来吧，我们在这里等你呢。"程景又对爱娇说。

爱娇立刻跑出房去了。

"你昨晚为了燃放花炮而生气了吗？那么我真是抱歉极了！你须知这爱娇年纪究竟比你轻，小孩子气太重，不论什么事要任性做的，你要原谅伊，不必为此生气。你看伊不是今天完全已没有事吗？你方才说什么只气自己？你气什么呢？我是诚意求你快乐的啊！"程景等爱娇去后，马上柔声和颜地向静波说。

"我气自己没有表兄，人家有了表兄，便要仗势欺人。我倒不怪你，请你不必多心。"静波低着头。

"哎哟！你没有表兄吗？像我这种表兄有什么稀罕，你如不嫌我窭人子的说话，那么我就做了你的表兄，可好吗？"程景凑上去说。

"很好，你何必这样说客气话？谁来嫌你的穷呢？昨晚的事虽然说我自会生气，但爱娇确乎太欺我了，所以……"静波说到这里，已听得爱娇的足声从外面至，便缩住口不说了。

"静妹，你瞧在我的脸上，大家和好如初吧。"程景还偷偷地又向静波说了这一句话。

爱娇挟着状元筹的匣子，连骰子、碗都一起拿来了。静波的母亲跟进房来，送几只大蜜橘给他们吃。蜜橘是程景爱吃的东西，他就谢了一声，老实不客气地剥着皮吃了。

"母亲，我们正要掷状元筹，此刻你横竖没事做，何不同掷一会儿呢？"静波向伊的母亲说。

静波的母亲一时高兴，徇了伊爱女的请求，也坐到桌子边来和他们一同掷状元筹。爱娇兴致最好，三红四红地乱喊不住。

他们共摆掷了三局，也没有什么大输赢，看看已到午饭时候，程景正要跟爱娇去吃午饭，可是静波的母亲已吩咐女仆将午饭开出来，留程景、爱娇在伊家里用午膳，静波也留住二人。于是二人却不过情，一齐在静波家中吃午饭。肴馔很是丰富，那时候新年里吃饭最流行的是十二盆一暖锅。静波的母亲特地多添了两样菜，唤作"耳朵"，意思就是暖锅的副菜呢。

午饭过后，时候已有二点钟了，程景不敢逗留，就辞别了静波爱娇和庞李二家的人要回家去，临行时又许二人借新小说给她们阅读呢。

这次欢聚，虽其间有了一个小小风波，而程景和静波的情感却是由此而日深。程景虽是爱娇的表兄，而他已答应静波做伊的表兄，二人相与的情愫已非爱娇可得而间了，这就是程景脑海中生平不能忘去的一幕。可是其后怎样呢？在那时的程景，也是初次船舟在情波之中，如何乘风破浪，诞登彼岸，连他自己也觉得没有什么把握和决策呢。

现在程景接到了瑶札，就是静波寄给他的，因为二人已时时通信起来了。程景的家里离开庞家很远，至多一星期去一次，就是到了那边，也有爱娇一同游玩，他和静波也不便说什么心里话。所以他们只好有了话反而借管城子之力，在书信上互剖胸臆了。想不到这一次的来鸿竟会被程景的母亲先拆看了，这是程景没有防备的，自然叫他怎不为之愕然呢？

程景的母亲有时也到庞家去盘桓，虽然和爱娇的父亲不是亲姐弟，而情感很好，只因二家路远一些，且绣花的事很忙，也没得闲暇，有些小事情都叫程景代表前往的，所以程景到庞家去的次数反较他母亲为多了。程景的母亲和静波的母亲有时也见面谈谈，彼此很熟的。至于静波这小妮子，早也看在伊的眼里，果然是一位秀外慧中的小姐，自己儿子和静波甚是接近，伊也未尝不知道。但伊以为自己家道式微，儿子方在求学时代，年纪尚轻，还谈不到和人家联婚姻之好。况且李家虽然也没有李先生了，可是静波母女有一些遗产，家况还好，比较自己远胜了。恐怕将来静波嫁了过来，不能耐苦安贫，而自己也高攀不上的，所以伊把这事安放在肚里，也不和程景说。

有一次伊到庞家去应酬，带了程景和程景的妹妹，在庞家住了两天，静波也在其间和她们一起玩。程景的舅母和程景的母亲闲谈时，很有意思要代程景和静波撮合，愿做蹇修，去向李家求亲。倘得成功，三家联系成了姻戚，也是一件美事。但是程景的母亲却说这个虽是很好的事情，静波品格好，姿色美，做伊的媳妇自无间然，不过据伊的观察，静波的母亲很重钱财，有一些势利的心肠，谅这位太太怎肯将膝下娇女许配与清寒子弟呢？在这时候程景的环境确乎很是艰窘的，所谓予羽谯谯，予尾修修，程景正要从困危之中挣扎出一条生路来，努力开辟他的前途，怎有力量谈到婚姻问题呢？因此伊虽感谢表嫂愿做冰人的美意，而仍叮咛伊的表嫂暂缓前去说亲，且再看看静波的母亲究竟如何心理。表嫂却说静波的母亲见了程景，也很看得起，新年里留吃饭，平时也留用点心，十分亲密的。至于静波自己对于程景当然是很合意的了。程景的母亲终是期期地以为不可，请伊表嫂再待良机，不要徒托空言，劳而无功。

谁料这些话已给爱娇听了一半去，伊就告诉程景说："我母亲要代你去向李家求亲，希望你和静波姐姐配成一对儿呢，将来有喜酒吃了，你欢喜不欢喜？"程景听了当然欢喜，不由对爱娇笑了一笑，也没有说什么。

以后爱娇又陪着静波到程景家里去晤谈，静波见了许多小说书，东挑一本，西翻一册，向程景借了不少去，程景的母亲也十分殷勤地款待静波。但是过了许多时日，程景的舅母始终没有实行去代程景做媒，向李家求亲。程景不明白她们的意思，还以为爱娇故意散播空气呢，也不好意思去问他的母亲和舅母，这一个闷葫芦只好闷在自己肚里了。

程景虽没有和静波论婚，可是他心里却很有这个希望。他爱静波的天真，他爱静波的秀色，倘使云英真肯下嫁，当然是艳福无双，爱河常沐。不过他心里总觉得中间恐有一重阻隔，或是说障碍，不容易除去吧。而静波的芳心里也是很恋恋于程景，伊也微闻此事的动机，很盼望爱娇的母亲有一天真的来和伊母亲说，而自己的母亲能够答应。伊爱程景的性情温和，伊爱他的无贝之才，这就是程景自己深恨的少了一个贝的边旁。

在那时候，男女之间虽然开通了不少，可是男女社交尚没有今日的公开，买卖式的婚姻虽已有一般人士起来大声唤呼地要打倒它，改革婚姻制度，把西方的爱神维纳斯介绍到中土来，然而父母之命，媒妁之言，还是像天经地义般没有一点儿动摇，何况吴中旧府，诗礼之家，当然舍却这条途径，无由而入的，程景和静波也只得默默以待命运来解决他们了。

暮春三月，草长莺飞，对着这艳阳天气，人们莫不鼓动游兴，何况少年人，当然更是活跃了。前天程景曾到庞家去和爱娇静波闲谈一会儿，静波要一游阊门外的留园和戒幢寺。程景曾约她们一起去游的，然而程景在这几天正忙着和葛雨生等筹备《缥缃囊》杂志，没有余暇去伴静波等出游，且恐自己陪静波去游留园，不知道伊的母亲能不能允许，倘然临时阻止，或事后责怪，自己反而讨一场没趣，所以迟迟其行，未敢孟浪。不料静波望穿秋水，不见程景前去，遂写了一封信来，定了日期约程景同去，且说伊已商得母亲的同意，也许母亲亦同往一游，好教程景欢喜。

程景得到了这封瑶函，喜出望外，同时也深怪自己太含糊了一些，没有早日践约，反让伊人先来函约，似乎是很觉歉疚的，然而即此一点，可知静波对于自己怎样的感情深厚了。又有一个问题横亘在他的脑中，就是因为他母亲已拆阅了静波给他的函，方才已对他说了几句类似警戒的话，恐怕母亲还不明白自己的心思，所以也不得不去向他母亲解说一番，一则表示自己的态度光明，二则也可安慰伊老人家的心。

所以程景把静波的来鸿回环洛诵了两遍，便走到他母亲的房中去，他母亲还在那里一针一针地刺绣呢。

"母亲，静波写给我的信，你看过了吗？伊约我和爱娇一同去游留园，还有伊的母亲也要去的，你说这事好不好呢？"程景故意向他的母亲试问一声。

他母亲停了刺绣，抬起头来说道："你要去伴她们去游留园，也没有什么好不好，不过你近来常和静波书信往来，似乎你对伊很有意的。"她又说道，"我虽然不欲干涉你们的行动，可是你在这时候学业为重，千万不要因此而分了心，这是我要提醒你的。你年纪渐大，当然自有你的意志，我在家里不知你在外面去做些什么事，但希望你将来要代程家争口气才好。"

"母亲你放心，我处在这个环境里，岂有不知之理？我立志要用心读书，为将来自立地步，且要做一个有用而又有益的人。找有此信心，绝不敢自暴自弃，重累你老人家的忧虑。至于我和静波通信，起先也是伊先写给我的，我们都不瞒人，自问尚觉光明磊落，没有给人家可以指摘的地方。母亲，你相信我的话吗？好在静波的来信，你也见过的了。"程景又说。

"当然我也相信你的，但恐你念念不忘，着了魔，那么对于你的求学或有妨碍……"程景的母亲说到这里，咳了两声嗽。

"既然哥哥爱上了静波，而静波也未尝无意，舅母也肯做媒的，大家都知道底细，母亲何不就早托舅母去说合，使我哥哥和静波订了婚，岂不是好呢？"程景的妹妹惠文在旁边抢着说。

"我也未尝不愿意如此，不过我们现在的家况是十分艰难，人家肯和我们订婚姻之好吗？静波的家庭比较我们好得多了，恐怕高攀不上，即使静波愿意，恐伊的母亲不能得到同意吧。我的意思是要让你哥哥毕了业，自己能够自立，有了高尚的职业，到那时再谈婚事，也不嫌迟。外面好的小姐正多呢，岂仅静波一人？"程景的母亲向惠文说。

程景听了他母亲的说话，也没有什么表示，低着头走回自己房中去了。他也知道自己和静波中间实在有一重阻隔，母亲的话也未尝不是，但自己正爱静波，这些也顾不得了。"天定固能胜人，人定亦能胜天"，他唯有相信古人的话。

留园之游也过去了，那天程景是陪着静波母女和爱娇姐弟同去的，静波的母亲还在城外义昌福菜馆请他们吃点心，可当得尽兴二字。程景回家后，详细告诉他的母亲，此时的程景对于静波已有引凤求凰之意了。

为了《缥缃囊》杂志的事，程景又和葛雨生在那家庭点心店里聚了两次，大家谈谈心事，《缥缃囊》杂志因为印刷方面尚未谈妥，以致出版之期尚是渺茫。葛雨生屡去催促昨非，而昨非的朋友始终没有确切的答复。程景近来为了静波确乎分心不少，自知将要投入情网，恐怕不能摆脱它，为了自己的环境，常和葛雨生在酒酣耳热之时倾吐他的块垒，而不知葛雨生同时也已在爱情的旋涡中呢。

有一天，程景的舅母跑到程景家中来和程景的母亲叙谈，二人谈起了程景和静波，程景的舅母重又提起作伐的话，程景的母亲此时因见程景果爱静波，所以没有以前坚决地不赞同，便托伊表嫂前去说亲，试试这事有没有成功的可能。程景的舅母自然很高兴地答应回去就说，倘有佳音，马上差爱娇前来报信。程景听得这个消息，他就抱着十二分的热望，等候他舅母传来的喜信。

第五章　通词何处托微波

　　四月里的蔷薇处处开，程景的妹妹惠文采了一束色香鲜艳的蔷薇花，走上楼来交与程景，让他插在花瓶里，灌上了水，供在写字台上，加添他的文思。程景正在伸长了脖子盼望爱娇早把佳音带来，以慰他的痴情。他对了这淡红色的蔷薇花，逗动他的绮思，他想这蔷薇花的颜色娇艳极了。对了此花，无异象征着婉兮娈兮的静波，若把名花比少女，深浅浓淡总相宜。不过花虽娇艳而不能语，不能笑，又哪里及得到轻颦浅笑、明眸皓齿的静波呢？倘然舅母代为做媒，可以一说便成的话，那么意中人翩然来归此乐何极？当他正在对花痴想的时候，忽听他妹妹惠文在楼下喊起来道："舅母来了！"

　　程景听了"舅母来了"四个字，早从椅子里立起来，暗想舅母前天不是说过倘然成功便叫爱娇来通信的吗？今天为什么自己前来呢？难道李家不能允婚吗？然而此事不能成功的话，伊何以又肯劳驾呢？这时他舅母已走到了楼上，坐在外房和他的母亲谈话。他还有些腼腆，所以还不出去招呼，却躲在后房，隔着板壁听前面二人的谈话。

　　程景和静波的亲事既不好说它成，又不好说它不成。原来中间又有一个新的难问题起来了！因为程景的舅母从程家回去以后，次日就去见静波的母亲，和她谈起这事情，极力赞美程景的人品和学问，希望静波的母亲可以允许，将伊的爱女下嫁程景。静波的母亲听了程景舅母的话，对于程景的家世和品学，伊也并没有什么不满，

74

家产的问题伊也没有表示。伊只说自己只有这一个女儿，方在读书时候，伊不愿便将伊早早配与人家，离开膝下，而程景也在求学的年龄，不必急急就谈这事。程景的舅母又说，倘然两家能够说合的，现在也不过先订婚，当然也要等到二人学业成就后再行结婚。于是静波的母亲又说既然不即成婚，不妨稍缓再谈此事，且说伊自己也有一个愿望，就是不想把静波嫁到别人家去，而愿招赘一个祖腹东床，在自己家里晨昏侍奉，以慰桑榆暮景，这样可使自己无子而有子，李氏祖宗不至为若敖氏之鬼了。所以即使自己肯允许这头亲事的说话，也希望程景的母亲可以准许程景入赘于李家，而换去他的本来姓氏。但恐程景的母亲只有这一个儿子，要他继承宗祧的，也未必肯把来做人家的赘婿吧。这一个问题若然程景的母亲可以通过的，那么可以再谈，否则也只得暂缓了。

程景的母亲守节抚孤，将来的希望全在伊儿子身上，娶妇当然尽早要有的事，可是要叫伊把自己疼爱的儿子送与人家做赘婿，这无异要生生地割去伊一块心头之肉，叫伊如何能够贸贸然答应呢？况且男子做人家的赘婿，苏俗唤作雄媳妇，未免启人家轻视之心，恐程景虽爱静波，对于这一个问题也不愿意随随便便地徇人之请呢。程景的母亲本知这头亲事不见得一说就可以成功的，所以伊不能答应而暂且搁着不谈了。

程景得到了这个尴尬的消息，好似有人在他的头上浇了一勺凉水，冷了半截身子，一团的热望顿时渐渐地丧失了。虽然还未至绝望，可是这不绝如缕的一线，他简直无法使它保持着，除非静波的母亲能够收回这个要求，方才不至成为镜花水月。但试问谁有这生花灿舌，能去说动静波母亲的心呢？他舅母是不甚会说话的人，一切很是率直，又怎有智慧去改变这事呢？所以他心里充满着不愉快，虽然没有勇气直说出来，而表面上也只得装作若无其事一般，不动声色。傍晚时他舅母谈了一番，因此事不得要领，做媒的兴致也消除了，没精打采地告辞回去。

程景受了这个打击，精神颓丧异常，他自觉无颜再到他母舅家中去，一则恐怕要给他快嘴的表妹——爱娇要取笑他，二则见了静波的母亲不免要有些惭愧，而且要刺痛他脆弱的心。虽然静波仍是他心里要见的人，他始终是爱伊的，并不因此番挫折而变了他的衷肠，他只恨自己没有福气，才虽不丰，而命却已啬。所以除了到学校上课而外，懒洋洋地躲在家里，将一腔的牢愁发泄于文字，写了一篇短篇小说《择婿记》，暗暗讽刺静波母亲的拜金主义，而怨自己的命薄。因为他也知道这件事虽然静波的母亲表面上如此说，实际上仍是黄金为崇，脱不了买卖婚姻的制度。若然自己换了富家子弟，有良田美屋、金穴银山，还怕静波的母亲不情情愿愿地把伊的爱女嫁给他吗？现在多了一重痕迹，好事多磨，良缘难缔，叫自己的心灵怎样能够得到安慰呢？一切的事情都有些灰心了！至于葛雨生处也一连有两三个星期没把晤，《缥缃囊》杂志的事他也懒得闻问。可是静波却仍旧有信寄来，和他闲话一切，若无其事，使他几乎疑心到静波没有知道这事，为什么在伊的信上一些儿也没有什么表示呢？因此他也不便向静波提及此事了。恰巧他校中上英文课时，英文教师令他译一篇愚公移山的故事，他不觉重又鼓起他的勇气来，对于他和静波不绝如缕的婚姻问题依旧抱着万一的希望，只得暂时忍待着，盼望苍天垂怜，到底有水到渠成的一日。况且自己任重道远，既有非常抱负，也断不能为了此事而蓬心不振，晦暗了他的前途，不得不勉强打起精神来。

　　恰巧葛雨生有一封信寄来了，问他为什么不去晤谈，且鱼雁杳然，不知他身体好不好，坚约在这个星期日下午三点钟要程景直接就到那家庭点心店里去一叙。且说别无他约，必要准时而往的，因有一个特别的消息要奉告云云。程景得了这封书，虽不知葛雨生究竟有什么特别消息要告诉他听，但是自己已和葛雨生暌违半月，鄙吝复生，良朋之约当然要践的，所以他准时而往。

　　在那家庭点心店里的小室中，程景和葛雨生相对而坐，面前放着一壶香茗，点心还没有送上，可是他们两人志在晤谈，吃的问题一时倒也不在心上。

"你瞧这壁上可多着什么东西？"葛雨生指着他旁边的壁上向程景微笑而言。

程景听了他的话，侧转头去看时，果见壁上挂着一幅二尺长的山水小立轴。他连忙走过去一看上面的题识，回转头来，对葛雨生笑笑道："你果然干得爽快，已请樊老师画来了吗？有此一画，便这小小斗室平添不少雅趣了。玉华应该向你感谢，多请你吃几碗馄饨。"

"我是说着风就扯篷的，那天说了以后，次日我就到樊老师那里去请求他画一幅山水，恰巧他有一幅现成的小立轴画好，便给我取来了，交给裱画店里去裱好，前天放学后方才送来呢，你看可好吗？"葛雨生很得意地说。

"很好，玉华心里不知怎样的欢喜，你倒很有心思，代他们顾到这壁上的装饰呢，像我却很惭愧，说过便忘了。"程景说。

"恐怕你别有所属，竟至健忘，我望你也不要虚诺。"葛雨生笑笑说。

程景回身坐下，只见玉华手里托着两碗热腾腾的馄饨，很快地走进房来，放在桌子上，带着娇声说道："二位请吃吧，今天是虾仁馄饨，我拣最大的虾仁裹与你们的。"伊说了这话，就回身走出去了。因为这时候外面客人很多，她们母女正忙得不可开交呢。

葛雨生一边吃着馄饨，一边对程景说道："我们有好多时不见面了，休沐之日，你在哪里忙些什么？为什么来鸿也稀少呢？莫非你为着伊人而忙吗？到底怎么样了？可能如古人所说的有情人竟成眷属？"

程景听到有情人竟成眷属这一句话，不觉悠悠地叹了一口气。他因自己和静波的事以前也约略告诉过葛雨生，而葛雨生也很鼓励他振起勇气的，所以此刻就把自己和静波联姻不成的恶消息老老实实地告诉葛雨生听。

"天下不如意事十常八九，这真是好事多磨了。但你不要灰心，只要彼美的心依旧倾向于你，那么盘根错节之既经，也许将来自有云破月来、水到渠成的一日。"葛雨生安慰着程景说，同时他已把一碗虾仁馄饨吃完了。

程景只是摇头，慢吞吞地把馄饨吃下肚去。馄饨虽好，可是他也有一些食而不知其味。他忽然想起了一件事，便问葛雨生道："你的来信上说有一件特别的事情要告诉我，我不知是什么？方才我要紧讲自己的事，却忘记问你了，现在请你告诉我听吧。"

玉华又走进来了，送上热毛巾，葛雨生接过手巾，向程景笑笑，不即回答。程景瞧玉华今天身上换了一件白底小红花布的短衫，外面仍罩着雪白的围布，两颊红红的，额上有许多小汗珠，可见伊很忙了。他要紧听葛雨生的说话，也没有向玉华多兜搭，把揩过的热手巾还了伊。

"二位可要再吃些什么？"玉华立在一边，带笑地问。同时伊的小弟弟走进来，帮着将馄饨碗拿去。

"你们可代我们煎几个鸡蛋，添两样冷盆，烫一斤花雕来，我们要在这里多坐一刻呢，你们欢迎不欢迎？"葛雨生对玉华带笑说。

"欢迎，像你们这样的老主顾，当然可以，我希望你们天天来此吃点心。"玉华说着，笑了一笑，马上走出去了。

葛雨生目送玉华出室后，回转头来笑了一笑，便对程景说道："这件事是从无意中变出来的有意，说来话长，待我细细告诉你吧。早前的一个星期日，下午时候我在宿舍里等候你来，便想同鲁光兄到观前街上去买书。我们两人走到了观前街，在文怡书局买了几本国文的参考书和几册小说，本来要到云露阁去饮茗，听人说遂园正开兰花会，我就和鲁光跑到遂园去看兰花。可是那座陈列兰花的厅堂已挤满了许多看客，比较往年城外留园开的兰花展览会要热闹数倍，所以只看见人头挤挤，不看见那芬芳馥郁的王者香了。我怕挤轧，觉得没有意思，不如坐在外边闲览看兰花的人吧，所以我就和鲁光在对面假山亭子上品茗小坐，俯眺园中全景，历历在目。那些游人看过了兰花，也都向各处散步，穿柳拂花，跨桥登山的人，裙屐纷沓，令人目不暇接。隔了一会儿，我忽然无意中瞧见从那兰花展览的厅堂人丛里挤出两个少女来，一个秀发覆额，长身玉立，年可十八九，上身穿着蜜色软绸的夹衫，下系着蓝色的绸裙，足踏白色的革履，风韵天然，秀气扑人，使人见了伊，顿时就要想起《卫风》上那篇"硕人其颀"的诗了。还有一个是不过十三四岁，梳着两条辫子，穿着一件淡红衫子，也生得很清丽。实在因她二人身上锦擒霞驳般太绚烂了一些，所以格外使人注目了。"

葛雨生说到这里，顿了一顿，喝了一口茶。程景对他笑道："那时候恐怕你好像张生遇见莺莺一般的情景了。"

"那时候我却实在没有什么意思，绝不会魂灵儿飞去半天，你休要取笑我。我和你岂是那些狡童狂且之流可比呢？"葛雨生昂着头说。

"当然，但是不这样说不会发笑的。"程景说，"我怕你像小说上描写女性一样，写得都像天上嫦娥一样。"

"绝不是我的宣传，将来你也许有机会可以瞧见，你就知道斯言不虚了。"葛雨生很得意地说。

"什么？彼美人兮，还有机会给我去瞧见吗？你快快讲吧，想必其中还有许多曲折呢。"

二人说话时哈哈大笑，只见玉华又托着盘子进来，把一只卤肫肝和一盘豆腐干丝拌洋菜放在桌子上，又有两个小酒杯、一把小酒壶。

"今天又要忙你了，这肫肝可是你们自家煮的吗？"程景向玉华笑笑说。

玉华答道："是的，二位在室中笑什么？"

"我们的好笑之处不能告诉你听的。"葛雨生将眼镜抬了一抬，对伊说。

玉华想着那天所说处女的话，立刻又跑出室去了。

葛雨生提壶斟酒，程景虽然不会喝，但葛雨生在他的杯子里已斟上了一些，便叫他吃菜。程景喜欢吃肫肝的，自然也不客气，拿起筷子夹着一片片的肫肝送到他口里大嚼，且啧啧称赞道："他们自己煮的倒也不错，便是松鹤楼的卤肫肝也不过如此了。"

葛雨生喝了一口酒，托着酒杯，又向程景继续讲下去道："当时鲁光也已瞧见，我们四只眼睛一齐向下面行注目礼，见她们似乎挤得面红耳赤，不堪拥挤而误到外面来的样子。她们又像是姐妹花，便往东道回廊里走去。忽然在她们背后跟上三个儇薄的少年来，向她们姐妹俩像是挑逗的模样。但那长身的少女态度很是大方，不去理会人家，仍旧安步向前走去。一会儿我们的视线给房屋和树木遮蔽断了，不能再瞧见一双姐妹花的情影。同时那三个儇薄少年也跟着不见了影踪。鲁光对我说，这两个少女像是大家闺秀，身上的装饰好像是教会学校的女学生，但是跟在她们背后的三个滑头少年，却不像好人家的子弟，明明是有心盯梢，不怀好意。鲁光又对我说，在这三个少年中间有一个瘦长的，就是护龙街一家古董店里的小开，专门在外面交结小流氓，各处游荡，去看向人家的妇女，争风吃醋，无恶不作。听说他姓花，有一个别号，叫作花花太岁，今天那个少女没有男子或是家长们等一同陪着，却给他们注意了，恐怕不免要吃他们亏的。

"我听了鲁光说的话，不知怎的竟为那一双姐妹花担忧起来，其实吹皱一池春水，干卿底事呢？我心里正在踌躇的当儿，却见那两个少女很快地从西首假山下穿过小石桥去，背后跟着那三个小流氓，口里叽叽喳喳地不知向那二少女说些什么话，一定是在那里调戏了。瞧那二少女走的路是出园去的，大概她们怕缠绕，所以回家去了。鲁光又对我说：'若是在遂园里，耳目众多，花花太岁等三人凶横，也不敢做出什么事来的，倒是出了遂园门，从这条慕家花园小街上出去，有一段是很冷落的，花花太岁若是跟去，我倒要代那两个女子有些不放心呢。'我被鲁光这么一说，心里便有了打抱不平的念头，要同鲁光赶上去瞧瞧究竟。马上付去了茶钱，三脚两步地跑下假山，走捷径抄到园门口去，但是他们都已出去了。我们二人遂将脚步加快，追赶上去。果见在一座和尚寺的旁边，那三个小流氓将那一双姐妹花拦住在墙隅，恣意调笑。那年长的板着面孔，正在呵斥他们，而那小的吓得姣容失色，躲在伊姐姐的身后。因为前面的去路已被那个花花太岁堵住了，街道又是狭小，二少女急切没有地方走开。当我们走到他们所在时，只见那花花太岁十分大胆无礼，竟要上前伸手向那年长的少女身上捞摸。那年长的少女发了急，颤声喝道：'你们这些人做什么的？不得无礼！我要喊警士了。'那花花太岁却笑嘻嘻地说道：'这里没有警士的，你喊也不听见，便是喊了来，我们也不怕的，乖乖，你们快跟我们去玩吧。'那时我瞧在眼里，不由怒火上炽，不假思索，立刻奔过去，举起了手喝道：'你们这些小流氓做什么的？谁敢调戏人家妇女？我们却不允许你们这样目无国法，谁敢触犯，我送他到巡警局里去查办。'鲁光听我说了这话，也挺起他的大胸膛，捏着两个拳头，走上前去在他们面前一立，口里骂一声小鬼，居然威风十足，好像花和尚鲁智深要打镇关西郑屠的模样。"

程景听葛雨生说到这里，不由哈哈笑道："好一个花和尚鲁智深！在《水浒传》里打屠户，打强盗，打泼皮，行侠仗义，没有一个不见他怕的。你也可以说临时做了一个见义勇为的侠少年，可称郭解第二了！其实鲁光的花和尚是外强中干，只可做摆炮吓小鬼，不堪有力者一击的。像你们这样的声势甚盛，那个花花太岁可被你们吓走吗？"

"当然先声可以夺人。"葛雨生点着头说，"我们这样一来，他们便有些趑趄的模样了。我又对花花太岁说，姓花的，你若晓事，赶快走去，不要大家弄得不客气。那花花太岁听了我的话，又对鲁光瞧了一眼，便和他的同伴低声打了几句切口的话，立刻回转身去走到旁边一条小街堂里去了。"

程景笑笑道："很好，你们干得真爽快，读书人吓走小流氓，也不是一件容易的事情。你既然旗开得胜，马到成功，大有侠士气概了，可喜可贺。倘然把你这事加着渲染地写出来，也许可以媲美《漳南侠士传》。"

"你是善写武侠笔记和小说的，一支生花妙笔绘影绘声，倘然给你一写，虽不能上追龙门的《游侠列传》，而至少也可以和当今琴南翁的《技击余闻》相伯仲，可惜我们徒有勇气而不会刺枪弄棒、飞檐走壁呢。"葛雨生带着笑说，又喝了两口酒。

"这个不要说了，我也没有这种大才代你写新游侠传的，请你再告诉我下文，那一双姐妹花以后又怎么样呢？大约她们很感谢你们了。"程景又问。

"我们做这件事，本来激于一时义愤，不必要得到人家的感谢的。当那三个小流氓走去以后，那长身的少女向我们凝眸瞧了一下，面上露出微笑，似乎要向我们道谢而又有一些含羞的样子，立在道旁也没有走。我只得对她们说：'小流氓走了，你们好好儿回去吧。'伊向我点点头，带着伊的妹妹向前走了，临去秋波十分的妩媚。"

"好一个临去秋波，这就是给予你的感谢了，比较一切的东西有意思，雨生兄，是不是？"程景带笑向他说。

"景兄，你不要调侃我，那临去秋波饥不能食，寒不能衣的啊，我要它什么呢？但是等她们走了以后，我还有些不放心，恐怕那花花太岁心不死，仍旧再要去追踪，这里的街道是路路通的，说不定他们又会抄到前面三岔路口去等候的。我们帮助人家总要帮到底，所以我和鲁光商量了一下，便远远地跟随那二少女的背后慢慢地走，做她们的保驾将军。一路走去，到了富成坊，见那一双姐妹花走进一家很大的墙门去，我认得那门墙是本地乡绅浦某的住宅，也许那二少女是浦家的女孩或是亲戚了。究竟是大家闺秀，没有些儿轻狂的样子，于是我们也就离开了。"

葛雨生说到这里，程景带笑问道："完了吗？这也没有什么特别之处，不过是一幕路见不平，挺身相助的喜剧而已。"

葛雨生又喝了一口酒说道："你别心急，尚有下文待我慢慢道来。那时我做了这件事而回去以后，脑膜上竟多留着一个穿蜜色衫、系蓝色裙、踏白色履的倩影，但我还不知道伊的芳名是什么，只恨当时没有勇气去和伊讲一句两句的话。但是隔得不多数天，我到观前去买书，在小说林快餐店里，忽然瞧见伊人立在柜台里买些铅笔和练习簿，手里还拿着一本礼拜六小说在那里翻阅。我走上去，正立在伊的旁边，见伊穿着一件淡青的夹衫，背后发辫上还系着一个紫色的蝴蝶结。伊还没有觉得，我也不便招呼，但觉得心里又惊又喜罢了。我遂向店里的伙计要买一部陆放翁的《剑南诗抄》，伊听得我的声音，侧转脸来见是我时，便瓠犀微启嫣然一笑，向我点点头。我也向伊点了一点头，却不好意思说什么话，实在也想不出什么话去和伊说。隔了一会儿，伊付去了钱，走出店去了，回转头来又向我微微一笑。等到我买好了书走出去，伊人已不知到哪里去了。"

"大好机会，失之交臂，你也觉得可惜吗？"程景说。

"这也没有什么可惜不可惜，但是多此一面，不知怎样的竟引起了我的爱慕之忱。景兄，我在你老朋友面前也毋庸讳言的，圣人说，食色性也，又说知好色则慕少艾，所以惊鸿一瞥，兰因斯种，遂掀动了我的情缘，从此在我的心坎里惦念着伊。只是男女之间，礼防很严，我和伊还是陌生，彼此不知道底细，何能相识而结友呢？凑巧有一天我到汪桐家里去和他谈起这事，他就对我说，我遇见的那个少女是浦家的三小姐，在某教会学校里读书，芳名柳丝。我心里惊喜参半，便问他怎样认识的。汪桐说，他的妹妹汪蕙就和浦柳丝小姐同学。那位浦小姐曾经到他家中来过，汪桐见过两次面，所以我一说出来，他就料定是此人了。汪桐又告诉我说浦小姐正在中学二年级读书，英文程度很好，伊能够和外国人直接谈话了。汪桐又带笑戏言说，假如我要认识那位浦小姐，他可以托他的妹妹去设法——做曹邱生的，我就说很好，到我需要的时候再来拜烦你吧。"

葛雨生正在原原本本地告诉程景听，玉华却又托了一碟煎鸡蛋进来，见葛雨生面前酒杯里的酒已没有了，便问道："可要再添一斤来？"

"不要了，我若多喝了酒，便要醉倒，那么我不能回去了，如何是好呢？"葛雨生笑笑说。

"不见得会醉倒吧，就是真的醉了，也好想法，绝不会使你葛先生睡地板。"玉华又带笑说。

"果然你肯代我想法吗？你这话说得很好，那么我就要再添一斤，倘然醉了，也要学古人醉卧路旁了。"

"可要再吃什么菜？"

"玉华姑娘，你们今天有什么菜？"

"菜是我们本来不预备的，但是你若要吃时，请你吩咐了，我们自会想法照办。"

"那么你们不妨随意烧两样来是了，不必多生麻烦，今天我要和这位程先生清谈，志不在吃呢。少停你若有暇时，不妨也来坐坐，陪我们谈谈，可好吗？"

"好的。"玉华说了，又回身走出室去。

"后来怎样呢？你究竟要不要去认识那位浦柳丝小姐？请你再告诉我听。"程景又向葛雨生说。

"好，待我继续告诉你吧。那天我得知了这个确讯，从汪桐家里回到宿舍，一个人独自想了长久，要想写封信给那位柳丝小姐，借尺素以通微忱，求为文字之交，但又恐怕有冒昧之嫌，获孟浪之咎，踌躇了良久，到底决定要写了。但是写好之后，却又不敢署上自己的真姓名，却假造了一个女性的名字，叫作林桃夭。"葛雨生说着，哈哈地笑起来了。

"桃夭不是取着《诗经》上的'桃之夭夭'吗？你何不取名灼

华，比较雅一些。"程景说。

"不，我因要和柳丝两字成对，所以也不管雅和俗了。"

"桃夭柳丝，正好相映，可惜清明节早已过了，那么你寄去那封信后，伊有没有复音呢？在你的信上又怎样说的呢？"

葛雨生又点了一点头说道："我信上当然也不好讲什么别的话，只说前在遂园相识玉颜，十分爱慕，愿结交谊，倘蒙不弃，请于星期日下午三时移玉到仓米巷的半园旱船中一叙，不必赐复。"

"你初次通话，竟约彼美相晤吗？恐怕那位浦小姐接到你的信后，不知道林桃夭是个什么人，伊要疑心到或许是男子们的化名，岂肯贸贸然马上来赴约呢？像你这样的办法，恐怕不是最好的。"程景说明，他以为葛雨生的那封信一定是无效的，所以对葛雨生看了一眼，大有笑他弄巧成拙的意思。

"景兄，我也没有办法啊。试想我若请伊写回信，便要出毛病了，因为我必要写上地址。试想在我们的寄宿舍里，怎样有女性寄宿呢，即使伊肯写回信来，我也不能够接到了，那也是不妥的，所以只有约伊在半园相见了。伊既然是个聪明女子，必能料想到写信的人是谁，在我的信上不是提起过遂园吗？伊亦不难猜出来了，当然也知道这个林桃夭三字是化名，倘然伊肯来的说话，就可以知道伊很有意思和我交朋友。若是不来的，也可以知道落花有意，流水无情了。我自以为只有这个办法最为爽快，你反笑我办得不稳妥吗？"葛雨生带笑说。

"现在听你这样说，我也觉得你的办法不错了，别的不要管他，我要问你，到了星期日那天，你可到半园去会见那位柳丝小姐吗？究竟伊来了没有？"程景很急切地问。

葛雨生再要说时，玉华的母亲托了一盆炒鱼片和一斤花雕进来了，伊对葛雨生说道："葛先生，我们马马虎虎地烧几样，吃得不好不要怪，停会儿还是吃饭还是吃面，请你先吩咐一声。"

"就是面吧，虾仁面也好，若是没有虾仁时，肉丝面、鱼面什么

85

都好，好在今天我们并不是请客，你们不必多麻烦。"葛雨生吩咐着说。

玉华的母亲答应了一声退出去，

葛雨生把壶中的酒斟在杯子里，喝了一口，又继续说道："你试猜猜看，那位柳丝小姐来不来?"

"我猜伊是来的。"

"为什么你这样说?"

"因为我见你这样得意的情景，所以猜定伊是来的。你不要像说书先生的那样卖关子，快快讲吧。"

葛雨生又把筷子夹了一片鱼片吃着，对程景笑笑说道："你倒好像相面先生，果然被你猜着。在那天那位柳丝小姐是来的，但是我却没有看见伊。"

"咦? 你说的这话使我有些莫名其妙了，既然彼美是来的，你怎样会没有和伊见面呢? 这不是太奇了吗?"程景很惊讶地又向葛雨生紧问。

"不错，伊来是来的，可惜我没有勇气去见伊，因为我寄去那信以后，心中又暗想柳丝小姐是大家闺秀，我也是规规矩矩的好学生，断不是'挑兮达兮，在城阙兮'之流，倘然我真的去和伊相见，一旦给人家认识我们的瞧见了，岂不要瓜田李下，受到莫大的嫌疑，而被人家兴风作浪，造出谰语谤辞来吗? 所以谓人之多言，亦可畏也，这却不能不考虑在先的。"葛雨生皱皱眉头说。

"雨生兄，你《诗经》倒读得很熟，真所谓发乎情止乎礼仪了。那么你写的那封信也是多余的，这样不但要使那位柳丝小姐扑了一个空，感觉到失望，便是你自己也要感觉到多此一举了。"程景哈哈大笑说。

"不，我的信并不是白写的，自有我的收获。因为我虽然自己没有去和伊见面，却被我请了一位代表。"葛雨生又笑笑说。

"哎哟，这种事情也有请代表的吗?"程景又哈哈地笑了。

"当然，我自然有我的代表的。"葛雨生正色说。

"代表是谁呢?"程景吃着鱼片，又追问下去。

"就是汪桐的妹妹汪蕙。我想来想去，自己既然怕和伊见面，只有先请一位代表去代我传达意思，别的人都不能做我的代表，只有汪蕙小姐是最合格。所以我与汪桐说了，有烦他妹妹代我做一位临时的代表。"葛雨生说。

"什么代表不代表，这不过是一个变相的男红娘便了。"程景说。

"哈哈!男红娘和处男都是我们发明的新名词。"葛雨生说着，和程景大笑起来。

此时门帘外有半个头向里面张望了一下，听得他们又在提起处男处女，马上缩去了。葛雨生见那额上的前刘海儿，便知道是玉华，也就咳了一声嗽，说一声进来吧，可是门外却没有人进来。

葛雨生又对程景笑了一笑，继续讲下去道:"侥幸得很，汪蕙小姐已答应我的请求。到了星期日，我在汪桐家里和汪桐坐谈而请汪蕙前去。到五点多钟时候，汪蕙小姐回来了，喜滋滋地告诉我说，伊到了半园里面，游人稀少，在旱船里果然瞧见了柳丝立在那边，似乎有所等待。伊就跑上去和柳丝相见，问柳丝在这里等候什么人，柳丝小姐不防在那里会遇见校里同学的，伊起先怎肯说出老实话，后来她们坐谈之下，汪蕙便问伊可曾接到一个姓林名桃夭的信? 柳丝听了这话，就大为惊讶，脸上红了一红，知道汪蕙是明白此中秘密的，也就连忙老实告诉汪蕙，且说明自己所以到此，是要瞧瞧所谓林桃夭者究竟是何许人也，是不是向伊故弄狡猾? 汪蕙便把事实详细告诉伊听，且把我的家世来历和学业一一直说，便说我心中很是敬爱伊，愿意交友，所以写了一封信约在此地觌面的。但是又恐怕信上写的女性而来见者乃是男性，未免更使人家怀疑，所以又不敢孟浪，再三考虑，遂请代表出来先向伊疏通一下，且诚意道歉。那柳丝小姐听了汪蕙的话，且知道汪蕙的哥哥和我是同学，当然非外人可比，就说我既然约了伊，为什么又胆小起来呢，岂不是笑话?

汪蕙见伊对于此事并没有什么不快活的地方，知道伊芳心里对于我更没有什么不满意了，于是再约伊在下星期日仍到这里来和我相见，汪蕙自己愿做曹邱，伊也答应的。当时我得到这个报告，心头非常快活，连连向汪蕙致谢，亏得伊做了我的青鸟使者，而将这件事应付得很妥帖。"

葛雨生说到这里，又喝了一口酒。程景对他笑笑道："这个代表真能胜任而愉快的，那么你现在可曾和那位柳丝小姐见过面吗?"

"见过了，就在上一个星期日。"葛雨生笑笑说。

"好，恭喜恭喜，这几个星期日好在我也没有来，即使来了，你也没有工夫的。你快告诉我，见面之后又怎样?"程景很急切地问。

葛雨生拿起酒杯又喝了一口，说道："待我爽爽快快地告诉你吧，我不善作小说，不会迂回曲折地细细描写……"

"本来不是作小说，请你直接痛快地告诉我。"程景说。

葛雨生刚欲说时，门帘一掀，玉华又走进来了。

第六章　嗟君此别意何如

"你们谈得真有劲，讲了这许多时候，还是叽叽哝哝地讲不完，酒可喝完吗？要不要再添一斤？"玉华立在葛雨生的旁边带笑说。

"玉华，我们讲的什么话？大概都被你在外面听去了。"葛雨生笑嘻嘻地向玉华说。

"冤枉，我在外边真是忙不了，哪里有这闲工夫来窃听你们讲话呢？我是一团好意来问你们要不要再喝酒，倘然要喝的，我可以再去叫酒店里送来，否则我们就可以把面放下锅去烧给你们吃，想不到来搅断了你们的谈话。"玉华又笑笑说。

"谢谢你，这位程先生不会喝酒的，这两斤酒差不多都是我一个人喝的，若然再要我吃时，真个要醉倒在你们家里了，还是吃面吧。"葛雨生说时，把杯中的余沥又一口喝下肚去，再提起酒壶来斟时，却只有半杯了。

"很好，我们就去代你们下面吧，外边的客人吃了都跑了。"玉华一边说，一边很快地退出去。葛雨生望着伊的背影，对程景带笑说道："你听这个妮子一片银铃似的声音，真是讨人欢喜。"

"你既遇到空谷幽兰，还要注意到依人小草吗？你快讲吧，别再被人打断话头了。"程景说。

"到了下一个星期日，我虽不能说是斋戒沐浴，而也修饰得衣冠楚楚，上下整洁，先跑到汪桐家里去，然后再和汪桐兄妹到半园去会见伊人。幸亏汪桐家里的老太太是十分开通的，伊让汪蕙也陪了我去。但是我们到了半园门口，汪桐要想不进去，他以为有他在中间，恐怕我不好说话。我却以为有了他时我更好说话，否则一男二女，反要引起他人注目的，遂被我硬拖进去。这天约定的地方仍在旱船上，那位柳丝小姐早已在那边伫立而待了。我和伊已在遂园见过，后来又在小说林逢见一面，自然大家的容颜彼此也有些熟了，又有汪桐兄妹在中间介绍，一见如故，大家坐着品茗闲谈。"葛雨生继续他的谈锋。

"谈些什么呢？可得闻乎？"程景笑笑说。

"我们初次交谈，当然很是客客气气，无非谈些学校里的事，琐琐屑屑的，恕我不再做记账式的报告了。但是我觉得伊谈吐很是亢爽，倒并不像一般女儿家充满着羞涩的态度，思想很新。可惜伊的环境还是在封建制度的包围里，而无法摆脱种种束缚，这是我从伊的说话里仔细听出来的。现在的时世，大都是这个样子，我也是同有此感，这需要我们一辈青年大家努力去打倒它，冲破它的。"葛雨生说着话，顿时面上紧起来。程景点点头，对于葛雨生说的话深表同情。因为那时候的青年大多数是感觉到如此的，这也是一个社会问题。

葛雨生继续讲下去道："那天我们直谈到天快要黑了，柳丝小姐要紧回去，我们也不能多留伊，遂送伊出园，又在路上送了一大段，方才分别。我又陪汪桐兄妹到观前松鹤楼去吃了晚餐而回的。"

"只此一面，也太匆匆，你和柳丝小姐可订后会之期吗？"程景又向葛雨生问。

"不，我早已对你说过，伊的环境也是在封建势力之下的，虽然伊在外边女学校里读书，可是伊也不能常常一个人独自跑到外边来。接连两个星期日，伊都一个人独自出外的，倘然第三个星期日也是这个样子，恐怕就要引起家里人的猜疑。所以伊和我讲明了，一个月中至多出来一二回和我相见。至于书信来往，我不妨仍用林桃夭的化名，而伊的信可以直接寄到我校里来，因此今天我有工夫约你到这里来谈谈，把这件事情告诉你听。"葛雨生说完了，把杯中的酒喝了一个干。

程景听了，便又对葛雨生说道："恭喜恭喜，你在这个时候竟无意中得到了一位多才多貌的腻友，从此你的生活更不觉到枯燥了，我希望你将来在情田里长出美满的苗，结成美满的果，也不虚负汪桐兄妹介绍之功了。"

"唉，这个却不用说，我实在没有什么将来的希望，谈起将来只是令人惘然的。你不要为我抱乐观，我不过借此聊慰我的彷徨的心罢了。"葛雨生说着，又微微叹了一口气。

程景说道："我听了你的一番叙述，本代你十分欢喜的，却不料反而引起了你的感叹。我再要问你，那位柳丝小姐到现在可有什么瑶缄玉札寄给你吗？"

"有的，伊已来了一封信，我已寄出了两封信，不过我们谈谈文艺的。你若要看时，我也可以给你一观，但此事在诸同学中间只有汪桐和鲁光知道，吕观海面前我也没有提起，请你也要代我守口如瓶，不要泄露一点儿半点儿。免得他们听了去就要造事生风地宣传出去，反而不妙。因为我不喜欢在他人面前把女朋友的事夸耀修饰自命风流，以致给好事的人把我做口谈，而思想稍旧的人也要讥笑我荒唐。所谓此可与知者道，而难为俗人言，你以为我的话对吗？"葛雨生一边说，一边从他身边的皮夹里掏出一个绿色波纹纸的信封来递与程景。

当程景接过信，正抽出香笺来读时，玉华却又将盘子托着两碗面进来了，放在桌上，对二人带笑说道："裹馄饨的虾仁剩下不多了，我们添了些肉丝，请你们将就吃了吧。"二人一看碗上各堆满了虾仁和肉丝，还有碧绿的毛豆子，便一齐称赞说好。

程景只得把信放在一边，先和葛雨生吃面了。玉华站在一旁，却没有走开，葛雨生一边吃，一边和伊闲谈数语。玉华带着笑，一一回答。忽听门外有人叫了一声玉华姐姐，跟着跳进一个女孩子来，就是那个小名三宝的秦雪梅，今天穿了一件花条子布的罩衫，紫布裤子，头上仍梳着两条小辫儿，一双睫毛很长，乌黑黑的眼珠子，向葛雨生和程景骨溜溜地紧瞧着，手里还抱着一个洋囡囡。

玉华回转身去，将手拍拍伊的肩膀说道："三宝妹妹，你来玩的吗？寄娘可好？可有什么事？"

"没有，你请伺候客人吧，我母亲很好，我因为想念姐姐，特地跑来玩玩的。"雪梅仰着脸说。

"很好，你就在我们家里玩一会儿吧，我请你吃面，好不好？"玉华又抚着伊的头发说。

雪梅听了，低倒头笑笑，一双小眼睛又溜到葛雨生的脸上，向他看了一眼。

葛雨生停了手中的筷子，跟着带笑说道："吃面吃面，秦雪梅，你可以坐在这里和我们一同吃，好不好？"

"不，怪难为情的，我不要和你们同吃，我要和玉华姐姐同吃的。"

"好，你手里的洋囡囡可是小阿姨买给你的吗？真好玩，眼睛可会眨吗？"

"咦！你怎样会知道的？不错，这是小阿姨从上海买来送给我的，你也说好吗？"雪梅一边说，一边将小指头在洋囡囡肚皮上捺了数下，果然那洋囡囡的眼睛向上眨了数眨，吱吱吱地叫起来。

葛雨生正要再和伊讲话时，玉华早拖着伊的手走出去了。葛雨生目送伊去，对程景笑笑道："这女孩子很惹人怜爱，将来长大时一定不错，我倒和伊很有缘。"

程景对他笑笑说道："你和人家都是有缘的，我还是劝你专心致志地和那位柳丝小姐周旋吧。"葛雨生听了笑笑。于是二人很快地吃面，室中暂时沉寂，却听得外面雪梅和玉华姐姐的笑声。一会儿玉华又送热手巾进来了，雪梅跳跳纵纵地仍旧跟在玉华身边，一双小眼睛只是向葛雨生紧瞧不释。

葛雨生已把面吃毕，接了手巾，揩过嘴，伸手去拉着雪梅的小手，和伊有一搭没一搭地说话，问问伊学校里的情形，玉华在旁边帮着伊回答。程景趁他们讲话的时候，拿着那封信，立起身来，走到窗口去展读。他只是不时地点头，葛雨生却和玉华、雪梅有说有笑，且许雪梅隔一天要买一辆儿童玩的小火车托玉华转送给伊，且说只要把小轨道拼起来，开动机器，那火车便会在轨道上很快地飞奔的，说得雪梅非常高兴。可是一会儿玉华的母亲在外面呼喊了，她们俩就立刻跑出去。

程景此时已将信悄悄读毕，走过来，双手交还葛雨生，且说道："那位柳丝小姐的国文程度也不错，而且是我党同志，因为在伊的信上很会用小说中的辞藻和典故。伊若不熟读小说，哪得有此？很好，你有了这位女友，你的艳福不浅。"

"你不要这样说，多情者无福。你没有读过许多哀情小说？书中的主人翁，哪里有花好月圆的结局？情海就是恨海，欢场终变愁场，我看得多了。所以心中也惴惴然，恐怕难逃前人的覆辙，反怪自己太易掀起情丝，你却说我艳福不浅吗？唉，我还不知道前世可曾修到呢。"葛雨生说着，勾起了他心中一团的隐恨。

他们都是多情善感的人，所以程景听了葛雨生的话，也发生同样的感叹，觉得多情还不如无情，无怪古人说太上忘情了。他想起自己和静波好事多磨的一回事，心中真有无限块垒，不知怎样地消去，不由也叹口气说道："我们的处境虽然不同，你当然远胜于我，可是我们的前程似乎都有阻碍，要想走到快活的乐园里去，也不是件容易的事，似乎老天在那里戏弄我们。但我想世间一切的事，也全在人为，天定固能胜人，人定亦能胜天，我们还是不计成败利钝地向前奋斗吧。即使万一在情场里失望了，我们还有一身的事业应该向前奋斗不懈的。"

葛雨生听了程景的话，仍是黯然无语。

"我们不要从悲观方面着想，须要从乐观方面去积极进取，《诗经》上不是说的自求多福吗？我劝你自己努力去追求吧，一定有幸福之果，不必鳏鳏过虑。"程景说。

"谢谢你这样地安慰我，我也希望你能够如此，我们都是自求多福，得到生之愉快。"葛雨生笑了一笑说，似乎他的脸上浮起了新的希望，活的力在他心里勃然生长。

二人喝了一会儿茶，天色已晚，室中的电灯也已开了。程景又向葛雨生说道："我和你谈了许多时候的话，却忘记一件事问你了，就是我们要出版的《缥缃囊》，不是一切都完备了吗？怎么到这时候却无声无息起来？究竟何时出版，可是你为了自己的事太忙而无暇顾及吗？"

"倒也不是的，我来告诉你听吧，《缥缃囊》出版的事情恐怕要暂时搁浅了，因为文昨非认识的那个姓倪的朋友太拆烂污了。他在上海做事的，我们此次把印刷的事托付他，而且稿件和印刷费制版费等一切早都寄去了，他也有回信来说已在排印中。我们自然只望快快印成了书，就可以出版登广告，而且广告的底稿我也和文昨非拟好了。谁知过了一天又一天，那《缥缃囊》刊物总是没有印出来，我和鲁光几次三番地逼着文昨非写快信到上海去追问和催促，而姓倪的起初回信来说即日可以蒇事。然而到了现在仍旧没有蒇事，以致出版期遥遥不定了。我当然为了此事很发急，文昨非答应在下星期日自己到上海去跑一趟，问问究竟，我们也只好耐心等待了。"葛雨生皱着眉头说。

"可见得办一个刊物也不是容易的事，我们费了许多心力，还是不能使它早日产生，真不胜惭愧之至。"程景带着感叹说。

"确乎很是麻烦的，不比那些书局里出版的杂志，编辑既有人负责，印刷就在他们自己的厂里，克日交件也容易。至于发行，那更是便当了，只要把书向各处外码头的分局里寄出去，两三千本书不消数天就可以派完的，便是门市上卖出去，生意也很多的。当像我们都是外行，一切还要托人去代办，以致排印的时候已被人家耽搁这许多时候了，岂不要使人家容易灰心吗？"葛雨生摇摇头说。

这时候，玉华的母亲和玉华一同走进来，笑嘻嘻地站在一边。

"你们的三宝妹妹呢？"葛雨生带着笑问玉华。

"伊回去了，你倒欢喜和伊谈吗？你许伊的小火车，千万不要忘记啊。"玉华带笑说。

"我绝不会忘记的，一定要去买了送给伊，但我也想送些好玩的东西给你，不知你欢喜什么东西？"葛雨生又向玉华说。

"葛先生，谢谢你，玉华年纪大了，又不是小孩子，送什么东西呢？"玉华的母亲说。

"那也容易，雨生兄，你送些别的东西好了。"程景向葛雨生带笑说。

此时葛雨生早已抢着从身边摸出一张十元的纸币来，送给玉华的母亲说道："今天我还钞，这一些钱不知道够不够？"

"够了够了，谢谢你。"玉华的母亲接过纸币，马上走到外边去。玉华却没有走开，于是葛雨生叫伊坐在旁边，和伊随意闲谈一会儿。玉华自憾没有学问，伊又说，像你们二位都在学校里读书，是最有福气的人，只有我，却是没有机会了，一天到晚地在家里帮着母亲做事，哪里还有时间去研究学问呢？葛雨生安慰着伊说，只要你有这条心，随时随地都是学问，也可以在早晨，或是黄昏的时候补习一二——一样也可以进步的。且答应玉华隔两天借些浅近的书给伊暇时看看。天气已黑，程景要紧回去了，葛雨生也不再挨坐在这里，于是他们二人和玉华分别了，离开这家庭点心店。

玉华不胜依依地送至门口，向他们说道："你们明天可再来？"

"大约要后天再来了，我要去买小火车哩，还有一些小小礼物要送给你，再会吧。"葛雨生回头向玉华笑笑，和程景一同向三元坊那边走去。玉华站在门口，在黑暗里依稀瞧着两个人影隐没在伊的视线中，伊惘惘然地关了门进去。

程景自从这一天和葛雨生晤谈后，得知葛雨生最近的艳遇，他就很关心葛雨生和那位柳丝小姐往还的事。虽然他也知道葛雨生的家庭里还有重大的障碍，因为他以前早听得葛雨生从小时候他的父亲已代他在家乡一家一某姓的女孩子订下了婚。葛雨生和那位女孩子从来也没有见过面，所以他竭力反对这种盲目式的婚姻。可是他的父亲思想比较旧一些，又是一个古礼自守的人，以为男女的婚姻须要像《诗经》上所说的"娶妻如之何，匪媒不得"，断不能由年纪轻的男女自己胡乱做主的。为此葛雨生虽有奋斗之意，而无奋斗之实，别的事他还能说称心如意，唯有谈到这个问题，他总是要皱眉头的。所以此番的事，前途究竟如何，连他自己心里也没有把握呢。程景是他的知友，当然要代他多虑了。至于程景自己的婚姻问题，也是很渺茫的，心中顿时增长了不少感慨。

隔了几天，程景的母舅四十岁生日，许多接近的亲戚和朋友都去祝寿。程景和他的妹妹跟他的母亲一同前去拜寿。他到了那边，一眼就瞧见静波穿着一件花纺绸的罩衫，系着黑绸的短裙，腿上穿着肉色长统丝袜，足踏白色革履，头上斜插一朵紫色的蝴蝶结，装饰得十分明艳，正和爱娇立在一起。程景连忙走招呼她们。静波见程景到来，也就一拉爱娇的手臂，迎上前说道："景哥哥来了。"

爱娇向程景眨了一个白眼说道："怎么你隔了许多时候一直不来？今天若不是我父亲做生日，恐怕你仍不会来的。你可知道静波姐姐思念你吗？我不知道你为什么不高兴来了？"

程景听爱娇向他责问，又见静波的一双俏眼睛正向他注视着，他不由脸上一红，又不好把自己的心理告诉她们知道，只得笑了一笑说道："近来学校里的功课加紧了不少，你们这里又远，所以有许多日子不来了，抱歉得很。"

"你不要这样说，难道星期日你不能来吗？"爱娇说着话，又对程景将嘴一撇。

程景给爱娇窘住了，几乎说不出话来。后来他母舅走过来了，他连忙上前去拜寿。

这天程景又和静波、爱娇聚在一起，他的妹妹惠文也一同玩着。静波的母亲和程景的母亲彼此也见面。夜间有滩簧、滑稽戏等各种余兴，十分热闹。直到十二点钟时候，程景方和他的母亲妹妹等告别而去。他觉得静波对他的态度和以前没有异样，虽然自己没有勇气和伊谈起这事情，大概静波也知道此事的。伊对于自己母亲的心理，一定比较我明白得多，只可惜伊不能对我说罢了。于是他的一颗心仍萦绕在静波的身上。

葛雨生的家属都在上海，他父亲经营商业，饶有资财，膝下儿女众多。葛雨生是长子，独自到苏州来求学，所以寄宿在校里。性喜文艺，故和程景、鲁光等沆瀣一气，堪称莫逆。他和程景是无言不谈的。他自从在遂园仗义相助彼美，以及在半园会晤彼美以后，他的一颗心顿时也萦绕在柳丝小姐的身上。到了下一个星期日，他已和柳丝小姐约定，仍在半园相见。下午一点钟的时候，葛雨生早已上下修饰一新，跑到半园去，仍立在旱船旁边等候柳丝到来。游园的人并不多，人影稀少，鸟声啁啾，园林中觉得清旷不少。葛雨生在池边徘徊，池畔的枇杷树上面结实累累，在绿荫丛中透露出一球球的金黄小果。时序催人，转瞬已是端阳节了。池中有几条红色的金鱼在水面上，荇藻深处唼喋着，恰巧一瓣花飘落到水面上去，那金鱼便悠然而逝了。他瞧着金鱼，大有濠上之概，忽听得背后回廊里叽咯叽咯的革履声响。他估料是柳丝来了，竟像庄周所说的逃空虚者，闻人足音跫然而喜，心里兴奋不少。但是花园里的回廊大都很是曲折，虽然近在咫尺，而有花墙头隔着的，只能听到声音而不能瞧见人。此时葛雨生恨不得把这一堵花墙头打倒了，立刻可以和伊人见面。他背着手，对那回廊边立着，听那足声自远而近，一会儿一个婷婷的倩影已显露在眼前了。今天柳丝穿着淡青色绸的单衫，下系黑纺绸短裙，襟上系着一根紫带，下面连着一管康克令自来水笔，足穿白色丝袜和白色革履，头上梳着一个那时候最流行的爱司髻，姗姗地走将过来，向葛雨生点点头，带笑说道："密司脱葛，你早啊！"说话时微微一笑。

"我也刚才到此呢。"葛雨生一边说，一边陪着柳丝走到旱船里去，在一张石台旁坐着。早有园里的茶房代他们泡上两壶茶来，还端上一盘西瓜子。

葛雨生坐在柳丝的对面，先问问伊学校里的事情，又谈谈小说。柳丝前天也听汪蕙说起葛雨生等正在筹备一种杂志，唤作《缥缃囊》，所以今天伊向葛雨生问起出版的消息。可是《缥缃囊》正在难产中，无以慰玉人之望。葛雨生就说印刷尚未竣事，出版期也不一定，且要求柳丝译一些欧美的著作，预备在第二期中刊出。柳丝微笑道："你们都是小说家，我哪里敢滥竽充数呢？"

"啊呀，密司浦称我们为小说家，这却不敢当的，我们不过是爱读小说，见猎心喜，大胆创作，学步邯郸罢了。此次也不过尝试尝试，尚没有女性的作品，久闻密司浦的英文非常之好，所以希望你能加入，赐撰一篇鸿著，那就可使敝刊增光不少了。"葛雨生很恳切地说。

"既然如此，待我胡乱译一篇来贡献与你们吧。我们学校里有一种美国出版的妇女杂志，每月寄到的，内中很有一些珍闻，让我择有价值的来试试。"柳丝双手揉着伊的手帕徐徐地说。

"这是再好也没有了，我盼望密司早早译给我，方才合着以文会友之旨。"葛雨生很愉快地说。

二人又谈谈吴中的园林，因此又谈起那天在遂园遇暴的一回事。柳丝一边感谢葛雨生的相助，一边痛骂那些地方上的无赖少年，专在外面侮辱妇女，尤其是走夜路的，更易有这种意外的遭逢，令柔弱的少女为之恐惧的。后来谈到放暑假的事了。葛雨生家里既然在上海，当然放了暑假是要回家去歇夏的。可是照葛雨生的心理最好照常住在苏州，实在不愿意回上海去，因为一则在苏州的好朋友很多，时常在一起切磋琢磨的；二则最近又认识了柳丝小姐，新交的友谊正在前进于浓密，倘然自己一回上海，便要和这些人暂时分离了。暑假虽然只有两个月，然在那炎炎的长夏中，坐在家里除却浮瓜沉李，看报读书以外，实在无可消遣。而良朋学侣，天各一方，岂能免一日三秋之感？所以他是实在不愿意回去的。他把这意思告诉柳丝听，柳丝当然也希望他留在吴门。不过在那时候各学校到了暑假，大都是关起门来，不再闻弦歌之声，也没有办什么暑期补习学校的，所以葛雨生并无什么理由可以假借再住在宿舍里呢。那么只有一个月的光阴了，在这短短一个月中，他自然要向柳丝要求能不能多聚数次。可是柳丝自有伊的不得已的苦衷，口头虽然勉强答应，实际上恐怕谈不到吧。这是葛雨生横亘在当前的一个最可虑的问题。

二人在旱船里谈了好一刻话，清言娓娓，不觉天色将暮。葛雨生喊了一盆虾仁炒面，和柳丝吃过。柳丝要告辞回去，葛雨生虽然是多坐一刻好一刻，但也不敢多留。二人遂走出旱船，在各处兜了一个圈子。正要出去的时候，园门口竹篱边笑语声起，有几个人走进园来。柳丝一眼瞧见了中间一个瘦长的，连忙向旁边假山洞里一钻。葛雨生倒怔住了，只得立停在那里。幸而这几个人循着荔枝小径向前走去，并不钻向假山洞去。葛雨生等他们走过了，也钻到假山洞去，轻轻唤着密司浦。柳丝听得葛雨生呼唤，就跟着他一同走出来。

"怎么？你瞧见了谁？"葛雨生向柳丝询问，同时见柳丝玉颜微红，似乎很不镇静。

"你是不认识的，方才在那些人中间有一个瘦长的男子，就是我家的三叔。这个人头脑最旧，心思最刁，又最会搬嘴弄舌，造事生非。他和我最不对，倘然给他撞见了，他一定要到我父母去说我的不是，兴风作浪，小事化为大事，对于我大大不利的。今天真不巧，幸亏我躲避得快，大概他没有瞧见我吧。上帝，但愿他一个不留心，果然没有瞧见，这就可以太平无事了。"柳丝说时，双眉顿时颦蹙起来。

"我想你家三叔叔绝没有瞧见你，他对我看也没看，否则他何不也走进假山洞里去呢？你别要胆小，没有什么事的。假使被他撞见了，我们也是光明正大，并没有不可告人的事。"葛雨生将话安慰着柳丝。但是当二人走向园门回去时，在他们背后远远地立着一个人，在假山上向他们张望，他们都完全没有知道呢。

葛雨生这天回去，他就要想方法，好使他自己在暑期里仍旧能够留在吴门。在星期二的放学后，他就跑到程景家里去约程景出去，又到那家庭点心店里去吃点心。他们此时已和那馄饨西施十分熟了。玉华见他们到来，不期然而然地会走到他们身边来招待，而且那间特别室总是留给他们坐的。在壁上又添了一个镜架，题着"苎萝风光"四个大字，就是程景赠送的，借着玉华的别名为题。玉华起先也不明白什么意思，经葛雨生告诉伊说西施是苎萝村人，程景送这个镜架，就是说你能够媲美古时的西施，使人家到了你们的店里，见了这四个字，想起从前红极一时的西施。古时的西施不可复见，现在的西施却是活色生香，可望可即。所以对此四个字，竟像此中有人，呼之欲出。玉华自己也知道人家都叫伊馄饨西施的，听了葛雨生的话，不由脸上一红，说程先生太会弄笔头了。你们会做文章的人，别有心思，我们这种人是对付不来的。葛雨生笑道："你不要客气，各有各的技能，要他们裹馄饨裹得像你一样好时，却也要谨谢不敏了。"这是前一回的事，葛雨生也早已买了一些化妆品送给伊，而且他许赠送伊三宝妹妹的小火车，也都实践了诺言。

今天葛雨生把他自己的意思告诉程景，说要想在这个暑期中和程景、鲁光、文昨非、汪桐等公请一个国学名宿，研究诗古文辞，就借汪桐的家里做绛帐，那么不但汪桐的妹妹汪蕙可以加入，而那位柳丝小姐也许可以来同读，这样岂不胜于在园中约晤吗？程景听了当然赞成，他就说他平时请益的那位金老先生可以撰杖都讲。葛雨生一向也钦佩金先生的文名，便说待他向各人接洽妥定，就可进行此事了。这天他们又讲了许多话，且知道文昨非所托那个姓倪的朋友有事到福建去了，托他所印的《缥缃囊》竟没有印出来。印刷费都被姓倪的用去，而且原稿也失去了大半。以前姓倪的空言搪塞，实在没有去发排，所以迟迟不能出版。直到文昨非亲自赶到了上海，方才调查明白。这个烂污拆得不小，可怜他们费了许多心思，一旦尽付东流，文昨非又没有力量赔出这笔钱来，原稿失去了无从寻觅。所以葛雨生经此打击之后，十分灰心，只得让这事变成了镜花水月，空作欢喜，不得已而宣告流产了。但他还和程景说，若然此时补习的事可以成功，自己仍想和几个友好重起炉灶，再要办一种刊物，题名"绿柳"，也可说是纪念他和柳丝初逢的意思。可是文昨非这个人办事太疏忽，却不要他在内了。程景自然希望这事也可以成功，因为他和葛雨生是有同一的意志。

　　光阴过得很快，暑期已到了，葛雨生的愿望却不能办到，因为他的父亲不许他在苏州逗留。倘然要补习的说话，上海也可以请人到家里来教授的，和弟妹共读是更好了。且因他的母亲正有一些小恙，多时不见爱子，也亟欲葛雨生回家去叙天伦之乐事。所以他父亲接连写了两封信来，催他回去，并汇下一笔款子给他。可是葛雨生心里却大大地忧闷，他把信给程景看，只是长吁短叹，苦没有办法。程景也想不出什么话去安慰他，只得劝他暂时回转上海。好在暑假至多也不过两个月，无论日子怎样的长，转瞬也要过去，仍可来吴门求学，和他的情侣好友重逢。葛雨生懊丧着说道："我的心总是在吴门，若然回沪，一日十二时，无时无刻不挂念这里的，便是梦寐之中也是难忘的。这两个月的光阴，叫我如何挨受过去？"程景只得对他说道："那么你只好有烦管城子之力，代你通情达意了，好在绿衣使者是很忠实的青鸟使，绝不会做殷洪乔第二的。"葛雨生皱着眉头说道："我只有这个办法了。"

　　葛雨生返沪之前，他又约柳丝小姐到怡园中去晤谈。那怡园是在城中护龙街的尚书里，是顾氏的私家花园，那地方比较半园更是清静。因为在那时是不卖门票，不招待游客的。游人进去，都要留刺，园丁瞧你是个上流社会的人，方可放你进去。园地很大，建筑稍旧，但是布置却很幽雅，假山也堆叠得很好。城中园林以假山著名的，除了狮子林和汪义庄花园，要算这里了。那天葛雨生和柳丝约在荷花厅里相见。他本来在下午一点钟就要去的，不料同学会聚餐后还要讨论会中事，偏偏举他主席，耽搁了许多时辰。他心里急得什么似的，好像热锅上的蚂蚁一般，同学中有许多提案，他都希望立刻通过，不要引起辩论。好容易挨到两点钟时，方才脱身。他就到宿舍里取了隔天在观前街买的东西要赠送与柳丝的，带在身边，立刻骑了一头驴子，跑到怡园去。

他走进怡园，寻到荷花厅上，却见荷花厅上许多男客坐在那里谈天，不见柳丝的倩影。他不由一怔，立在廊下，暗想柳丝究竟来了没有？这厅上已有许多人占个满，柳丝若然先到了，也不能在这里烹茶而待的。偏偏自己又被同学们所嬲，延迟了好多时候方才赶来，莫非柳丝不见我的影子，伊以为我失约而回去了？那真是糟糕哩。他心里当然十分惆怅，又到园中别处去找寻，穿花拂柳地走到了桂花厅那边，是在园的西隅，更是僻静，静悄悄地不闻人声。当他踏到厅上时，见靠东桌子边坐着一个粲者，不是柳丝是谁呢？心里不由大喜。

"密司浦，你在这里吗？寻得我好苦啊。"葛雨生一边脱下头上草帽，一边走上去，笑嘻嘻地向柳丝说。

"密司脱葛，你怎么到这个时候才来？你的来信上约我在荷花厅相见的，可是今天真不巧，我来的时候那边已有许多人在宴会，整个的荷花厅都被他们占据了去。我是一个女子，怎能再去坐在里头呢？你又没有来，所以我只得到这里来等你了。可是守候了许多时候，你却不来，我想等到三点钟再不来时，我也只得走了。"柳丝立起身来对他说。

"对不起得很，今天我确乎来得很迟了，有劳密司久待，不胜抱歉。"葛雨生便把迟到的缘故讲给柳丝听。今天柳丝穿的绿纱衫子，蓝纱的短裙，鼻子上边戴了一副黑色的太阳眼镜，这是绝妙的掩护品。直到葛雨生来了，伊方才将取下来。二人遂面对面地坐下，又泡了一壶茶。这园中是没有什么可吃的，只可清谈。

"这里是桂花厅，最好要在八月里金粟香浓的时候来坐的，不比那里荷花厅对面却有很大的荷池，可以看荷花的。"葛雨生喝了一口茶说。

"这倒一样的，我们不过借此谈谈，也不要赏什么荷花，你究竟几时动身？快快告诉我。"柳丝说。

葛雨生听到动身两字，真好像渭城之曲，游子怕听，他皱了眉头答道："校中暑假已放了，我不能再耽搁，家中又有信来催行，大约后天就要动身回去了，因此今天约密司到这里来一谈的。"

柳丝听了这话，伊的蟒首渐渐向下低倒，却不说什么。

"唉，我本来是不想回去的，我的期望是早已告诉你了。无奈不能实行，不得已而回沪的。这苏州是我第二的故乡，还有许多好朋友，我实在不舍得离开，此后身虽在沪，而我的一颗心却仍在这里，尤其是对于密司友谊方浓，形迹难忘，更不愿意离开呢。无奈被家严催得紧，身子还不得自由，请密司原谅。我只希望这暑假快快过去，使我仍旧可以回到吴门来，和密司聚首。"葛雨生仰起了脸说。

"这两个月的暑假说长不长，说短也不短，大概你要九月初方能重来吴下呢。"

"不，我校定在九月三日开学，我可以早一个星期来苏，计算起来不到两个月，可是长夏无事，更容易动伊人之思，遥望吴门，能不依依？所望密司能够不弃鄙陋，常常赐以好音，那也可以使我得到一些安慰了。我和密司虽然相交未久，可是彼此的性情已有认识。密司冰雪聪明，使我不胜钦佩的。而蒙密司也看得起我，许我做个朋友，赐书教督，深情厚谊，可称难得，真像诵《隰桑》之诗的末章'中心藏之，何日忘之'！在我这颗心里只藏着密司一个人，使我一辈子不会忘记的。只恨为了环境所限的关系，还不能使我常常追随左右，更有这个可憎厌的暑假还要把我赶回上海去。当这别离的时候，岂不令人更要荡气回肠吗？"

葛雨生这一番话，说得很是缠绵恳挚。柳丝听着，依旧低倒了头，两只手搓着伊手里的一块粉红色的小小手帕，揉得像一个小棉团了。

葛雨生见柳丝不说，料想伊心里必然也难过得很，便又问伊道："密司放了暑假，怎样消遣？能不能告诉我听？"

柳丝听葛雨生问伊，方才抬起头来，勉强笑了一下，说道："我们校里暑假很长的，要到九月十日方才开学呢。在暑假中我预备跟一个西人密司哈克耐学习钢琴，还在家里练习一些书画，你说好不好？"

"很好，密司蕙质兰心，对于艺术方面一定能够造就的。我却惭愧得很，学书学剑，两无成就呢。"葛雨生推了一推鼻梁上的眼镜说。

"不要客气，你的文艺已是很有根底了，虽然你是读的工科。只可惜你和贵友办的《缥缃囊》竟告流产，使我也大大地失望呢。"

"真是惭愧，筹备了许多时候，结果却没有出版，岂不令人嗤笑？我的朋友程景也同样地慨叹，我本想在暑期中再来筹备一下，但现在却不能成功了，密司请勿见笑。"

"失败为成功之母，这有什么要紧。我希望你再谋出版的方法，我想第二次一定要比第一次来得周详稳妥。"柳丝说。

"我也希望如此，待过了暑假再作道理，到那时请密司也要加入的。"葛雨生说。

柳丝笑了一笑。二人静默了一会儿，厅树上蝉声叫得很絮聒，骄阳照在对面的墙上，时候差不多有四点多钟了，这厅上却绿沉沉的很是阴凉，游人稀少，一个也没有走来，只远远地听到一二园丁的笑语声。

葛雨生想起了 什么事，便从他身边摸出 个长方形的小匣子，双手奉与柳丝说道："这是一些小礼物，在此临别的当儿，敬赠与密司做个纪念的，请密司千万不要客气。"

柳丝摇摇手说道："密司脱葛，人之相知，贵相知心，你何必费了钱去买东西呢？我是不敢当的。"

"不错，交友贵在知心，所谓高山流水，得一知己可以无憾。清高如密司，我当然不敢把世俗的眼光来看待你，不过投桃报李，也是朋友间常有的事。这是一只爱而近的白金手表，式样还算时新，是我前天走过观前街，偶然在余昌钟表行面前的橱窗里瞧见了，觉得此物令人可爱，正合配密司戴在手腕上用的，所以买了下来，专诚奉赠与密司。你若再要推却，若非嫌此物不中意，便是不愿意和我做朋友了。"葛雨生很诚恳地说，双手送到柳丝面前。

"啊哟，你这样说时，却叫我不能不接受了，但是我很惭愧的，无功受禄，拿你的东西。"柳丝说着话，便接了过去，又说一声谢谢。

葛雨生见柳丝接受了他送的手表，心中自然欢喜。

但是一会儿柳丝又皱着蛾眉说道："多谢密司脱葛送我这东西，可是我虽然受了你的，而仍不能够把来系在手腕上，这个怎么是好呢？太辜负你的美意了。"

"为什么呢？"葛雨生听了柳丝的话，不由一怔。

"你想倘然我把这手表戴在手腕时，家里的人见了这东西岂不要问我从哪里来的吗？我又不能老实告诉他们知道的，岂非反而不美。"柳丝一手支着香颐说。

"不错，这一个问题我倒没有想着，但你不好假托同学们送给你的吗？"葛雨生说。

"恐怕同学中间没有人送这样贵重的礼物的。"柳丝笑了一笑。

"你不好说自己省了钱买来的吗？你家中也未必盘问得过于严密的。"葛雨生把手搔搔头说。

"真是对不起你，送了东西给我，还得使你为我多用心思，待我慢慢地向家人撒个谎吧。"柳丝说着话，又谢了一声。伊又当着葛雨生的面，把这盒子揭开来，见这只手表小而精致，形式非常美丽，光彩耀目，真是上等的舶来品，丝带也配好了。伊就拿起这表来在伊的手腕上缚了一下，马上又解下来，仍放在盒里，口中啧啧称赞了一声。

葛雨生瞧着心里当然更是欢喜，他又对柳丝说道："我前天信上向密司要求的一样东西，不知密司可肯惠赐？有没有带来？"

柳丝带来一本英文书，本来放在一边，伊听了葛雨生的话，就取过这本书来，从书中检出一张二寸长的小小照片，上面就是伊的倩影，独自一个儿亭亭玉立，拈花微笑，双瞳斜盼，姿态非常美妙，便把来送与葛雨生，且说道："这照拍得并不好，请你不要见笑。"

"非常之好！"葛雨生一边说，一边接过柳丝的照片，看了一看，见上面写着两行英文字，用紫墨水写的，写得非常秀雅整洁，上款是"我亲爱的葛先生"，下款是签着爱丽斯浦。爱丽斯是伊的西文芳名，签字又非常灵活。葛雨生拿着这照片，向柳丝连连谢了两声。

他们又谈了一会儿，夕阳西沉，桂花厅上已充满了暮色，还有那咬人的蚊虫也飞出来了，在桌子底下采取游击战，常向二人的腿上来刺，刺得柳丝的嫩皮肤又痒又痛，几乎跳起来，于是伊就要告辞了。葛雨生也不敢多留，叮嘱伊在暑期里常常通信，彼此不要忘怀，且叫伊珍重玉体，安度长夏。他们走出园来时，真觉得不胜依依，无异于南浦握别，黯然魂销。

这一次的晤谈，葛雨生回到宿舍里，觉得自己和柳丝的友谊增进了不少。他背着同学，偷偷地拿出柳丝的小影，对着它仔细凝视，似乎纸上的人儿也会姗姗来迟。柳丝的声音，柳丝的浅笑，已深深地印上他的心版上了。只可惜有两个月的暑期，他要离开吴门，不得不暂时和柳丝暌违，于是他又咒诅暑假了。

次日他要和同学们分别了，校中的同学已聚过同学会，彼此分道回去，他就约程景下午在那家庭点心店里话别。这天是程景做东道，早一刻到那边去等候。一会儿葛雨生也来了，大家脱下长衫，摇着折扇，不住地揩汗。因为这天天气很热，玉华也知道葛雨生校中放暑假要回上海去了。伊当然也不愿意他回去，以致少了一个座上的嘉客，所以伊一见葛雨生的面，就说："葛先生，你明天要回上海去吗？几时再来？"说话的时候眉峰微蹙。

"我明天便要动身了，此次回去后，约莫要过了两个月方才再来，你说这时期很长吗？"葛雨生皱皱眉头对玉华说。

"真是很长的，我们店里的生意也要减少不少，你们都要回去了，我真不愿意有这个暑假。天气虽热，人一样要吃饭一样要工作，为什么书却要不读呢？"玉华仰起了脸说。

"你说得真对，可惜一般校长先生是不会听到你的说话的。"葛雨生勉强苦笑了一下。

"我们倒不愿意省力的。"玉华把弄着伊自己的辫梢说。

程景点点头，遂吩咐玉华预备两个冷盆，打一斤酒，让他们先吃喝起来。

这天葛雨生和程景对坐着，谈了许多话，各人十分关切。玉华因为比较往日空一些，所以常在旁边陪他们闲谈。

临别的时候，葛雨生还对程景和玉华说道："苏州地方真好，我是一刻也不舍得离开的。我不舍得离别同学，连玉华也觉得不舍得离开伊的。"

玉华一听这话，伊的头低下去了。程景在此时也不觉黯然，勉强用话安慰了几句。

暮色苍茫时，葛雨生到底和玉华离开了。玉华送到门口，玉颜惨淡，道了一声珍重，看二人走去，兀自不舍得回身进去呢。

又次日，葛雨生硬着头皮，离开了这个可爱的苏州，回到上海去过暑假。这当然是他一件不愿意的事。但在这时候，他服从家长的命令，也不得不然，只希望日子快快地过去，待到金风起时，他就可以重来吴下，和他的好朋友握手欢聚，一诉离绪了。又谁知等他重来的时候，苍狗白云，变幻无常，又是一个境界了。

第七章　茂陵秋雨病相如

苏子由说得好："士生于世，使其中不自得，将何往而非病；使其中坦然，不以物伤性，将何适而非快？"所以在夏天，虽然是赤日肆威，炙热不堪，然而学子们放了暑假，在家里休息，日长如年，正好自己选择要读的功课用心自修。晨起临池泼墨，挥洒为乐，昼间浮瓜沉李，削藕饮冰，手执一卷，神往于楮墨之中，与古人相晤对；晚则庭园纳凉，坐观天上双星，银簟凉枕，栩然一梦，自然也有不少乐趣，全在人们怎样去善用它。可是葛雨生到了上海以后，他的魂梦仍是萦绕在吴门。家庭中虽有严父慈母姐妹弟兄，共聚天伦之乐，可是怎及得在吴下的逍遥？而吴中诸文友常常在他的心头牢系着，尤其是那位柳丝小姐，蒹葭之思，无时或释。就是那个家庭点心店里的玉华，有时也要思念着的。他无计消遣长夏，只得借着管城子之力，和柳丝鱼雁往来，各诉离绪。而和程景也时时通函，问起吴中诸友的消息。他每天希望羲和不要停辔，好使那炎炎长夏早一天过去。

双星渡河之后，暑期已过去了一大半。葛雨生透了一口气，欣欣然地觉得有希望了。可是越到后来的几天，越觉得难熬，恨不得立刻就赶到苏州去，想想漫漫长夏业已挨过了十之七八，屈指开学之日不满十天了，何以反而忍受不住呢？这种心理，他也无以自解了。又过了两三天，他忍不住向他父母告禀，说自己要想早几天到苏州学校里去，因恐到得稍识，好的床铺将被捷足者先得，且也要去访问几位师友。他父母听他说得不错，于是一口允诺。

当葛雨生摒挡行箧，重来吴下之日，先发了几封书，寄给柳丝和程景等，说明自己的行期，并约日晤谈。且到永安公司去购了一些文具用品和一件衣料，预备送给柳丝的。动身的那日，恰逢阴天，早晨飘下一些雨丝，大有秋意。他父母恐天要下雨，叫他迟一日走，可是他再也不能等得了，火车票已在隔日向上海旅行社购下了，决定今天要动身，不怕风雨的搅扰。所以他在风雨声中别了上海，一声汽笛，车轮滚滚，把他带到了苏州。

他在火车上，将到苏州车站时，遥遥地望见了矗立城墙内的北寺塔，宛似见到故人一般，心中说不出的欢喜。换坐藤轿进城的时候，听到树上的蝉声，好似奏着音乐在欢迎他。他到了学校，在寄宿舍里先择定了床铺住下。这时别的同学尚没有一人前来，当然优先权是被他得到了。可是膳食方面竟付阙如，只得自己从校外想法。好在为日无多，也没有什么妨碍，他遂修好了一封书寄与柳丝，约她大后天星期日仍至半园相晤。因为他在沪时，柳丝已有好几天没信给他了，一日三秋之思，其何能免？

程景家里是没有电话的，所以他在下午便跑到程景家中去。程景见了葛雨生，欢然握手，便说道："我接到了你的尺素，早知你日内要重来吴下了。所以今天正在盼望你，果然你来了，很好很好，请坐吧。"程景说着话，请葛雨生在客堂里上首椅子坐下。

"老友，多时不见，你瞧我的丰采如何？"葛雨生一边说，一边把左手摸着他的下颏，右手却紧摇着折扇。

"依然是张绪当年，没有为伊人而憔悴啊。"程景带笑说。

"所谓伊人，在水一方，我幸而没有瘦损了面庞，做当年的苏季子，但不知伊人是否为郎憔悴，消瘦了玉颜？我心中正在惴惴不安呢。"葛雨生喝了一口茶说。

"不见得吧，大概你和伊人相见有日，可以一倾胸臆，不必再在纸上道相思了。"程景笑笑说。

"不错，这是要待见面后才知道呢。我记得在放暑假之时，离开吴门，心中实在依依不舍，不知道怎样挨受这两个月的暑期。光阴过得真快，转眼又是开学了。幸而光阴如逝水，否则我岂不要恹恹成疾，将索我于枯鱼之肆吗？"葛雨生得意地说。

"唉，光阴真快，像我却是辜负了光阴。"程景带着慨叹，说了这句话便又黯然。

葛雨生相了一下程景的容颜，又说道："哎呀，我虽然没有消瘦，而你却很有些憔悴呢，难道你心中有什么不快活的事情吗？"

"不如意事常八九，可与人言无二三。在我的心里，确有满怀愁绪，你的鉴人术的确不错。"程景说。

"多愁为多病之媒，你何必这样自入愁城？我早已对你说过的，我们的前途是宽广浩大，不必为了一时的失意而消沉。至于你的事，我也很关怀，不知道李家对你怎么样了？"葛雨生低声而问。

"李家那边没有动静，我的事在搁浅中，但我也并非专为此事而愁闷，实在我的环境太困苦了。我要负起一家的责任，却又恨自己力量还是不足够，何况求学的前途还是渺茫。你是我的知己，该知道我的说话不虚哩。"程景皱着眉头说。

葛雨生听了点点头，可是相对黯然，要想觅一句话去安慰程景也不可得。

隔了歇，葛雨生又对程景说道："我和你出外去走走吧，吕观海、鲁光那边，我也要去会会他们。"

程景点点头，遂到楼上去披了一件长衫，戴上草帽和葛雨生一同走出门去。他们先到吕观海家中去，可是吕观海今天有事出外，不在家中，二人扑了一个空。

程景遂想陪葛雨生到鲁光那边去，葛雨生道："此刻我觉得肚子饿了，不如和你到家庭点心店里去坐坐，我有两个月足迹未至了。那个馄饨西施，我也时时在怀，但不知伊人可否无恙？你们在暑期中可去过吗？"

"自从你去沪后，我也一直没有去过，实在因为心绪太恶劣了。而且你们放了暑假，那边路又不便，竟没有去，你倒念念不忘吗？很好，我就和你到那边去吧，明天你可再去访问鲁光，也许他今天已到观前去了。"程景笑笑说。

二人走到三元坊那边去，到得家庭点心店门前，却见双扉紧闭，冷清清的，像是没有人居住的样子，二人都不由一怔。

"奇了，他们的门户是常开的，怎么今天关闭得这样紧？难道玉华母女不在这里吗？"葛雨生回头向程景说，脸上露出疑讶之色。

"真的有些奇怪，也许在夏天，他们因为生意少而停业了。"程景似乎解释地回答。

葛雨生遂伸手向门上叩了两下，起初不听得有人答应，又重重地叩了两下，便闻门里人声了。一会儿呀的一声，双扉开处，有一个老姬站着。二人初以为是玉华的祖母，谁知仔细一看却又不然，那老姬的头发已白了。

老姬见了二人，摩挲双眼，便问二位到哪一家去的？说话的声音还带一些乡气。

葛雨生忍不住问道："你们这里的店可开着吗？我们是来吃点心的，近来生意做不做？"

"不做了，点心店在一个月前早已关歇，你们难道还不知道吗？"老姬回答时摇摇头。

"家庭点心店关了吗？为什么这样的快？那么高家母女可在这里？我要和她们见见。"葛雨生说时，带着焦急的神气。

程景在旁，口里也发出咄的一声来，奇怪这事太突兀了。

"咦，你们二位同我的女儿和外甥女认识的吗？那么请进来坐坐，待我把她们的事情告诉你们一二。"老姬点点头说。

葛雨生和程景听说，立刻跟着老姬走进门去。见庭园中景色虽犹如昨，可是芜草生得很长，树上绿荫蒙蒙，静悄悄地没个人声。走到里面客堂中，见原有的许多座位都已收拾一空。老姬便请二人

111

上坐，又去倒了两杯茶来敬客，请问二人的姓名。

葛雨生指着程景说道："他姓程，我姓葛，我们是同学，以前常到这里来吃点心的，和玉华母女俩相识。放了暑假，我回到上海去，我的朋友也没有来过。想不到今天重至这里，而你们的点心店忽然已停了营业，却不知为的什么缘故？玉华等此刻都在哪里？"

"她们都到上海去了。"老妪坐在一边回答。

"啊呀，玉华到上海去了吗？"葛雨生几乎要跳起身来。

"是的，玉华嫁人了。"老妪微笑着说。

"咦！""咦！"葛雨生和程景不约而同地惊奇着喊起来。

"你们觉得有些奇怪吗？不错，我外甥女这次的出嫁算太快了，待我来约略告诉你们。"老妪继续着说。

"玉华这女孩子生得果然美丽，人又聪明，做媒的人本来也很多。可是我女儿一则不欲玉华早嫁，二则要想把玉华嫁得好一些，所以来说媒的十九不得成功。然而玉华的容貌虽生得不凡，可是我们这种人家限于门第，一时也难攀高亲。他们来求亲，我女儿又看不中意。恰好有一位小阿姨住在上海的，是玉华寄母的亲戚，伊遂来代玉华做媒，嫁给上海一位姓黄的富商。那位黄先生是个颜料商人，听说家中财产拥有百万之多，年纪也不过四十多岁，因家里的夫人不会生育，恐有绝祀之虞，所以一心要想娶个侧室，早生贵子。他不欢喜娶上海的女子，而欲挑选一个苏州的少女，性格温柔、容貌美丽的，方能使他满意。小阿姨有一位亲戚认得那黄先生，便代我们的玉华去说合。那黄先生必要他自己亲眼看过，方能决定。于是小阿姨和伊的亲戚陪着黄先生特地赶到苏州来相亲，约在城外留园相见。那黄先生一见玉华，欢喜得了不得，立刻和小阿姨说了，要我女儿马上许诺，谈定一切，便择吉迎去。我女儿和小阿姨商酌以后，就向黄先生提出几个条件，那黄先生一齐都答应的，自然我女儿也没有什么不满意了。"

那老妪说到这里，葛雨生早抢着问道："那时玉华可有什么表示呢?"

"玉华这女孩子,提到婚事便羞答答的,任凭我女儿做主,伊并没有何表示,当然是听我女儿的主张,嫁给黄先生了。小阿姨曾对玉华说,一个女子早晚要嫁人的,与其嫁平常的男子,名义上是夫人,还不如嫁一个达官贵人,做姨太太的好。因为做夫人的未必都能够锦衣玉食,如意称心。而做有钱人家的姨太太,十个倒有九个能够有吃有穿,享受优适,很快活地过日子。只要实际上好就是了,何必顾什么名义?于是玉华无可无不可地答应了。"

葛雨生回转头去,对程景的脸上望了一望,不由叹了一口气。

"听说那黄先生的太太在事先也得到同意的,只是黄先生不愿意使他们住在一起,所以另外买了一座小洋房给玉华住。在前月,我女儿便把玉华嫁给了黄先生,很快地成功。而且那黄先生为人非常好,他叫玉华把伊的祖母和母亲一起都住到上海去,彼此有照应,这真是我女儿求之不得的事了。因为房屋无人看管,所以从乡间接我来住在这里,代他们看守这个老家。你们两位既然不知道这事的经过,我就老实告诉你们。我的女儿回来时曾对我说,玉华嫁了黄先生,住洋房,坐汽车,吃大菜,家中用了许多男女仆人,金银珠宝的首饰一切都有了,好像脱胎换骨地转变了一个人。"老妪说着话,露出得意的样子。

葛雨生和程景听了老妪的一席话,不知怎的心里起了无限的感慨,也不知道为了玉华应该快乐,应该忧愁。葛雨生立起身来,在屋中只是打转。程景也伸了一个懒腰立起来。二人当着老妪的面也不便说什么话。葛雨生又走到那间小室的门前,弯转了身子,张着一只眼睛,从门缝里向内窥探时,只见室中陈设依然,壁上仍挂着他送的那幅樊老师画的山水小立轴。他回过头来,对程景说道:"其室则迩,其人则远。想不到在这短短的暑假中,玉华已做了出谷之莺,被人家量珠十斛,聘得玉人归去。等到我们重来时,大有人面桃花之感。从今以后,三元坊口少了一个当垆女子,我辈暇时也缺少一个大好所在供我们的盘桓呢。侯门如海，陌路萧郎，我将为之三日不欢呢。"说罢，又悠悠地叹了一口气。

"岂但为之三日不欢？我将为天下许多小家碧玉同声一哭。"程景仰起了脸说。

"这也是一定的公式罢了，在上海更是多得不可计算，你何必要学贾长沙的痛哭流涕？我劝你还是不要怅触吧。"葛雨生说。

"我也不过借人杯酒，浇己块垒罢了。"程景笑笑说。

二人在室中徘徊片刻，觉得玉华业已他去，再在这里逗留也没有意思了，于是向老妪告辞了。一同回身走出，瞧着庭院中的花木，阶前的凤仙花已开得很是鲜艳，而秋海棠也在墙隅半开了它嫩弱可怜的小苞。玉华到了哪里去了？恐怕伊已是换了另一个环境了。

二人走出了高家，便一同走到成福楼去吃点心。馄饨西施虽然嫁了人，而他们的点心仍旧要吃的，何况葛雨生肚子里又正在大饿呢。

当二人吃点心的时候，葛雨生感慨地对程景说："今天虽然仍旧吃到点心，但是我们的兴会却大打其折扣了。玉华的嫁人本来也是意中事，但我却不料竟是嫁得这样快的。玉华居然嫁到了一个很有钱财的巨商大贾，不知道是伊的幸运呢，还是……"葛雨生说到这里却顿住了。

"老友真是多情，我们和玉华也不过爱伊的聪明，觉得这小妮子一切都不错，很得人的怜爱，所以欢喜和伊亲近，逢场作戏，聊以寄情，实际上淡如水的。现在既然伊已嫁了人，有了归宿，那么很希望伊多多享一些人间幸福那就好了。"程景带笑说。

"玉华倘能够如此，当然是最好的事了。不过我对于伊始终有些眷眷之意，不情愿伊这样平淡地嫁了人。"葛雨生一边吃一边说。

"峣峣者易缺，皎皎者易污，而庸庸者多福。我以为玉华还是这样的好，难道你还代伊不知足吗？否则便要红颜薄命，更添你不少感慨了。"程景说。

"很好，我也希望伊有福气，平凡地过了一生也好的，倘然做了小说中的人物，一定在生活上要受到种种的挫折颠沛和困苦忧虑的，我只希望伊不要做小青第二。"葛雨生说。

二人吃完了点心，由程景付去了钞，走出万福楼，在暮色中握手而别。葛雨生缓步回校，心里平添不少怅触。走过三元坊口，又不胜低回。回到宿舍里，一个人坐着瞑目追思玉华的情景。他对于玉华这次的出嫁实在是意外的，这是他回到苏州来时第一件使他不欢喜的事。

次日，他去拜访鲁光和吕观海等众朋友，大家在观前云露阁饮茗闲谈，程景也来了，一同讲起玉华嫁人的事。大家觉得玉华去做人家的姨太太，都有些代伊可惜。唯有鲁光独排众议，他说的话和小阿姨劝告玉华母女的话差不多，大家都嗤笑他。葛雨生且要程景把这件事做一篇小说，程景含糊答应。

葛雨生在这几天中和旧友重逢，趁校中尚没有上课的当儿，出外疏散疏散。而他心中渴欲把晤的就是那位柳丝小姐，可是寄了信去，却没有回音，不免使他又怀疑起来了，难道洪乔有误，自己寄的那封信竟没有到达伊人的妆阁吗？心有灵犀一点，身无彩凤双翅，真相如何？不能明白。这样不觉十分焦急，看看星期日又将到了，为什么雁沈鱼杳，没有片纸只字飞来呢？想来想去，只得又要去请教汪桐的妹妹汪蕙代自己去刺探一下了。这天下午他刚要到汪家去，却见汪桐走来了，他们是同学，所以不须到会客室去晤谈，便在房间里相聚。

"巧极了，今天我本想趋府来拜访，而你却先惠临。"葛雨生说。

"我是你肚皮里的蛔虫，知道你想着我了，所以我特地跑来。"汪桐说着话哈哈地笑起来。

"你听谁说我到了苏州的？因为我很抱歉，没有先给你一个信。"葛雨生搔搔头说。

"自然有人会告诉我知道的。"汪桐点头播脑地说。

葛雨生见了他这个模样，不禁又疑心起来了。

"雨生兄，你真是多情种子，在这一暑期中，你写去了多少封数的信？可否公布出来给我们做情书大观读？"汪桐带着笑继续说。

"老友，你别取笑我，好久不见面，你倒变得心广体胖了，令妹可好吗？下学期是不是仍在那校中读书？"葛雨生很客气地敷衍着汪桐。

"谢谢，舍妹很好，还有舍妹的那位女同学也很好。你此番到了苏州，是不是要想和伊见面，畅叙幽情吗？"汪桐说。

"不错，你真是我肚里的蛔虫，什么都被你猜得到的。"葛雨生微笑说。

"我倒不是猜想，我早已告诉你有人说给我听的。"

"是谁？莫非是柳丝小姐到过府上来的吗？"此时葛雨生已有几分料到。

"不错，你竟变作我肚里的蛔虫了，现在我不必再和你兜圈子，老实对你讲了吧，浦柳丝小姐今天早晨到我家里来看舍妹的。"

"柳丝今天到府上去的吗？伊怎么说？"葛雨生双目向汪桐脸上紧瞧着，带一些兴奋的神气。

"伊有一封信交给舍妹，托舍妹转交与你的，所以舍妹叫我送信来了。"汪桐说了这话，从他怀中取出一个紫罗兰色的信封，双手奉与葛雨生。

"咦！柳丝写信与我，为什么不寄到学校里来而偏要兜着圈子托令妹转送呢？岂不奇怪。"葛雨生一边接过信去，一边很惊讶地说。

"请你看了信自会知道。"汪桐微笑着说。

葛雨生听了汪桐的话，立刻拆开信封，抽出一张波纹信笺来，上面用紫墨水写着许多细小的字，正是柳丝的手笔，如见其人：

我至爱之雨生：

逝水光阴，暑期将尽，方欣会晤之日匪遥，如痗之心可慰，孰意事变之来有出人意外者乎？柳虽不欲举以告君，恐伤君之心，增柳之过。然若不明告者，反虑君有误会，将以为柳负心也。

君能忆及暑假之前，柳与君尝有一度游于半园，忽遇一男子自外入，而柳暂避于假山洞中之事乎？柳曾告君，是人为我家三叔，惯会搬嘴弄舌，造是生非者。但尚以为未被窥见，或可无事。然不知三叔已见柳与君矣！其后即在家父面前暗言讽刺，于是家父对于柳之行踪渐加注意。适君已放假而返沪，因此得以无事，未露痕迹。而书函往来，家人尚未觉察也。不幸君此次来函，柳适随母至戚家小住，至此函为三叔所拣得，交与家父，举其疑窦以告，家父遂折阅之。幸君署名为女性，非然者更危矣。但以函中约于半园会晤，笔走龙蛇，迥异女子墨迹，故三叔即疑姓名之为赝鼎，而证以曩日半园所见，以蜚语中伤柳。家父遂俟柳归家时以函弁柳而严词诘责，训告再三，戒柳星期日不得游园，而以后将检查往来之函件。柳虽申辩，而不能取信于双亲，嗟乎葛君！此时之柳，其中心之苦痛为何如乎！

柳念此星期日半园之约必不能践矣，然若不复片纸者，不将使君徒劳往返，而疑柳有心失约耶？思维再三，只得潜修此函，托故至蕙姐处，托其转奉与君。但望君得此函后，切勿因此而失望。柳虽处于不自由之环境中，而誓欲与之奋斗，稍缓数日，终将设法与君相见，幸君为柳暂忍须臾可乎？

嗟乎葛君！天下之事固无十分美满者，不经挫折，不能成功，唯有挫折而后能促进成功，而此成功也方觉可贵。故一时之挫折，愿君勿置于怀，只要两心坚固，终有云破月来之日。君其勉之，毋以柳为念。书不尽言，言不尽意，即祝君努力学业，如百尺竿头之日上也。

　谨颂

学祺

　　　　　　　　　　柳丝手白

　　葛雨生一口气把这信读完，恍然明白柳丝所以没有答复，天下不如意事十常八九，自己和柳丝正在恋爱之时，偏偏有那讨厌的东西出来兴风作浪，使我们突然间受到了挫折，这真是令人不快之事。柳丝被束缚于旧礼教桎梏之下，当然不能有什么反抗，这是我要原谅伊的。好在伊的信上末后几句话很给我鼓励的。伊既然有这样的勇气，我为什么没有呢？且我应当想法帮助伊的啊。伊叫我忍耐，当然在此时候我还是忍耐的好，只要伊不忘记我就是了。

　　"你对柳丝表示同情吗？"汪桐轻轻地问。

　　"当然表示十二分的同情，这是没奈何的事情，在这个时代里，封建制度尚未打倒，我们不得不忍耐着徐徐奋斗，以求最后之成功。这暂时的挫折虽然使我心上不快活，然而我为了柳丝，只有和伊同时忍耐，希望伊慧心灵手，到底能够想出一条好的办法来。我再要谢谢你为我出力，带这封信给我，也请你代我谢谢令妹。"葛雨生说。

　　"好，我希望你们到底是有情的成了眷属，也不负我妹妹做了你们的青鸟使者。"汪桐说。

　　"谢谢你的美意，我将来也不会忘记你这个男红娘。"葛雨生笑笑说。

　　"什么？"汪桐带着奇异的态度瞧着葛雨生。

　　于是葛雨生把他和程景以前在家庭点心店里说笑的一番话讲给汪桐听。"假使你们的姻缘可以成功，那么我倒也情愿做一个男红娘。"汪桐笑嘻嘻地说。

　　葛雨生却悠悠地叹了一口气，把柳丝的信笺折叠起来，放在信封中，便把来藏在他的篋中，和汪桐对坐着，大谈其婚姻制度，自然他又是借着题目大发牢骚。

二人谈了一刻，汪桐要告辞了，因为他要到观前街去买书。葛雨生一人独坐无聊，也想出去走走，遂说我陪你去。汪桐当然欢迎，葛雨生便换了一件纱长衫，摇着团扇，戴了草帽，和汪桐一起走出校去。

二人走过三元坊口，葛雨生望着旁边那条小街，又微微喟叹，因为家庭点心店已停歇了，玉华又已嫁人，转瞬绿叶成荫子满枝，非复以前当垆情景，这也是煞风景的事。否则自己早要硬拖着汪桐进去喝一些酒，一尝虾仁馄饨的滋味了。所以他走在途中，只是黯然。汪桐还以为他为着方才柳丝小姐的一封书而闷闷不乐呢。

这天葛雨生从观前回转校中的时候，心中有无限怅触，在宿舍里灯下闷坐。其时有些同学寄宿在校舍里的，也都赶来了。他们谈天说地，兴高采烈，吃吃东西，又闹又笑，哪里有人像葛雨生这样想心事呢？大家平日知道葛雨生是乐观派的人，风流潇洒，无忧无虑的，却不料他现在竟会这样地沉默，不免又使大家都有些疑讶了。

次日程景来答访葛雨生，便将这件事告诉程景听。程景知道了，也很代葛雨生扼腕，说好事多磨，偏会生出这种岔儿来。柳丝的环境实在不好，家庭中桎梏重重，将来非经过一番奋斗，不能有美满的希望。葛雨生因和程景谈论柳丝的环境而想到他自己横亘在前面的一个难问题也是隐忧，未尝不同病相怜，前途茫茫，更增加了他的悲观。这天二人谈谈古今情场爱河间的恨事，发出深深的感叹。

数天后，葛雨生校里上课了，他自然也要忙着预备新的功课，程景也上课了。可是不到一个星期，程景忽然卧病起来，他生的什么病呢？这是奇怪得很的，头顶紧紧掣痛，一颗头痛得抬不起头来，好似有千钧之重压在上面，同时有二三度寒热。当然学校里不好去了，写了请假条子去请假，睡在床上呻吟不已。程景的母亲十分发急，起初请一位西医来代他诊治。据那西医说有脑膜炎，非住医院不可。但是那时候西医还没有像现在的给社会人士所信仰，所以程景的母亲不舍得把伊的儿子送到医院中去，而换请了中医。然而服了几天的汤药，丝毫不见减轻，非但头脑疼痛，而且他的后颈睡在枕上也不能任意转动，若要从左面翻到右面时，痛彻心肺，须双手抱头渐渐地移动。中医对着这个病症，也是束手无策。程景的母亲急得求神问卜，祷告上苍，要她儿子的病得以痊愈。校中的同学纷纷前来探望，因为程景读的是教会学校，便有牧师来代他祈祷上帝。然而程景淹缠病榻，他的病势终不见好转，在这秋雨秋风的当儿，又是多么令人愁闷的事啊。

葛雨生不见程景去晤谈，又是没有一封信寄给他，心里也有数分惦念。一天吕观海把程景患病的消息去告诉了他，就和吕观海、鲁光等众学侣一同跑到程景家中去探望。程景见好友到临，自然心中稍慰，便把病情细细告诉他们。葛雨生等坐在病榻之前，瞧着程景痛苦的模样，各人心中难过得很，恨不得把扰人的二竖骗除大门之外。虽然各人用话安慰程景，却也无法为程景祛疾，徒唤奈何。又恐和病人多说了话，影响病人的精神，所以坐了一会儿不得不告辞而去。葛雨生的一颗心更因此而非常苦闷。

程景的舅母闻得程景患病，带了爱娇也来探望。爱娇见了程景，便说今天静波本来也要同我们一起到此的，怎奈伊的母亲也有些小恙，不放伊同来。伊遂写了一封信给你，叫我带与你，并叮嘱我代为表示歉意。爱娇说着话，便从伊怀中取出一封信来，悄悄地递与程景。程景叹了一口气，接过那信，拆开了，抽出一张锦笺，因为是静波来的信，所以他仰睡着，勉强睁起双目来看。此时他也不能循环咀讽了，草草读毕，已觉得疼痛如劈，再也支持不得。于是把静波的信折好了，放在他的枕下，向爱娇轻轻谢了一声，闭上眼睛，口里呻吟了两声，似乎十分疲倦。爱娇不敢再惊动他，蛾眉一皱，轻轻地踅到外房去了。程景等伊走出去后，他仍闭着双目，想想静波书函中的意思，知道静波为了自己的病也很挂念，只可惜伊不能随爱娇同来探视。这固然是静波引以为憾的，然而也是自己莫大的隐恨。他不觉又想到了自己和静波的事，只觉得心中惘然，但又想想自己病到了如此地步，恐怕朝不保夕，人命危浅，自己前途的希望将归于总消灭，还顾得到儿女间的情爱吗？所以他等爱娇第二次走进来时，对伊说道："请代转言静波说，我很感谢伊，但是我的病势凶险，恐怕厥疾不瘳，要和你们长辞了。我也不能写回信，一切烦你转达。"爱娇听了程景的话，凄然下泪，点点头道："我准代你去转言，只是希望你不要悲观，自古说得好，吉人天相，你的病到底会好的，何必这样呢？"

"谢谢你，你以为我是吉人吗？当然吉人有天相的，但我自己知道是个不祥的人。倘然是吉人，那么一切的事都会顺利，而我也不致被病魔欺侮了。"程景说罢又叹了一口气。

爱娇是不会说话的，伊想不出什么话可以去安慰程景，却跟他微微叹了一声。薄暮时爱娇母女回家去了，带着忧愁的消息给静波听。

葛雨生为着好友患病甚剧，心头时常萦念。有一天正是星期六，他预备明天星期日上午就可以去探望程景了，正在吃过午饭尚未上课的当儿，吕观海跑来了。他是回家去吃饭的，带着一脸不快的形色，走到葛雨生面前，颤声说道："可怜，程景在今天早晨故世了！"葛雨生闻言，不由大吃一惊。

第八章　飘零踪迹别离天

"观海兄，你这个消息可准确吗？可怜可怜！"葛雨生很紧张地问。

"方才我回去吃午饭的时候，是我的妹妹告诉我的。伊说早晨伊在街上遇见程景的邻人告诉伊说程景死了，大概是准确的。程景的病真厉害，前天听说伊的母亲到天赐庄去请西医来诊治呢。"吕观海快快地回答。

"今天下午我只有一点钟课，你是有郊外实习，依我说我们不如请了假都到程景家里去走一遭，便可明白。我但望这里是东坡海外之谣，否则……"葛雨生说到这里，顿了一顿，叹一口气。

吕观海也跟着叹口气说道："我也希望这消息有误，不然太令人伤心了。"

葛雨生、吕观海既已决定要再到程景家中去探问，鲁光、汪桐等知道了，也愿意同去。在两点钟的时候，他们已到了程景的家中。只见程景的母亲正在挥着眼泪和一个亲戚讲话，又有一个男巫立在客堂里，点着香在那里通诚祷告。这是苏州通行的一种看香头迷信的风俗。程景的母亲没办法，听了邻人的话而请来姑妄一试的。

他们瞧了这个情景，便知程景故世的消息当然是有误了，各人心中稍稍安慰。

程景的母亲见葛雨生等来了，伊连忙揩着眼泪，招呼他们上楼去。

"景兄的病怎么样了？"葛雨生抢先启问。

"他在今晨很危险的，似乎是不好了，我急得什么似的，忙叫我女儿去打电话请外国医生加早来看。上午十一点钟时候，外国医生已来过了，吃过药水后，还没有变化，但我恐这病总是难治的了。"程景的母亲摇着头说。

"我们是来探望的，但愿景兄无恙，逢凶化吉。"葛雨生说。

"谢谢诸位世兄。"程景的母亲揩着泪眼说。

他们轻轻走上楼去，到得程景的卧室中，见程景躺在床上，面色果然更不好看了，但侥幸尚没有逝世，可说一线的希望还维系着。

程景见他们又来探疾，心里自然更是感激，但因他知道自己的病已很危险，所以挣扎着和他们讲几句充满着悲观的话。葛雨生等心中虽代程景忧急，可是当着病人的面，还要找些话出来安慰安慰。

程景也不能多讲话，因一谈数语，两颊赤红，虚火便要上升，而且头稍微一动，也得他眼泪双落。他们坐了一会儿，虽幸程景尚未如谣传的不在世间，还是不绝如缕地苟延着，然而这种病也是非常可怕的，大家更为他杞忧无已，到底硬着头皮和程景告辞。

葛雨生回去，心中闷闷不乐，又写了一封很长的信寄给程景，用许多话去安慰这个呻吟床褥的病人。

程景病了三星期有余，头颈的掣痛渐渐减轻，可是两膝忽然红肿起来，中间又酸又痛，使他不得伸直，因为伸直了格外要酸痛。有时酸得好像两膝盖竟没有放处一样，不知道什么一回事。据中医说是一种鹤膝疯，要请疯科诊治。而西医却说膝盖中间发炎，酝酿着脓水，非割不可，遂要叫程景住到医院里去用手术。但他的母亲坚决反对，以为程景生了许多时候的病，身子已是十分虚弱，倘然再开割，一定吃不起这个痛苦，而有危险的。所以程景就没有去住医院。既然不用手术，也不过在外面敷些药。程景的母亲仍请中医诊治，服药外再用几种药草和水煎滚，把来熏洗，然而一些儿没有效验，痛苦没有减去半分，一连数天，穿也不穿，没有脓水流出。

123

程景自己心里奇怪得很，因为病了多时，请来的几个中西医都不能说定他生的是什么病，所以难可疗愈了。

这时候的程景可说痛苦之至，求生不得，求死难能，日夜宛转床褥，好似在那里受刑罚一般。他的母亲见爱子如此苦痛，自然心里更是非常忧急。程景自己知道头部的毛病多吃了中药灵磁石等，往下移到膝部去了，病根未除，好像庆父不去，鲁难未已。将来膝部好了，说不定又要移到别地方的，人生不幸而为病魔所困厄，更不幸而生了这种棘手难治、无药可医的病，真是命宫魔蝎，徒唤奈何了。他希望自己快快一死，可以脱去这许多痛苦。但是他一想到自己守节抚孤的萱亲，又觉得不能死了。

又过了一个多月，程景在药炉茶灶间度着昏沉苦痛的生活，幸而膝部的肿渐渐退了，酸痛也减轻了不少，寒热减低，胃纳转佳，他的病竟渐渐有起色了。家人自然欢喜，便是葛雨生等众朋友听到消息，也都额手加庆，说程景死里逃生了。可是他的病虽然渐痊，而等到他可以下床的时候，忽然发现他的双膝业已弯曲而不能伸直，一时立不起身来，好像风瘫一般。他不禁对着家人哭起来了。因为他正在青年，学业尚没有修完，倘然一辈子长此立不起身，移不来步，那么无异于一个残废之人，不是一世的希望都要完了吗？这又是何等残酷的事呢！他母亲瞧着这种情景，也代他发急，连忙又去请金针医生来代他打针，可是非但他的病不会好转，反而愈打愈坏，腿部以及腰部渐见歪斜，失去本来的姿态。所以他更急了，只有停止打针，徐徐想别的方法来疗治。每天坐在藤椅子里，看看书，写写字，是他唯一的解决遣愁的方法。他的好友葛雨生有时来望望他，程景就大发牢骚，对他的朋友痛哭流涕，说此生已矣。

光阴很快，转瞬已至腊月。有一天程景坐在室中写小说，他因自己犯了这个半残废的疾，终日枯坐，不能越雷池一步，太觉得闷损了。自己本来喜欢东涂西抹的，遂专心潜思地为小说家言。当时在上海出版的几种杂志，他都有稿件寄投，主编者一一把他的作品披露，于是他的作品渐见增多，天天要握着三寸毛锥去从事于雕虫小技了。当他低着头写的时候，忽见他的妹妹蕙文匆匆地跑进室来说道："你的朋友葛雨生来了！"

程景杜门写作，本来也觉得十分岑寂，时常要想起几个良朋好友的。葛雨生已有好多时没来访问了，今日听说不速而自至，当然很是欢喜，便放下手中的笔，接着就听得履声橐橐，葛雨生已走了进来。

"雨生兄，我们多时不见了，今天难得你来下顾，不胜欢迎之至。"程景回转头来说，因为他不能立起身来迎接了。

"景兄，我因学校功课里稍紧一些，心境又大大不佳，所以好久没有来问候你了，抱歉得很。前天你给我的那封信我已收到了，满纸商音，不忍卒读。古人说言为心声，可知你心里的悲哀了！忧能伤人，何况你是有病之身，更宜勉抑愁怀，自寻乐趣。"葛雨生一边说，一边脱下他身上外面的大衣，挂在旁边壁上，又将两手搓搓道，"外边天气好冷啊！"

程景的母亲送上茶来，请葛雨生在旁边椅子里坐定。

程景叹了一口气说道："老友，人之相知，贵相知心，我心里的痛苦和悲哀，你是能够知道我的了。人生不幸而为病魔所厄，奋斗有心，健强无术，不得已而做凉蜇的哀鸣，谅你不至于讥笑的吧。"

"老友，你的痛苦我也深知的，只是爱莫能助罢了。自从你卧病以后，我每和朋辈相聚的时候，常常要想念到淹缠病榻枯坐斗室的老友，真觉得座无车公，为之不乐。病魔真是天下人类的公敌！老友，你真是可怜了。然而你不知道这几天我的心里也是充满着不欢的情绪而徒唤奈何呢。"葛雨生说了这话，脸上立刻露出忧郁沉闷的形色。

"天下不如意事太多了！雨生兄，你有什么不欢的情绪？近来你和柳丝小姐的交友，可有什么进步？伊人的环境可能改善？今天请你告诉一些给我听，实在因我这几时被病魔缠绕得够了，心绪恶劣得无以复加，恕我没有向你问起呢。"程景把手搔搔自己的头说。

125

"唉，说起来我也心烦虑乱的，柳丝对我始终有着很好的情感，只是伊的锁链太紧密了些，以致使我俩会面之时甚少，好事多磨，令人恨恨。"葛雨生摇摇头说。

"天上的双星年年一度，也不以为稀，只要你们两心坚固，纵使会见之时少一些，而因少而更见得可贵，不也是很好吗？"程景说。

"不是这样的，柳丝自从被伊的三叔父在伊父母面前进谗以后，伊的行动便被家人中注意起来，因此而不能和我时常约晤。这虽是件憾事，我以前也告诉过你，然可以像你所说的天上双星，一年一度，只要时间久长，不求次数之多，我们还不引以为大忧。只因上星期我和伊在怡园相见时，伊把一件最不快活的事告诉了我，在我的心上便蒙着了一层深厚的阴霾，恐怕这阴霾此后只会加重而不会除去的了，唉。"葛雨生说到这里，仰起头来叹一口气。

"究竟是什么一回事？请你快告诉我。"程景皱着眉头说。

"假使是月下老人真有的而不是神话，那么我一定要举着博浪沙的大铁椎把老人打个齑粉，因为他真是个老糊涂，把赤绳误系了许多青年男女的足，以致颠倒姻缘，铸成大错，否则世间为什么竟有许多多情男女一个个葬送在婚姻制度之下呢？"葛雨生很愤慨地说。

程景听了葛雨生的话，知道他也是有感而发，便说道："这倒不关月下老人事的，此是神话，月下老人自己没有权力。这是坏在婚姻制度上，必先加以改革，方可减少世间痴男怨女之数，我最恨那种买卖式的婚姻制度。"

程景的话当然也是有感而发，他自己也有块垒，叫他怎能安慰葛雨生？他要紧知晓葛雨生所说不快活的事不快活到如何程度，能不能还有希望，所以他又紧催着葛雨生说。

"柳丝对我说，伊的父母因为听得自己女儿在外有了男朋友，便很有些不放心，非但处处地方要注意伊的行动，而又听了亲戚的话，要把柳丝许配与东山某富户之子，据介绍人说那位未来的配偶比柳丝年纪大两岁，中学毕业，现在上海一家银行里做会计员。柳丝极力反对，在伊母亲面前声明自己要求深造，在求学时期绝不和人家论婚。伊母亲倒有些肯听伊的说话，也不愿爱女早离膝下，但伊的父亲却听了三叔之言，定要把女儿早许人家，所以到底在进行中了。"葛雨生说到这里，口里又不禁悠悠地叹气。

"这真是不欢的事了，柳丝为什么不坚决地反对？伊对你又有怎样的表示呢？"程景很关心地问。

"伊也是一个弱者，伊的家庭封建色彩很浓重的，伊至多能在伊的母亲面前发几句牢骚话，还有什么胆力去和伊父亲争辩呢？况且家人很多，倘然伊有什么不服从父母的行为表现出来，那么一定难免众人的指摘，这是大家庭里最痛苦的事。老友，你知道吗？我与柳丝有同感也。"葛雨生托着茶杯，很无聊地喝了一口茶。

"那么你准备怎样去安慰伊，鼓励伊呢？"程景又恳切地问。

"我吗？你不知道在我自己的面前也正横着一重难关呢，叫我怎样去安慰柳丝？"葛雨生又喝了一口茶，放下手中的茶杯。

"你又有什么难关呢？"程景带着惊异的神情说。

"老友，我来告诉你一个啼笑皆非的消息吧，因为我将在寒假期中回乡去结婚了。"葛雨生把手拍着他的膝盖骨说。

"怎么？你要回乡去结婚吗？这消息可是真的？"程景说时要想立起来，可是两膝弯曲着，毫无气力给他站起身。

"真的！我绝不敢和老友说笑话，而况这是我自己的事，我岂肯玩弄自己呢？因为我前天接到家父的一封快信，说他在沪已代我占定了吉日良辰，要叫我回到广东故乡去完姻，这不是青天降下的一个霹雳吗？"葛雨生说了这话，立起身来，在室中往来走着，很露出焦急的样子。

"照理是应该快乐的事，所谓男子生而愿为之有室，在你的年龄也可以结婚，何况你们的乡风本主张早婚的。不过依着你的思想与志愿，却又不然。我知道你一向喜欢苏州女子的，苏州女儿柔如水，诗人有此妙语，你也有此痴想。若然你自幼没有和人家订婚时，那么以你的翩翩风度，超超才华，一定可以达到目的。无奈你已有了这一层阻碍着，你的婚姻前途上不够受了束缚，我起初还希望你可以脱去这一重束缚，所以我对于你和柳丝小姐的交友深表同情，以为加之岁月，不患无成。谁知事变之速，迅如闪电。柳丝小姐既有家庭的逼迫，而你也有结婚的日期，这真是难问题了，我不知道为什么天下偏有这许多不如意事呢。"程景很感喟地说。

"大概是彼苍天故弄狡狯吧，我方在求学的时期，虽然喜欢交女友，然而并不想结什么婚。而况这次的婚姻又非出于自主，对象如何，我也不得而知，这是完全碰运气的玩意儿，又哪里配合得婚姻的真谛？我不明白为什么我的父母要很早地代我配亲，又要很早地代我结婚。"葛雨生一边说，一边大摇其头。

"早婚确是有害的，年轻有为的人不必急急于早婚。但你是被动的，我不忍深责你，至于尊大人所以要代你早配亲早结婚，也无非为传统的观念所囿。大概有钱的人家十九要代子女早婚，尤其是乡间，为旧时的宗法社会所笼罩，大概尊大人也有含饴弄孙之念吧。他们却没有想到儿子的一方面啊！老友，我对你深表十二分的同情，但我同时觉得此事很不容易对付的，恕我没有良平之智，或是卧龙先生的锦囊妙计，不能够为你借箸代筹啊！"程景皱着双眉说。

"现在我已写了一封极长的信寄给我的父亲，要求把我的婚事暂缓些时，须在我毕业之后再举行，但不知可能得到我父亲的谅解，这个只好听天由命了。老友，我现在方有二重困难，因为一方面既要设法避免我的婚礼举行，一方面又须要盼望柳丝的亲事不致受她父母的压迫，而为旧礼教所牺牲。唉，我和柳丝其境相同而其情可怜，实在很少有希望打破这双重的难关，结果是悲伤罢了。"葛雨生说着话，在程景面前立定了，叹一口气。

程景也觉得无言可以安慰他的好友，只得徐徐说道："情海即是恨海，这句话真是不错，恨海难填，情天难圆，世间的缺陷简直太多了。我默祷上苍，使你的希望于万分之一中可以达到，而打破了

128

这双重的难关。假如能够成功的，那么盘根错节之既破，情海中的逆风危浪可以平息。经过了艰难，此后更觉得甜蜜了，是不是？"

葛雨生听了程景的话，把手搔搔头，又坐下去说道："这是比买香槟、跑马票还要难之又难呢，但我不是计成败利钝，决心去试试的。所以这几天我连读书也没有心绪，视而不见，听而不闻，食而不知其味，须要等到我父亲的回音来了方才定心。但又恐父亲不能允许我暂缓婚期，那么无异罪人判决了死刑，希望俱绝了。"葛雨生一边说，一边搓着双手，依旧露出焦急的样子。

愁人相对，恨事重重，只觉得宇宙虽广，而对于他们仍是非常狭隘，局天蹐地，不得过去。最后程景迸出一句话来道："你要抱乐观，有积极的思想去奋斗，不比我已像笼中之鸟，槛中之兽，失去了天赋的自由呢。"

"唉，不自由，毋宁死。这虽然是法国革命志士的一种口号，然在我的环境里，我的思想中，我还是不敢忤逆双亲的意旨而做家庭的罪人，受许多亲戚朋友的诽谤。景兄，我虽欲奋斗，而同时缺少一种勇气，这岂不是非常矛盾的事吗？"葛雨生说着，又把手推一推眼镜，立起身来。

这时恰巧程景的母亲端上两碗虾米青菜烧的糊涂面来，这是苏州人一种家常的点心，请葛雨生吃，程景陪着他吃。葛雨生在面上撒了许多胡椒，一边吃面，一边还和程景讲话。程景带笑说道："你撒上了很多的胡椒，不怕辣的吗？"

"我不是方才已告诉你食而不知其味吗？不错，胡椒是辣性，不要辣痛了我的舌头，但我好似麻木不仁一般，丝毫不觉得。唉，我现在所遇到的事，处处都似胡椒，辣痛了我的心，我很愿像我舌头一般麻木了，失去知觉，但又不然，对于我自己的事情心里头却又敏锐无缘，我不但为自己担忧，更为柳丝而担心。老友，你想我心中难过不难过呢？"葛雨生吃完了面，把筷子向碗上一搁，滔滔地讲。

最后他咬紧了牙齿说道："我也不必再多说了，空言无补，徒惹

129

烦恼，我倘有好消息，二天之后再来报告给你知道，否则……"

"无论如何，你总要报告一个消息给我听了，当然我是欢迎好消息，不愿听到什么不快的音信。"程景抬起了头说。

葛雨生点点头，把手摸着他自己的下颏，默默地一声儿也不响。

夕阳西沉时，葛雨生别了程景，走回寄宿舍去。走过三元坊口，他依旧若有意若无意地向旁边小街里探首一瞧，旧巷斜阳，多么沉寂，怅望天涯，玉人何处？他的苦闷的心又增加了许多怅惘。

程景自从知道了葛雨生将要回粤结婚的消息，他和葛雨生的未婚妻完全不相识。休说程景，就是葛雨生自己恐也是素昧平生，只凭着父母之命、媒妁之言而订下朱陈之好的。然而在那时候，这个大礼节谁也不能免掉，所谓娶妻如之何，匪媒不得。否则便要被圣贤指斥为钻穴隙相窥，逾墙相从之类，而为乡党邻里所不齿了。葛雨生所以没有勇气，也就是为了这个。这是到底他读了圣贤之书的好处，若是换了现在的时代，恐怕报上早多刊了一条"吾儿知悉：万事尽可商量，即望早日回家，免汝父母焦急"的启事了。

又隔了几天，这天正是星期日，天上阴云密布，早晨飘了一些小雪，不久就停止的，天气很冷。到了下午朔风吹得很紧，老天仍有雪意。程景坐在寒窗下，兀是握着笔写短篇小说，而他的好友葛雨生又突然间不速而来。

当葛雨生走进他的小室时，程景抛下笔杆，向他说道："老友，你来了，可有好消息带来？"

葛雨生把头上呢帽和身上大衣脱下，放在一边，慢慢地在程景的桌子边坐下，先叹了一口气。

程景听得叹气的声音，便知没有什么好消息了。

"天地不仁，以万物为刍狗，我现在的环境可以说恶劣极了。也许是老天在那里故弄狡狯吧，因我已接到父亲的快函，对我请求暂缓婚期之事大加驳斥，他的理由是吉期业已占定，坤宅方面一切都早预备，家乡诸亲戚也都得信，大家等候吃喜酒。这是一件大事情，岂可视为儿戏？定了日期忽而无故更改，延容到几时去呢？岂不闹出笑话给人家讪笑？所以一定不能暂缓，必须如期返乡完婚。附下请假书，令我在卜星期向校中请假，不必参与大考，速即返沪，以便会同家人乘轮回乡，并又疑心我在外面读书不能整饬自守，以致有此无理的要求，违梗父命，将我训斥数语。老友，你想我接到了那封信，心中又是何等难过！我将反抗父命为旧礼教中的罪人呢，还是牺牲我个人的企望而徇父母之命，为旧家庭中的孝子顺孙呢？孰吉孰凶？何去何从？我将学三闾夫子的卜居，去乞灵于龟策了。"葛雨生说话时，面色很不好看。

"我素知尊大人是严厉得很的，这婚事早先定了，吉期已出，如何能够挽回？他们素重旧时宗法的人，岂肯凭你轻轻一言而改变？况且你没有在早些时候先和你双亲商量，到了此际，空言无效，为父母的绝不肯这样徇从儿子意志的。一则他们的庄严要被你毁掉了，你的弟兄姐妹很多，倘然一准许了你，对于其他的，一齐效尤起来，如何约束？二则他们以为这亲事是很不错的，有父母拿出钱来代你举行婚礼，一切都不用你费心，你只要现现成成地做新郎，岂有不乐从之理？而你现在忽然要请求暂缓婚期，岂不是你对于这亲事抱着淡漠的态度而不愿意举行吗？再一研究你为什么要不愿意结婚？那么就要猜疑到你在此地读书，也许在外面新认识了女朋友，有了自己理想中的人，所以要延宕了。这样他们不但不肯应许你的请求，反而要防你一着了。"程景滔滔不绝地说。

"啊呀，既然如此，你为什么不早早对我说呢？"葛雨生瞠着双目向程景急视，带着埋怨程景的样子。

"请您不要怪我，你在那天告诉我的时候，你早已写信给尊大人了，即使我说了，也有何用？况且我本是深表同情的，和你一样，还希望着万分之一尊大人或许可以答应你，因为你还有求学推托呢，所以也没有向你这样剖解。现在回信已到了，事实上果然不出我之所料，这是老友的不幸，我只有代你惋惜呢。"程景说着，把手搔着他自己的头。

"完了完了！我的幻梦到今朝已完全打破了，倘然我顺从父母之命啊，还到故乡去结婚，那么在我的生命史上是一个极重大的改变，也是最大的冲击。此后的我，至少要重做起一个人来了。唉，我将何辞以答柳丝呢？"葛雨生顿足说。

长长的叹息声送进程景的耳朵里，在他的心上也觉得何等的难过。但这好像葛雨生对于程景的病无法代他求医，而程景也没有妙计良策代葛雨生筹划应付。

"老友，你以为你还乡去结婚就对不起柳丝，这个理论也是不错。但是那位柳丝小姐也像你一样，恐怕伊也无法脱出家庭的桎梏呢，是不是？最近伊可有信给你吗？"程景很注意地向葛雨生问。

"好多时候没有信来了，只在昨天上午接到伊的一封书函，约我在这个星期三下午四时后在怡园相见。大概伊因星期日有人监视之故，还是平常日子比较容易抽身。但我不多几天也要回上海了，只此一见，又不知……"葛雨生说到这里，声音低哑，好像有物梗住在喉咙里，说不出来。

程景听了，未免怅然有间，叹口气说道："聚散无常，徒增感慨。老友，我也不舍得你远赴岭南呢，何况那位柳丝小姐。但不知你要将这件事告诉伊知道呢，还是暂守秘密？"

"老友，这也就是我当前的一个难问题，你想我如何能够告诉伊知道呢？我简直不知如何是好。"葛雨生只把手摸着自己的头，不胜彷徨。

"不错，这个当然你是不能告诉伊知道的，但是以后你总是瞒不过伊。"程景说。

"当然以后是瞒不过伊的，我也不忍昧着良心去欺骗我至爱的柳丝，但是你试料想伊若知道后，伊的芳心将要何等的刺痛，我简直没有面目再去见伊了。"葛雨生继续着说。

"老友，这确乎是你目前最痛苦而最难应付的事，我代你想想也没有两全的办法。你若要做孝子顺孙，只有抱着牺牲一切的宗旨。我们不幸而生在这个时代里，若没有勇气去奋斗，只有屈服，环境实在是很有势力的啊。"程景带着感慨说。

"唉，我们都是弱者，还有什么话可说呢？"葛雨生又站起身来顿了一顿，又说道，"我回乡去后，也许不再来苏州读书，那么……"说到这里又顿住了。

"老友，你不要这样的难过，世间的事本来很少如意的，你看我病得多么可怜，我的一生幸福不也是完了吗？"程景说时凄然欲绝。

葛雨生向程景点点头，默然无语，仍坐到椅子上去。他们谈了好久的话，当然葛雨生的事终是不得解决的，他只有听其自然的变化了，到薄暮时方才怅怅然别去。

程景不但为了自己的病而忧愁，他更为葛雨生所遇的难问题而担心，自己设身处地想想，实在没有什么两全其美的好法子。在那个时候，青年男女对于婚姻问题，十有七八感觉到苦闷，因为新者未立，旧者未除，介于新旧两者之间，往往有许多缺陷的事使人徒唤奈何。所以那时候一般文艺小说所取的题材，也是大都关于男女恋爱问题的居多，至于今日社会间男女恋爱的情况又是不同了。

程景因此而发生一种感触，写了一篇《埋情记》，披露在某杂志。这一天他正苦念葛雨生，而葛雨生又来了。

程景一见葛雨生，先对他的面上相视了一下，等他刚坐下时，立刻问道："你见过柳丝没有？怎样说的？你要不要回上海呢？"

"不要说起，我和柳丝真像旧小说中所说的流泪眼观流泪眼，断肠人对断肠人，各人心里都有说不出的痛苦呢，唉。"葛雨生说时，长长地叹一声气。

程景默然无语，听葛雨生讲下去。

"那天我在怡园和柳丝见面，虽然我自觉有些隐匿，没有把我的事告诉出来，只说要回上海去，并且恐怕故乡有事，说不定要回广东去一遭。老友，我不该在伊面前撒谎，但伊却老老实实地把伊遭

133

逢到的难题告诉我听了。原来伊的父亲已决定要将伊配给东山那家姓许的子弟了。虽经伊几次三番向母亲苦苦商恳，然而终难得到伊父亲的谅解，还有那个推波助澜的三叔，从旁怂恿其成，所以送盘的日期已占定了。伊把这事告诉我，向我流泪，问我可有什么法儿解救这个难关。老友，你想我自尚且不暇，怎有妙计去帮伊的忙？况且我同伊交友，对于伊家中人却一个也不认识的，可称爱莫能助，有心无力。所以我也忍不住对伊一掬酸辛之泪。唉，我早已说过自己是个弱者，换了他人时，也许要不顾一切，冲破藩篱，宁为礼教罪人，而自求当前的幸福了。"葛雨生说着话，一手握着拳头在桌上重重地击了一下，表示他的愤恨。

"那么使君将有妇，罗敷将有夫，你们真是无独有偶，大约你又要怪那位月下老人错系了赤绳，以至有此莫大的缺陷呢。这件事情两难并在一起，真是难之又难了。"程景慨叹地说。

"柳丝因我没有切实的安慰给伊，所以伊对我说只有趋于自然一途了。伊充满着失望竟抱着厌世的观念，但是老友试想我忍心让伊自杀吗？我唯有劝伊忍耐，且说我们的爱在精神，不必定在形式上，可离者形而不可离者心。话虽如此说，柳丝终是譬解不开，经我说了许多话，伊仍旧愁眉泪眼的，以为大错一铸，此生已矣。老友，我真是一筹莫展了。"葛雨生继续说。

"空言当然是难给人家慰藉的，但不如此又怎么办呢？我代你殊深扼腕。"程景说。

"总而言之，我对不起柳丝，只有眼看伊他日归之他人罢了。倘然伊能够嫁一个如意郎，尚可谓失诸东隅，收之桑榆，但万一而遇伧夫，那么我将更对不起柳丝了。我将馨香祷祝，彼美人兮自有伊灿烂的前途，让我一个人为了婚姻制度而牺牲吧。"葛雨生说到这里，又顿了一顿。

"在那天柳丝自然是怀着满腔不欢的情绪，懒洋洋地走回家去。我送伊出园门，这地方距离伊住的富仁坊很近，我恐怕那边熟人多，容易被人瞧见，反为不美，不得不取谨慎的态度，和伊一握柔荑，冒昧地唤伊的芳名道：'柳丝，我不再送你了，愿你善自珍重，行再相见，千万不要抱消极观念。无论如何在我的心里早已有你的情影了，此后我当永永藏之心坎，愿你前途多福。'我说那话时心里异常难过。因我知道即此一面，以后恐没有再见之日。即使可能时，也是绿叶成荫子满枝，谢郎已成陌路人了。柳丝听了我的说话，不禁又掉下泪来。我们二人紧握了一回手，因为那边巷口有人走来了，所以不得已硬着头皮分手而别。"葛雨生说了许多话，声音也大觉嘶酸了。

程景在此时也觉无话可慰，唯低着头长叹了一声。葛雨生又对程景说道："老友，我明天就要动身了。"

"明天你就要走了吗？"程景很惋惜似的问。

"我不能不走了，家里发了催命符似的快信，再不走时恐怕家父自己要赶下来了。我既然抱着牺牲主义，自不容在此逗留，我又要别离这可爱的第二故乡。老友，望你加意珍摄你的病体，希望大地回春之时，你到底可以还复自由。"葛雨生瞧着程景说。

"谢谢你，我也要劝你善自譬解，渐渐忘去这个苦痛，匆促之间我也没有贺礼可送，但祝你花好月圆人寿。"程景说。

"唉，说什么花好月圆人寿？我的希望已粉碎了，所以众学友面前一些儿消息也没有给他们知道，得他们向我胡闹，反而增加我的苦痛，此意此情可与知者道而难为俗人言也。从今以后，我将为他人欢乐而欢乐，换一句话说，不是当年的葛雨生了。"葛雨生说了又叹一口气。

程景点点头道："老友，我明白你的，绝不做丰干的饶舌。"

葛雨生苦笑了一下，两人相对无言了好一会儿。程景的母亲送上一盘馒头来请葛雨生吃点心。二人遂不谈这事了，大家拿着筷子吃馒头，这馒头的滋味当然不及馄饨好，徒然勾起了二人的回忆。

葛雨生又坐了一会儿，遂和程景握手告辞。程景心中非常难过，自己又不能送君南浦，潭水情深只有怅惘……怅惘……无限的怅惘。

第九章　十年消息记曾无

　　小楼一夜听春雨，深巷明朝卖杏花，这是多么动人的季节。

　　程景早晨起身扶物而行，走到桌子边，因为到了大地回春的时候，他的两腿渐渐活动了一些，虽然身体尚不能立直，膝部仍不能弯曲自如，可是已能扶壁而行，比先前好一些了。倚身在窗口，开了窗向外望去，见和煦的春阳已照到窗边来，对面人家园里的红杏已开得如一片锦霞，摇曳生姿，小鸟在枝头引吭嘤鸣，一股蓬勃的春气活跃在人们的眼前，依稀昨夜梦回之时，听得珠抛屋瓦，春雨因风而猖獗，所以屋角墙阴边还有些水迹未干，究竟是春天，一会儿雨，一会儿晴。又想到唐诗"春眠不觉晓，处处闻啼鸟。夜来风雨声，花落知多少"，真合着当前的情景，而更体会到古人诗意的妙处了。

　　他退到椅子上坐定，他的妹妹惠文伺候他洗脸漱口，吃早点。这些事过去后，他照例是要与笔砚为亲了。但是他今天却并不铺纸握管，却呆坐在椅子里，听到街上的卖花声，使他心中又不觉引起了许多思潮。

　　古人说一年之计在于春，春是万物活跃的季节，生长滋荣，发轫伊始，只要看到百花竞放，草木向荣，便可知道了。自己是个青年，照时代而论也好像在春天，那么应该和万物一样地向前迈进，努力争取生命的泉源，无奈我生不逢辰，不但处境困厄，而又被病魔所侵，去秋一场大病，连绵了数月，其间身受的苦痛，真是罄竹

136

难书。等到病好后，两足竟失去自由，不能移动，身非石像，几同老僧，以致杜门习静，半途辍学，把大好青春虚度过去，埋没在愁城恨海之间，这里面究竟是何因果呢？病居以后无事可为，终日和管城子交友，借着它写出胸中的牢愁，以博天下多情人同声一哭，而况自己心中的人，更因此而镜花水月，一场幻空。前月听爱娇说起静波今年来身子也时时欠佳，伊母亲正在代伊和一家上海的富户论婚。这样看来，静波的母亲以前所说的话，也完全是一种托词，明明不欲把爱女下嫁与寒家子罢了。本来自己椿庭早凋，一贫如洗，学业尚未有成，一介书生，无才无德，宛如癞蛤蟆，岂敢对天鹅肉做痴想呢？自取其辱而已，无贝之才，又哪里敌得过有贝之才呢？现在自己一病潦倒，一生的幸福几乎被病魔剥夺精光，更是谈不到这事了。真同葛雨生一样，唯有爇一瓣心香，暗祝伊人嫁得如意郎，情天长圆了。

他默思了一会儿，因此而想到远在天涯的好友葛雨生。自从葛雨生回乡去结婚后，腊尽春回，倏将三月，却是雁沉鱼杳，没有一封书来。不知他在乡间新婚燕尔之际，可还念及株守吴门的病书生吗？又不知新人是否如玉？沉醉柔乡，目睹柳色青青，也忆及昔日的女友吗？为什么一封信也没有？更使人万分惦念。婚后光阴究竟如何？可能弥补缺憾？他说此后要重做起一个人来，莫非他将在岭南转学，不再到吴门来惹起种种的感伤吗？现在吕观海、鲁光等众学友也都知道他回乡去结婚了，一齐怪他不该保守秘密，连喜讯也不给人家知道，不要说吃喜酒了，虽然原谅他此次的结婚是抱着牺牲主义而去的。暮春三月，江南草长，燕子归来，故人不至，大家怎不动思旧之情呢？程景正在深深地感想，忽听楼梯上一阵脚步声，打破了沉寂的空气，他的小妹妹祥文跑进来说道："葛雨生来了。"

程景闻言大喜，而葛雨生已走入室来，翩翩的风度出现在他的眼前，故人无恙，旧雨多情，只是面色稍黑罢了。

葛雨生走到程景面前，伸出手来，和程景紧握了一下，带着沉重的声音说道："老友，我想不到今天还能够和你重见。"

程景带着欢笑，请葛雨生坐下，说道："老友，你这一去直到现在方才重来，兀的不想杀人吗？新婚之乐乐何如？我以为你乐不思蜀，优游在温柔乡里而忘记了故人呢。"

"唉，老友，你是知道我的，何出此言？我有什么欢乐呢？我早已和你说过此后的我又是一个人了。不过我在这世间尚有许多别的事，所以我此次重来吴门，再要继续我的学业。老友，你赞成我的说话吗？"葛雨生说时，神情很是肃穆。

"不错，你真说得不错，不要说你有这个思想，就是我也如此。否则像我这样病废的人，充满着悲观，生在这个残酷的世界，有何趣味，早也要自杀了。然而孔老夫子说的，岂若匹夫匹妇之为谅也，自经于沟渎而莫之知也，所以我忍耐着，尚想挣扎于万一了。"程景点点头说。

葛雨生遂把自己如何回乡结婚，如何度过新岁，又如何商得他父亲的同意，重返上海，再来吴下读书，因为他的父亲预备要留葛雨生在故乡经纪家业了。然而葛雨生怀抱大志，岂肯求田问舍，一辈子蛰伏在乡里，把元龙豪气消磨在户牖之下呢？所以他仍旧想法继续他的学业，这一个目的总算被他侥幸达到了。

程景听葛雨生觍缕而讲，不停地点头，深表同情，且知葛雨生的新夫人也一同到上海来住了。程景向他问起新夫人时，葛雨生只是微笑而不言。

葛雨生又向程景问起病情是否比较以前好一些，听说程景的两足渐能活动，心中稍慰，又问问吴中诸友的近况，坐谈良久，然后别去。

葛雨生重至吴门继续求学，果然又是一个环境了。三元坊口的馄饨西施早做出谷之莺，嫁得大腹贾，侯门如海，不可复见。至于他的女友柳丝小姐呢，自从他回乡以后，就硬着心肠不再和柳丝通信，一则自己觉得实在对不起他人，二则柳丝既然也屈服于环境，听凭伊的父母做主，而将和人家订婚，自己倘然再和伊藕断丝连般通函不绝，那么双方都没有益处，恐怕将来反而使苦痛更深一些，不得解除。尤其是对于柳丝，将蒙受到不利的影响。但他的方寸之内仍未能忘情于伊人，所以他在得便的时候，去向汪桐探听，因为汪桐的妹妹汪蕙和柳丝同学，自然容易知道一些。汪桐就告诉他说柳丝已被她的父母强做主，在去腊岁杪和东山许氏子订婚了，听说在今秋要结婚的呢。自从葛雨生回乡以后，柳丝因好久接不到葛雨生的来函，疑心被家里人截去，后来因伊寄到上海去的信函退回来了，方知葛雨生已返岭南。起初她常向汪蕙刺探消息，汪蕙也告诉伊知道葛雨生请假回乡，这个学期不在校中求学，也许不来了，但没有把回里成婚的事告诉伊。柳丝因为得不到葛雨生的确息，也不胜怅惘呢。葛雨生听了汪桐倾吐的一番话，心里怅触非常，频频太息。汪桐问他可要再想法去和柳丝相见，葛雨生连连摇头，因为他实在没有勇气再去和那位柳丝小姐重逢了。

一段春愁又在水流花谢之外，今后的葛雨生心理上已发生了变化，他觉得这个社会间的事处处都是矛盾的，一方面这般而一方面又是那样，大概一般的人身处其境，事到其间连自己也会不觉得的，也许碧翁翁故作狡狯，玩弄世人罢了。他惆怅之余，自不能已于言，遂运化他的妙思，写了一篇短篇小说题名《沧海巫山》投到上海某报的副刊上去，借此一泄悲怨，数天后就刊登出来。他的几位知友读到了这篇小说，大家都代他徒唤奈何，而程景尤其深表同情。

伤心人别有怀抱，程景恰巧在此时闻得爱娇来报告，知道静波已许配于上海一家姓蔡的富室，在前星期六送过盘，完全是静波的母亲做的主。静波的母亲起初尚有些犹豫不决，后来给那位冰上人巧言如簧，极力说合，伊的心不觉摇动而愿将爱女许人了。那位新娇客，静波虽没有和他见过面，从照片上看来，果是一位翩翩少年，在送盘的时候，特地跟同家人来苏的，现在中学校里读书，父母非常钟爱，明年便要代他成婚了。静波的心里当然也有些不愿意，曾对爱娇表示过，可是伊没有勇气和决心去拒绝伊母亲之言，到底听天由命，而委屈了自己的意志，因伊对于程景的病也大为失望了。程景到了此际，完全绝望，于是他一方面为自己悲哀，一方面又为葛雨生感叹，无限牢愁，一泄之于笔端，写了一篇中篇小说，题名《恨缕情丝》，披露在某杂志，分两期刊出，哀音缭绕，忏语缤纷。葛雨生读了，怎不为之一洒情泪呢?

情场即是恨场，过去的都成幻梦，幸亏葛雨生和程景都没有沉浸在爱河里，否则孽缘虽解，其结果更有难堪。所以日居月诸，情随事迁，葛雨生和程景一个安心读书情丝收敛，一个在家养病，著作自娱，和以前的情况又不同了。后来程景的腿部又好了一些，双足能够移动，他为了自己的前途仍旧要继续他的学业，再到学校里去求学。因为往返不便，所以住在校中，一心一意地埋首读书。而葛雨生等有时也到程景校中去访问晤谈，回忆昔日骑驴野间，进食小店，茶寮沦茗，黉舍论文之乐，恍如梦幻，不可复得。而程景心里的悲哀也和他的病一样，终身不能除去的了。

"劝君莫惜金缕衣，劝君惜取少年时。"古人对于爱惜少年之意，发之诗歌，其他惜阴之说，贤圣之流都有发挥。光阴确乎是百代的过客，时代之轮无分昼夜地向前推进，人生由少而壮，由壮而老，亦是刹那间的事。世间任何人都不能使寸阴稍驻，青春易逝，时乎不再，尤足使一般青年时常要警惕着，但是无论你惜与不惜，光阴总是如飞地过去，它是对于你不留情的，因此葛雨生和程景等在数年之后，却又是一番景状了。

葛雨生在学校里毕业后，又要和吴门别离了，但是这一次的别离，和往日又觉不同，柳丝的倩影在他的脑海里也只淡淡地留着一个影痕。他从此要踏进社会去发展他的前程，为自己的事业而努力进取了。昔日情场中缺少了勇气，牺牲了意志，强抑着情绪，为了家庭而忍受。然而现在对于社会却要用力奋斗，不能再有半点儿牺牲了。所以他不久进入了厂方，渐渐峥嵘地露出他的头角来，又利用他固有的资财，兼营商业，以学士而经商，亿则屡中，又和求学时搞藻修文不同了。至于他的家庭呢，他父亲以为跨灶有子，千里之才，渐将自己一部分的事业委给儿子去干，信任日深。而葛雨生自己也已儿女绕膝，做起严父来。当然和在吴门求学时候的环境大异，他自己也不明白为什么要如此，似乎他为了他的责任，不得不如此干去。有时在静中偶然回忆前尘，抚摸创痕，却也不禁感慨系之，怅然若失呢。

那个为病魔所牺牲的怯书生呢，实在因为身体孱弱的关系，只得读完了他一部分的学业，而委屈了他初时的壮志蛰屈故乡，雄飞无术，竟执了教鞭，想得古人所说的第三乐。但同时觉得自己的学问还是不够，人之患在好为人师，所以他深自警惕，仍旧孜孜矻矻地自修，且和二三国学老者，商量国故，请益文艺，希望自己可以升堂入室，达到至善之境。而因悲叹自己的身世，把满腹牢愁写入小说，教课之暇，依然握管从事于稗官家言，渐在小说界中脱颖而出。昔日《缥缃囊》的同志，唯有程景一人却从事于写作，出版了许多小说。他起初的目的不过是借此浇愁，敝帚自珍，想不到后来竟成了一个靠着笔杆儿吃饭的人，以致潦倒中年，不能奋发。"同学少年都不贱""百无一用是书生"，这又岂是他以前的初志呢？

在某一时期中，程景的身体似乎康健一些，两足略能走短短的路，情绪方面也比较有些乐观，姑且遏抑消极的怀抱，向前程进取。他还要肩负起家庭的责任，居然娶妻生子了。可是他心里常常惴栗着自己是个有病之身，从病魔手里夺下来的人，究竟和别人又不同了。何况自己的环境又是常在艰难困苦之中，仰事俯畜，在这生活程度日趋高潮的时代，更不是容易的事。自己虽愿做颜渊或是陶渊明，然而食指所累，怎能独善其身？于是他不得不努力挣扎，仍要做一个任重致远的人。虽然自己是个病夫，因此中间他也确实努力过一回，但是究竟因为他有了病的人，身子不能自由，宛若缺翼之鸟，伤足之兽，飞不高，跑不远了，灿烂的前途始终在幻想中而不能实现，能不为涸辙之鲋，已是大幸了。

若是程景对于身体上能够保守着这个常态，而向前奋斗，他预计二十年之后，自己的小儿或可成立，到那时也许可以稍透一口气了。然而病魔始终要残害这个含辛茹苦的怯书生而不肯放松，所以等到他的家境似乎稍觉舒松一点儿时，病魔的巨棒又向他瘦弱之躯猛击一下了。

在那一次旧病复发时，形势是非常凶险的，虽请了中西名医诊治，毫没有一点儿奏效，甚至推拿了注射了照爱克司光了照射人工太阳灯了，用种种的方法来医治，都是不济事的，好像枉费心思。有些人说他患的是骨痨，也有人说关节炎，也有人说植物性神经出了毛病，总之唯有种种揣测，不能说定病根何在，所以医治不好了。这一场病足又有半年，精神上经济上都受到很大的影响，消耗得可以，他被病魔淹缠得苦痛极了，从消极方面着想，自己还是一死，方能避免许多苦痛。然而到这时的情景，又和弱冠时初次的病不同了，现在他不但上有老母，而下有妻孥，倘然轻轻一死，这责任交给谁去负担呢？所以他只得咬紧牙齿，忍受这苦痛，勉强苟活下去。但他已不能行动，所以不出去教书了，每天在家里上午写些小说，下午休养精神，节衣缩食地苦度光阴。而奋斗的心仍是不肯松懈，实在他的环境也不容他有松懈的。他有时修书寄给老友葛雨生等，发泄一些牢骚，而葛雨生也常常有书来安慰他。这是程景第二次病后的光阴，世间的事只是增人慨叹。

有一天大约是国历新年中吧，程景正坐在他的书室中伏案写稿，忽然葛雨生和他的朋友董仁夫等从上海来苏，光临到他朴实无华的书斋。

天气是很冷的，葛雨生戴着呢帽，围了围巾，披着皮大衣，一到书室中，和董仁夫等各将大衣脱下。他特地走到程景的坐椅边，伸过手去和程景紧紧地一握手说道："老友，近来身体怎么样？"

"谢谢，近来我除病魔以外，饮食还好，每天也可写两三千字，不过夜间时常有失眠，这是最伤神的，而且每次失眠的后一天便要影响到写作，其他就觉得杜门蛰伏，生活上太闷损罢了。"程景慨然说。

"不错，你的病是我常关怀的，每一次回想吴门，就要想起你，斯人也而有斯疾也！这是天命，又有什么话说呢？我们已近中年，情怀也更变了，我以为世间只有回忆的价值。"葛雨生退到程景写字台对面的椅子前坐下去，董仁夫也坐在旁边沙发里，有女仆献上茶来。

"你说世间只有回忆的价值，此言实获我心，我自从旧疾复发以后，便觉得前途茫茫，毫没有一丝一毫的幸福。唯有回忆以前求学时代的一种状况，以及良朋的欢聚，时时萦绕在我的脑海里，所恨年光不能倒流，少时难可与再罢了。"程景说。

葛雨生吸着纸烟，眼睛仰视着对面的一副小楹联上的文名，是"中道逢佳友，良辰入奇怀"，写此联的乃是一位昆陵有名的文士，也是程景的文友，可惜已作古了。

"哈哈，年光若能倒流，那么我们都想重来一下了。不错，唯有求学时代最是可贵，我也这样想，并且时常想起求学东瀛的情状，以及许多风景、一二艳迹。"董仁夫说。

"好个艳迹，你也能讲一些给我们听吗？好在景兄有一支生花妙笔，也可加添他的小说资料。"葛雨生吐着缕缕的烟气说。

"我是说着玩的，若要叫我说出来，那是说不出什么，恐怕也不足供小说资料吧。"董仁夫摇摇头说。

葛雨生喝了一口茶，抬一抬眼镜，又对董仁夫说道："金阊亭畔也有艳迹，少停朱仁鸽兄约我们到那边去一访美人妆阁呢。"

"朱仁鸽请你们去开瑶筵以坐花吗？很好，我听得阿黛桥边正有一位名花，以前是个女学生，才貌俱佳，不幸而堕渊的。伊很欢喜读小说杂志，常和一般文人学士周旋，若然说得好听一些，可以将伊去比李香君、马湘兰、柳如是、顾横波等一流人呢。"程景说了，他同时对葛雨生笑笑。

"倘然今世有李香君，不知我配做侯方域吗?"葛雨生笑笑说。

"好，我看你很有这资格，当时江南有四公子，可惜我不才却嫌资格不够。"董仁夫将手拍着沙发的扶手说。

"不要客气，你也绰有这风度呢。"葛雨生向董仁夫说了这句话，回转头来又对程景说道，"老友，我们因为母校明天开同学会，且有聚餐商量些什么事情，所以我们结伴而来，且应朱仁鸽的邀请，顺便一识彼姝的娇容，便是'吟香'这一个名词，已使人觉得口齿芬芳了。"

程景对葛雨生脸上相视了一下，然后说道："一个人的心理也会跟着环境而变化的，你现在经商之后，不但工计然之术，善端木之智，而闻你常常喜欢到风月场中去走走，做起走马王孙坠鞭公子来，倘有艳迹，正可一补《板桥杂记》之阙哩。"

葛雨生听了程景的话，把烟尾向痰盂中一丢，向程景笑了一笑，说道："人的境遇是时时在那里变换的，不错，我此时的心情又和求学时代大不同了。老友，我以前不是早已对你说过，自从情场受到打击之后，我的生活我的心理，都要因此而改变了吗? 偶然想起以前的事，恍如一梦，或者可以说情痕吧。现在一则为了我的地位关系，时时要和一般人士周旋酬酢于灯红酒绿之间，自然那青楼翠箔之处正是我们联络情谊交换贸易的好所在，我也未能免俗，姑且流连;二则我素志未偿，觖憾常存，遂欲于此中找求一二刺激，调剂我的生活。我想你也知道我说的是实话，未必见笑吧。至于你问我有没有艳迹，可补《板桥杂记》之阙，恕我一时还不能发表，以后也许有机会和你一谈呢。"

"很好，当然你说的都是实话，像你的地位偶尔逢场作戏，一亲芗泽，便是留下一二艳迹，也没有什么关系。好在雨庥冷肉，处身今日的时代，要啃也啃不到的了。但教不要像信陵君醇酒妇人一样好了。"程景接着说。

"谢谢你的良箴，我自信绝不至于如此的，且也不至于效那些狡童狂且之流，沉溺其中，像旧时小说传奇上所说的人物啊。我昨天到苏州的时候，从火车站坐了马车到阊门，经过花园饭店那边，两旁都是些柳树。可惜我此来不是春日，若在三四月中，垂柳丝丝，足可绾住游人的马辔，而嫩丝细翠之色，大足供诗人吟咏之资，我就要吟起'无情最是濠城柳，依旧烟笼十里堤'那两句诗来了。"葛雨生摸着他自己的下颔说。

"柳哉柳哉！那青青翠条，依依柔枝，确乎是使人可念的。柳呢，我想到如今你还没有忘情于柳丝那位腻友吧。但不知芳草天涯，伊人何处，也许伊早已绿叶成荫子满枝，做了人家的贤母良妻，未必再想起以前的情痕吧。"程景微喟地说。

葛雨生一听程景提起了柳丝，触起他往昔的梦影，立刻脸上愁然若有不豫之色，悠悠地叹了一口气说道："老友，你今天同我提起柳丝吗？伊嫁了他人当然是屈抑着伊的心志而不得已去为他人妇的，像柳丝这样的好女子，不消说得定为良妻，然而可怜得很，伊现在再不能为贤母了。"

"哎，老友，你说这句话使我不懂起来了，柳丝既能为良妻，何以不能为贤母呢？"程景带着几分惊奇的神气而发问。

"真的，柳丝不能为贤母了，可怜得很，待我老实告诉你吧。伊自从嫁了东山许氏子，嫁后光阴不满二载，竟因难产而死在上海医院里。"葛雨生说了这话，从椅子上立起身来，反扶着手在书室里绕着圈儿走。

"哎哟，这消息可是真的吗？卫庄姜美而无子，诗人尚且可惜伊，怎么美如柳丝，慧如柳丝，竟如此夭寿无禄而死于难产呢？真要令人一洒同情之泪了。"程景将手拍着写字台，痛惜不已。

"美人自古如名将，不许人间见白头！这两名古人的诗真咏得不错，像柳丝这样的美且慧，竟夭折多难而死，我也不能不说彼苍者天太会弄人了！"董仁夫在旁慨叹着说。

"我哪里会骗人？这是一个朋友告诉我听的，他和浦家往还颇勤，所以浦家的事他完全都知道的，绝不会有传闻之误。据说伊被用过手术后突然起了变化，一会儿就香消玉殒的，那婴儿也没有活命。当时许氏子是非常悲悼的，但闻现在他早已鸥弦重续了。还有一件遗憾的事告诉你，就是据我朋友说，自从柳丝逝世后，伊的父母也很为爱女悼惜，柳丝的父亲和我朋友提起了以前的事，曾说他们后来也知道我的家世，若是当时柳丝老实向伊的父母说明白了，也未尝没有许婚的可能。都是给他家的三叔在旁边一说，以为自己的女儿在外将有暧昧的事，恐要损坏他家的声名，所以防范较严，而早把女儿出阁了。事后追思，又未尝不有些懊悔。唉，老友，这岂非是天意吗？"葛雨生一边踱方步，一边搔着头说。

　　"嗯，这是夫已氏嚼舌的不好，虽曰天命，岂非人哉？"程景说。

　　"你古文真读得熟，但是做起文章来，这却是滥调了。"葛雨生重又坐下说，又取了一支纸烟，划了火柴燃着猛吸。

　　"滥调吗？可是人世间事，这两句话都套得上的啊。"程景微笑说。

　　"雨生兄，这事已过去了，不必再去多提，徒增悲痛。我以为你幸亏没有成功，否则你若娶了彼美，不也是多一番悼忘之痛吗？"董仁夫说。

　　"柳丝倘然嫁了我，也许不至于有那种惨事了。"葛雨生吐了一口烟气说。

　　"倘然为了生理上的关系，那是悲惨的命运，总要降到伊的身上的，绝不会嫁了你，就不会发生，除非……"程景说到这里，不觉又笑起来了。

　　"这个问题，我们不必再讨论吧，我们还是注重现实。时候不早了，朱仁鸽那边要早些去的，我劝你不要再悲思那位地下的柳丝小姐，而去一睹吟香的娇姿吧。"董仁夫对葛雨生说。

　　"不错。"葛雨生点点头说。

"老友，你是难得来的，且请多坐些时候，可以畅谈一下，恕我不来留你吃夜饭，等到华灯初上的时候，你们再去和玉人色授魂与吧。"程景微笑说。

"哎哟，你说什么色授魂与？这个色字太形容得过分了！我们愧不敢当。我们只不过歆慕芳名，所以去马樱花下偶系一下游骢罢了。"葛雨生也笑着说。

这时候下人送上两盆虾仁炒面来，程景陪着二人同吃。

葛雨生吃着炒面说道："这是万福楼送的吧？我已有十年没吃万福楼的菜和点心了，更有……"他说到这里，顿了一顿，又不说下去了。

"更有些什么？你莫不是又在那里想起馄饨西施来了？"程景带笑问。

"对啦，我总是未能忘情，明天我们到学校里去聚会时，必要走过那地方的，怎会不唤起我的旧日之情呢？"葛雨生吃着面说。

葛雨生既对程景提起了柳丝和玉华，自然程景的心里也想起一个人来了。

这也是爱娇告诉他知道的：静波嫁后的光阴和理想大相刺谬，因为那位夫婿学问浅薄，是个儇薄子弟，起初和静波很是昵爱，但慢慢静波觉察到伊的丈夫不但好色，而又好赌，没有学问上的修养，更谈不到道德了。都是媒妁说的花言巧语，欺蒙了她们母女，以致铸成大错，悔恨无及。所以伊气愤了，独自回转苏州母家住了几个月，不预备再去。伊的母亲到那时虽然深悔，但是木已成舟，徒唤奈何？只得用好言安慰伊女儿。但静波精神萎颓，内心蕴藏着许多痛苦，百无聊赖，一切都感到灰心，一天到晚在家里闷睡，或是看书，容貌消瘦了不少。有时和爱娇谈谈，劝伊不要胡乱嫁人，常常要怪怨自己的母亲。有时也曾询问及程景，知道程景为病魔所困，也不胜杞忧，后来男家屡次催促伊回去。伊经多方的劝说，不得已怏怏前去，谁知竟成痨瘵之疾，百药惘效。而夫婿因为伊有了病，反去外面寻花问柳彻夜不归，更是触动了伊的怒气，好似加速了催命之符。所以不到半年，可怜的静波竟含恨而殁了。恐怕现在伊的墓上，白杨萧萧宿草离离，只有鹧鸪在那里啁啾了。

程景这样想着，葛雨生和董仁夫已将面吃好。葛雨生瞧程景这个样子，便问道："你也在动心事吗？我也要问问静波怎么样了？"

于是程景就把静波所偶非人，患瘵而死的事，告诉了葛雨生，只不过增加了他的太息与怅恨。十年消息，如此而已！逝者如斯，生者何堪？大家又静默了一番。

天色渐渐黑了，葛雨生遂和董仁夫立起身来，和程景握手告别，说道："老友，我们今天有数小时的晤谈，使我心稍慰。柳丝、玉华、静波这三个人我们都谈到了，不过都没有什么好消息。人生大都如此，只使同情的人加添不少悲叹。我们的环境都变了，似乎我们为了另一方面而努力，静中思量，为谁辛苦？所以我不得不找求一点儿刺激。老友，你大概能原谅我的吧。希望老友笔健脑灵，多写些好小说，常常给我拜读，更愿你抛去悲观，强拾欢绪，以免病魔的袭击，这是我殷殷厚望于你的。明春也许我要重来吴下一游，到那时再图良叙吧。"他说毕便告辞去了。

程景当然不能起身相送，只说了几句惜别之言，眼瞧着他们披上大衣，走出书室去了。似乎觉得太匆匆吧，只因他们已有他约，不必再做无谓的强留。

晚上程景独坐灯下，自思自己和葛雨生的环境，虽然都已改变，少年的风情过去了，然而自己只是在辛苦艰难厄困震悸之中，转来转去跳不出这一个范围，当然和他比较是有天渊之隔了。他还能够不忘记当年的老友，时时来慰问，雅意高风，令人可感。只是自己实在无善足告，惭愧得很罢了，谅相知如他绝不会笑我而能给予同情的。此刻料他应朱仁鸽之约，正在吟香妆阁中，华灯影里，红粉围侍，行酒纠觞，弹琴奏曲，极尽其声色之乐。好在他虽至中年而丰姿还是不曾多减，而豪情胜概恐怕反比少年时更宏宕不羁了一些吧。聪慧如吟香必能应付得宜，博得皆大欢喜的。方才葛雨生又说有一二艳迹，将来有机会可以告诉自己，料想他清才高步，一定不输于侯壮晦呢。程景这样想着又不禁百感皆集。

次日风风雨雨，气候一变。程景料想葛雨生等尚未回去，不知他可要再来。然而到晚没有来，大约在别处欢宴了。隔了一天，他接到葛雨生的来函，方知葛雨生早已返沪，除告安慰念以外且提起那晚在吟香妆阁中欢聚的盛况。金钗十二，玉笑珠香，只此一宴，大有三月不知肉味之慨，可知葛雨生的走马章台的愉快了。但是杜牧诗有"十年一觉扬州梦，赢得青楼薄幸名"，他日这位老友也有此同样的感喟吗？

程景的料想是不错的，果然葛雨生在上海别有一段旖旎缠绕回肠荡气的艳史。

第十章　金樽檀板奈情何

　　一个春天的晚上，葛雨生在沪上名花雅玲的妆阁里大宴嘉宾，裙屐杂沓，管弦嗷嘈，极一时之盛。恐怕是在前一个月吧，葛雨生偶因友人之邀，在会乐坊红宝家里饮酒赏花，大家兴致甚高，各个飞笺传电，唤他们素识的红倌人来侑酒觞。葛雨生当然也随意唤了两个来，但是一则一坐便去，意态落寞，未能增长他的风月雅兴；二则他的法眼很高，群雌粥粥，绝少如阴丽华般佳丽，况又大都是庸脂俗粉，无足倾心。恰巧在他的对面座上有一位姓韩的朋友唤到一个名花，坐在身侧，姿态非常明艳而娇小，估计伊的芳龄不过在十七八岁之间，一双流利的秋波，顾盼处多么令人荡摇心旌。身上穿着一件花花绿绿的软绸夹旗袍，宛如花蝴蝶一般，皓腕上系着一只白金手表，在群芳中可称翘楚了。他不觉心里暗暗赞叹。

　　葛雨生心里既然这样想，他的目光自然不期而然地时时睐盼到伊人身上。凑巧葛雨生的视线射到伊的玉屬上，而伊的剪水双瞳也正向他传递一个甜美的眼波，两下里正接触个着。伊不由若有意若无意地笑了一笑，回转脸去。此时葛雨生不能再矜持了，几乎要诵起《西厢记》上"怎不回过脸儿来"的这一句，他觉得娟娟此豸，在风尘中确乎是不可多得的。虽然初观娇容，而明媚动人，和别的北里名花远胜多多，所以他的双目依然注视着伊而不旁瞬。

　　乌师来了，坐在伊的背后拉起京胡来。姓韩的正敬伊一杯酒，定要伊喝，伊接了杯子，凑到朱唇上只喝了一口，仍把来放在桌边，柔声说道："韩爷，我要唱了，实在不能多喝，请你原谅。"

姓韩的点点头道："好，你唱吧，酒可以停会儿再喝。"

京胡拉的过门快完了，伊把手帕揿着嘴，唱起《宇宙锋》的一段来。果然唱得珠圆玉润，松脆无比，方才众人唱的哪里及得到这般的韵味，葛雨生不由喝起彩来。

喝彩声中，伊明媚的秋波又飞到葛雨生脸上来了，电波到处，葛雨生真觉有些痒痒地意马心猿，自己控制不住。

等到一段《宇宙锋》唱毕，大家拍起手来。姓韩的又举着酒杯要伊喝，旁边坐着的众名花不觉都为之减色，白乐天所谓"曲罢曾教善才服，妆成每被秋娘妒"大有是景。姓韩的拿出两张十元的国币，赏与乌师。

"请教这一位的芳名，韩先生，你真是目下无虚。"葛雨生向姓韩的微笑说。

"雨生先生问到伊的芳名，足见雨生先生大有赏识之意了。得到你的赏识，不是容易的事，你才可以说目下无虚了。很好，这小妮子着实不错，待我一做曹邱生，代你们介绍介绍。"那姓韩的说到这里，便指着伊人，对葛雨生笑笑道，"伊的芳名雅玲，妆阁就在汕头路，性格温柔，说话讨人欢喜，至于容貌更是个中翘楚，我也不必多说了，在你的眼里是再也不会错的。"又指着葛雨生向雅玲说道："雅玲，这位就是葛雨生先生，也是浊世佳公子，今天难得他赏识了你，你不可不认识认识的。"

雅玲就对葛雨生带着微笑叫一声"葛爷"。

葛雨生也含着微笑向雅玲点点头。

"雨生先生，你既然看得起这位雅玲小姐，不妨立刻转到你处来吧，我是很慷慨的，够得上朋友。"姓韩的说着喝了一杯酒。

"多谢你的美意，但是我不敢夺人之爱，虽然你是个豁达大度者流。"葛雨生摸着他自己的下颔说。

姓韩的打着英语说了一声不要紧，便叫雅玲坐到葛雨生身边去。

旁边又有人打边鼓似的催着，此时雅玲身不由主地走到葛雨生身边坐下。

葛雨生侧着身体就和雅玲交谈起来。雅玲应答如流，娇憨可人，正合着葛雨生的心意，以为娟娟此豸，虽然在枇杷门巷中，却还没有虚伪之气，不失天真，且一望而知是个有温和性格的人，所以他竟一见倾心起来。

坐在他旁边的邝先生眼瞧着他们喁喁而谈，不由对葛雨生笑道："未免有情，谁能遣此？"

这时又有几个红倌人来了，坐在各人身边，一个个曼声唱起来。葛雨生却没有心思去听歌，只是和雅玲清谈。

从那一次席上相识以后，葛雨生在暇时，就亲造玉人的妆阁去和雅玲亲近，而雅玲知道葛雨生本是个读书种子，雅而不俗，并非市井驵侩可比，而且望之俨然，即之也温，所以心中起了敬爱，希望葛雨生能够常常到伊处去坐谈，得聆雅教。葛雨生以为雅玲是风尘中好女子，所以施以青眼，自有心要报效伊。这天特地借伊的妆阁宴请几位商界中的巨头，以及好友热闹一下。

雅玲在隔天和伊的假母以及女仆们就忙着预备起来，不但把香阁打扫干净，布置妥帖，凡是博客人饮食欢心的东西，一切都备完，必精必洁，必美必富。圣人说得好："凡事预则立，不预则废。"雅玲这样的预备，自然宾至如归，大家称赞伊的一家侍候周到使人惬意了。

这天在雅玲妆阁的外间排上两桌丰盛的筵席，傍晚时葛雨生为了主人的关系，坐了汽车最先到来。雅玲连忙代他脱马褂，敬过纸烟，请他在房间里沙发上坐下，自己坐在沙发扶手上，带着娇笑，便和葛雨生絮絮而谈。她喜欢听讲时事，中国怎样，列强怎样，亚洲如何，都要葛雨生讲给她听。恰巧那时候欧洲有一个某国皇帝演出了一件不爱江山爱美人，情愿牺牲皇位的情场喜剧，葛雨生已讲一些给伊听过了，今天她又向他问下文。葛雨生笑笑道："有什么下文？不言可知，自然在情场爱河间度他们甜蜜生活了。"雅玲便赞美这位皇帝懂得恋爱至上的道理。

"假如有人恋爱你，那么你又怎么样呢，雅玲？"葛雨生对她带笑说。

雅玲低倒了头，好似含着三分羞涩的模样，这神情在葛雨生眼光里看去是妙美极了。

葛雨生握着她的柔荑说道："你何必这样呢？何况你们青楼中人常常和男子接触，在你的芳心里难道一些儿也没有情根爱芽吗？"一边说，一边伸手把她的蝤首抬将起来。

"哎呀，你怎么眼睛里竟有些泪珠呢？"葛雨生带着惊疑的情态问。

"葛爷，我们吃这碗饭也是身不由主的啊！好在葛爷是知道我们的，我虽然蒙诸位爷们看得起我，常常到我妆阁来赏赐缠头之费，然而我是很谨慎地保持着我的清白之躯，一些儿不敢苟且的。虽然在外边人看起来，似乎青楼中人都没有什么价值，谈不到什么，容易被人家轻视。其实也不可一概而论……"

"不错，十步之内，必有芳草。雅玲，我也知道你的，所以不把寻常眼光看待你，前言戏之耳，你别当真，希望你将来嫁一个如意郎君，甜甜蜜蜜地过你的嫁后光阴。"葛雨生带着笑说。

"多谢葛爷这样的好意，但恐命薄如我，将来怎么样也难说呢。"雅玲说了，她的头依旧低下去。

葛雨生把雅玲的手紧握着，脉脉无语。正在这时，娘姨跑进来说客人来了，跟着就听得一阵革履声和着哈哈的笑声。葛雨生遂放下雅玲的纤手，立起身来，走到外房去招待朋友，请他们到雅玲房中来坐。雅玲也在一旁赔着笑脸，殷勤款接。

嘉宾一个个接踵而至，雅玲和房侍们都忙起来了。大家瞧着雅玲这般秀丽的风韵，没有一个不啧啧称赞，说葛雨生优哉游哉，得其所哉！

客人既已到齐，大家入座，敬过酒后，大家自然都飞笺招花，霎时莺莺燕燕环列四周，宛如张着肉屏风，大家的兴会也增高了数倍。雅玲很斯文地坐在葛雨生背后，等到众人一一唱过，她方接唱一段《三娘教子》，京胡和月琴的声音衬托得格外响亮。

对面的周先生对雅玲带笑说道："好一个三娘！你的儿子在哪里？"

"儿子在杭州。"葛雨生很快地回答。

"怎么？雅玲的儿子在杭州吗？这话可是真的吗？"周先生很惊讶地问。

"葛爷不要取笑，周爷你不要相信他的胡说。"雅玲红着脸说。

"不要慌，苏州人不是有句俗语说在杭州吃屎吗？例如有人讲一件数十年前的故事，听者还没有出世，便可对他说那时候你还在杭州吃屎呢。我就是说雅玲还没有儿子，你想这样年轻的小姑娘，丈夫也没有，何来儿子呢？"葛雨生说着，哈哈地笑起来。

"为什么不说在苏州吃屎，或是在广州吃屎，而要说在杭州吃屎呢？"坐在旁边的董仁夫说。

"这个恕我也不知道，若要盘驳，性命交托。"葛雨生笑笑说。

"雅玲，你要儿子吗？快找一个丈夫吧，待我来代你做媒，好不好？"周先生说时，两只眼睛对雅玲眨一眨，又向葛雨生笑笑。

"周爷不要说笑话。"雅玲低倒了头说。

"这倒不是和你开玩笑，这位葛爷可好吗？你如中意的，我可做月下老人，为你们一系红丝，我瞧你们郎心妾意，很有意思的。"周先生摸着他自己嘴边的短髭高声说。

"我们来吃酒吧，谁先来一个通关。"葛雨生故意要岔开周先生的说话，他提着酒壶先代周先生在酒杯里斟个满。

周先生是个酒量挺好的人，于是大家就请周先生做代表打通关，就是两桌上的人互相一个个交换，到对方面去打，这样酒的销路就大起来了，三星七巧地彼此伸拳高呼。葛雨生是主人，当然免不了喝酒，更因他出军不利，猜拳抢三时总是输的次数多，一杯一杯地喝了不少。虽然雅玲在旁边有时见葛雨生要连喝三杯时，她就代他分喝了一杯，可是涓滴之微，无济于事，葛雨生渐渐地喝得醺醺地大有醉意了。

"今晚雨生先生要做醉翁了。"另一席上的朱先生带笑说。

"哈哈，朱先生你说我是醉翁，这个恕我不敢承认，我非翁，况我还没有醉，来来来，我再和你对饮三杯。"葛雨生跷着大拇指说。

"知道了，你不是醉翁，是个醉少年，这样好不好？翁的一个字大概你不肯承认的，不过醉翁之意不在酒，在乎山水之间，你这个醉少年意在哪里？快快道来。"朱先生向葛雨生微笑着说。

"我早和你说过了，我并没有醉，也没有什么意思，你要我说什么呢？"葛雨生说。

"你有没有意思，我也不知道，即使你没有意思，也许他人有意于你啊。"朱先生说时，连连向雅玲紧瞧。葛雨生回转头也向雅玲脸上喜滋滋地瞧看。雅玲给他们看得不好意思起来，遂起身走去叫房侍削上两大盆洋苹果来。

众人又猜拳行令地喝起酒来，葛雨生既然自己不承认醉而向他人挑战，自然众人都和他哄饮，而后至的名花仍是络绎而来，檀板金樽，欢腾一室，良宵胜会，宾主唱酬，直到子夜，方才兴尽而散。那时候葛雨生虽不承认是醉翁，却已醉态尽露，立起身来时摇摇欲倒，实在他喝的酒太多了，雅玲代喝的能有几分之几呢？

客人都散去了，葛雨生坐在雅玲房中的沙发里，有些糊里糊涂似的嚷着道："周先生，我们再来喝三杯！"雅玲又削了一只洋苹果给他吃，他却不吃，反把苹果塞到雅玲口里要她吃。一会儿呕吐起来，雅玲等忙在旁边侍奉他，可是他呕过以后却靠在沙发里睡着了。

雅玲听葛雨生鼾声已起，便对伊的假母说道："今晚葛爷恐怕不能回去了，只得留他在这里宿一宵，你去告知车夫叫他回去吧，不必再在门口等候了。"

雅玲的假母向雅玲看了一眼说道："那么你的大床让葛爷睡，你可到后面亭子间里和我一起同睡的。"

雅玲点点头说一声很好，假母就回身走出房去，打发葛雨生的车夫回去了。

雅玲让葛雨生去鼾睡，伊换了睡衣，去到后房用水洗足，一切琐屑之事都已做去，妆台上的翠石钟已鸣两下，大家闹得疲惫，呵欠连连，熄了电灯都去睡眠。雅玲瞧瞧葛雨生还沉沉地睡着，也不去惊动他，遂唤房侍过来相助伊，把葛雨生扶到床上去睡。代他去了眼镜，脱下长衣和革履，盖上一条薄棉绸被，关去了正中的电灯，开亮了妆台上的小台灯，绿色的灯光反照得房里很是幽静。她才跶拉拖鞋代葛雨生带上了房门，自去假母房里睡眠。

次日葛雨生醒来时方当晨曦上窗，因为朝东和朝南的窗上都有绿色的窗帘遮掩，所以室中还是暗沉沉的，而妆台上的小电灯还亮着。葛雨生摩挲睡眼，见自己睡在雅玲的床上，才知昨宵自己喝醉了没有回家，怎么糊涂到如此呢？真是笑话！不过自己一人独睡着，雅玲在哪里呢？她把这张床让给我睡，而她自己睡在别处了。唉，雅玲这小妮子很是多情的，美人的温存是难得的，我将何以报雅玲呢？他这样地想着，鼻子里又闻到一缕芳香从枕底发出，竟使他不禁想入非非了。

葛雨生仰卧床上，眼睛望着天花板，只是出神地思想，忽听房门呀的一声，雅玲已推门而入，身上披着睡衣，头发微蓬，睡眼惺忪，跶拉拖鞋，轻轻地走至床边，见葛雨生已醒，便含笑叫应道："葛爷你醒了吗？昨晚你喝的酒太多，竟成大醉，所以我们大胆留你住在这里，等你自己清醒，但不知你睡得舒服不舒服？你要怪我们委屈了你吗？"她说时又对葛雨生做一媚笑，一侧身在床沿上坐下。

葛雨生伸出手来握住了雅玲的素手，微笑道："昨夜真烦扰你们了，谢谢你的美意，我自己也不知怎会喝得大醉的，你把这床让给我睡，你自己却睡到什么地方去呢？对不起得很。"

"我睡在母亲床上的,此刻醒了,起身走来看看你怎么样。"

"你何不也睡在这里?床上很宽大,绰有余地啊。"葛雨生紧握着雅玲的手说。

雅玲的头低倒下去,默然不答。

"雅玲,你告诉我昨宵我在醉后可有什么狂态?不要有慢了嘉宾。"葛雨生隔了一歇说。

"还好,没有什么多大的狂态,不过话说得很多罢了。"雅玲就把葛雨生醉后呕吐的事告诉他听,且说她的一件绸旗袍也沾上一大片酒痕,是在他吐时溅污的。

"不要紧,沾污了你的旗袍,我来代你制新的。你能够这样温存我,使我非常快活,你确乎是污泥中的一朵青莲,好好!"葛雨生说时声音很凝重。

雅玲听了葛雨生的话,当然心里大为感激,便向葛雨生嫣然一笑,露出雪白的贝齿,益发见得伊的妩媚了。

葛雨生坐起身子,像要起来的样子,雅玲便顺手扶他起来,熄了电灯,又去唤进房侍,代他端整洗脸漱口等水,她却在旁边侍奉。等到葛雨生盥洗毕,房侍早在房中收拾一切,移去窗帘,开了四扇窗,让新鲜的空气透进来,然而市声已上了。

雅玲请葛雨生坐在沙发里,敬上一支三炮台的纸烟,房侍又送上香茗,问他要吃什么点心,但是葛雨生却很随便,并不点餐,伊要看雅玲在面汤台前洗脸梳头,敷粉点脂。好在今天是星期日,他并不要出去办公的,所以很优游地在旁边瞧着,他几乎要学张京兆的水晶帘下看梳头了。

一会儿房侍托了一碗鱼尾汤面来,因为他们知道葛雨生爱吃鱼的,所以到菜馆里去喊来这种面。葛雨生遂坐到桌子边去吃过面,又揩过嘴,看看时候已近十一点钟了,遂对雅玲说要回家去。

"今天是星期日,我知道葛爷是不去办公的,家中是天天到的,何必要紧回去,请在这里吃了午饭回去吧,这是难得的事。葛爷,你说好不好？"雅玲立在葛雨生的面前说，一双俏眼睛向他曼视着。

"雅玲，昨晚已辛苦你们了，今天你又为着我而起早，你倒还要留我吃午饭，不怕麻烦吗？"葛雨生吸了一口纸烟徐徐说。

"这是葛爷给我们赚钱的，敢说什么辛苦不辛苦，我们吃这碗饭的人最好天天忙，不忙便不好了。只要葛爷看得起我们，肯在这里吃饭，我便觉非常荣幸了。"雅玲带着笑说。

"雅玲，你真会说话。这样我若再不领情，你要骂我是傻子了。好，我既已在这里借宿了一宵，索性多留半天也有何妨。"葛雨生笑笑说。

"对啦，这就见得葛爷爱我们了。"雅玲说了这话，马上走出房去。

一会儿伊手里拿着一束鲜花进来，插在妆台上的胆瓶里。

"我看这花不及你的美丽，你是活色生香的解语花。"葛雨生一手指着雅玲说。

"啊呀！我哪里有花一般的美呢？葛爷谬赞我了。"雅玲说着话回眸一笑。

"你说的苏州话，声音又软又俏，我就是最喜欢听人讲苏州话的，我以前在苏州听到吴侬软语，神为之往。"葛雨生吸着纸烟仰着脸说。

"葛爷，你以前在苏州住过的吗？"

"不但住过，而且在苏州学校里读过七八年书。"

"对了，莫怪你也会说苏州话，起先我听说你是广东人，以为你总是满口粤语，使人听不懂。但和你交谈时你却会说上海话，而且带着苏州土白，本来我也很稀奇呢。"

"雅玲，你大概也是苏州人而不是荡口人吧，我本要问问你的家世，只是没有闲暇。今天坐在此间，左右无事，就和你谈谈也好。"

"葛爷，我是苏州人。"

"你果然是苏州人吗？很好，我问你本来姓什么？住在什么地方？何以堕落风尘？你可要讨厌我爱管闲事吗？"

"不，别的客人只知道胡闹，哪里有葛爷这种斯文安详，肯问起我的身世呢？今天你既然向我问起，待我告诉你吧。"雅玲一边说，一边退到对面椅子上坐下。

葛雨生吸着烟，静听雅玲的诉说。

"我姓秦，本名雪梅，住在苏州大太平巷，自幼也曾在实验小学里读过几年书，只因父亲故世甚早，抛下我母亲和我们兄妹二人苦度光阴……"雅玲说到这里，眼圈早已红起来了。

葛雨生一边听雅玲诉说身世，一边细细地察视雅玲的面部。

"雪梅，秦雪梅……咦！这个名字记得以前也听过的，你的面孔也有些似曾相识。不错……不错，我记起一件事来了。"葛雨生露着惊疑的神情说。

"葛爷到底是什么事？难道葛爷以前曾和我家相识的吗？我不信。"

"虽然不能说相识，也可以说是间接的。"葛雨生微笑说。

"我不懂了，请葛爷快快告诉我吧。"雅玲很急切地说。

"雅玲，你可有一个女戚姓高，名唤玉华的吗？你的小名是不是叫三宝？那玉华常叫你三宝妹妹的。"葛雨生说这话似乎很有把握。

"咦，奇了！奇了！你说得都对，不错，我的小名叫三宝。我哥哥名叫大宝，那玉华姐姐是我母亲的寄女儿。葛爷，你怎样会认识的？"

"既然对了，待我慢慢讲给你听。你那位玉华姐姐家里以前开着一个家庭点心店，伊的别号叫作馄饨西施，我在三元坊学校里读书时是常和同学到伊家里去吃点心的。"

葛雨生接着便将前尘影事一一告诉雅玲听，且说他初见雅玲时，雅玲还是一个小孩子，自己也是二十以下的人，无怪彼此不相识了。又讲起他送小火车的一回事。但在雅玲的脑海里却不留痕迹，因为葛雨生说得这般吻合，自然深信不疑，她不由笑了一笑，说道："那么我和葛爷以前还是在苏州见过的，可谓有缘千里来相会呢，葛爷的记忆力真好啊！"

葛雨生笑了一笑，又问道："我要问你，那位玉华姐姐现在哪里呢？我虽然知道伊已嫁了富室，心里有时也要想起伊，你大概总知道的啊？"

雅玲听葛雨生问起玉华的近状，马上叹一口气说道："葛爷，你问玉华姐姐吗？可怜……可怜……她早已故世了。"

"怎么？玉华已不在人世吗？你说这话可是真的？不要哄我。"葛雨生站起来说。

"有谁来哄骗你？玉华姐姐真的死了好久了，待我来告诉你吧。"

"你快说吧。"

"玉华姐姐是由小阿姨做媒嫁给上海一个姓黄的富人，那位黄先生娶玉华的目的就是为了嗣续问题而纳妾。他得了玉华，很宠爱伊，把玉华的母亲和弟弟都接到上海来同住一起。记得他们就住在辣斐德路一座小洋房内，我跟母亲也去过两次的。他们家里有自备汽车，男女仆人也很多。我母亲曾说玉华姐姐交了好运哩。伊后来便有了身孕，黄先生希望她生个男小孩出来，那才可说如愿以偿，玉华和她母亲也这样想，以为倘然生了男孩，便可继承黄先生的家财，而玉华自己的地位也更见巩固了。谁料玉华在医院里临盆的时候，不幸而逢到难产，非用手术不可。医生说，那婴孩已死在肚子里了，至于怎么会死在肚里的，这个却不得而知了。医生叫黄先生签字，一定要用手术，黄先生只得依从。玉华姐姐经医生施用手术以后，果然把那死的婴孩取了出来，倒是一个男孩子，黄先生非常可惜呢。玉华难关已渡，满想可以太平无事了，又谁知到第三天忽生变化，热度甚高，心脏突起变化，便尔剧病，不到第二天竟死了。葛爷，你想可怜不可怜！"雅玲说到这里，眼圈儿又红起来了。

"唉，怎么美而慧者都是早夭，丑而愚者却反长寿呢？庸庸者多福，这句话真说得不错了。玉华既已好好儿地嫁了人，却死在难产

160

的关头，这真是可怜极了。"葛雨生一边摸着自己的下颏说，在他的脑海里又想起了吴门的柳丝，为什么她们一个个不约而同地都死在难产上，不由人不为之深深地太息了。

"玉华姐姐死得很惨的，虽然相隔已久，可是现在说起来，在我的心头还是悲痛。当时那位黄先生也哭得很厉害的。至于玉华的母亲自从玉华死后，伊就回乡去和老母养猪养鸡了，也不再住在苏州。而玉华的弟弟仍是靠了黄先生的力量，荐在某某公司里做职员，至今还在上海呢。"雅玲说。

"美人黄土，玉华又化为异物了。恐怕墓草已宿，芳魂长逝，此恨绵绵无绝期了。至于那个黄先生，虽然奉倩神伤，可是一转瞬间恐怕金屋中又有新人颜如玉了。雅玲，今天我同你谈谈，想不到你就是当年的三宝小女孩。而你的玉华姐姐当年曾制很好的点心给我们大快朵颐的，却已魂归忉利之天了。回首前尘，恍如春梦。"葛雨生含着无限的感慨说，唏嘘不已，雅玲只把手帕揩着伊的眼睛。

隔了一歇，葛雨生又问雅玲道："方才你讲的都是关于玉华的事，至于你自己怎样到上海来的，又如何堕落风尘的经过，还要请你告诉我知道。"

"葛爷，你不比别的客人，我就老实告诉你也不妨，横竖我们这种人，葛爷也绝不会笑我的吧。"雅玲说。

"雅玲，我怜你且不暇，怎会笑你呢？"葛雨生笑笑说。

"我母亲住在苏州，被生活压迫着，一天难过一天。后来我的哥哥大宝忽然患了猩红热而故世，我母亲痛哭之余，心灰意懒。小阿姨知道了，遂劝我母亲到上海去住，起初住在东新桥一条小街里，后来……"雅玲说到这里，顿了一顿。

"后来怎么样？你快快讲下去啊。"葛雨生说。

"后来……后来……"雅玲再顿了一下，然后说道，"后来我母亲另嫁了一个姓侯的男子，又生了一个妹妹，搬到南市去住了。"

"为衣食所迫，这也是不得已而为之，我也不忍深责你的母亲。

不怕你生气说，你们究竟不是诗礼之家，还要抱着饿死事小，失节事大的观念呢。"葛雨生笑笑说。

"我母亲虽然嫁了姓侯的，可是命运不佳，依然在贫困之中，因为那姓侯的在一家小商店里做伙计，一个月也赚不到多少钱，哪里开支得来？我母亲常常长吁短叹。那时候小阿姨来了，伊是吃堂子饭的，要自己独树一帜，收买了一个小姑娘，每天教伊学唱戏。小阿姨又看中了我，劝我母亲把我送入娼门，将来可以当钱树子看待，不愁衣食。又屡次借钱给我的母亲，我母亲给小阿姨说得心活了，后来恰巧姓侯的有事到广东去，竟一去不返，信也没有一封来，不知他是死是活。有人说他心怀不良，趁此机会把我母亲遗弃了，我母亲当然也无法去向他交涉的。可是我母亲的生活问题又受到影响了。小阿姨遂常到我家来乘机进言，我母亲就把我押给伊，让伊来教我怎样学习唱戏，怎样挂牌，好像做了伊的女儿。当时，我母亲只得到一千块钱呢。"雅玲一边说，一边眼睛望着房门。

"如此说来，现在你的假母就是小阿姨了。"葛雨生说。

"对，但是我已改了口了。"雅玲点点头说。

"你母亲和妹妹在哪里呢？"葛雨生问。

"她们住在九亩地，我母亲依旧要代人家做些针线，可是赚不了几个钱，所以每个月要到我处来向小阿姨取钱，我手中有钱时也暗暗给伊一百二百。"

他们俩谈到这里，雅玲的假母，就是那个小阿姨，手里拿着一个酒瓶，背后跟着房侍和娘姨，一个托着一盘子的菜，一个端着饭锅和碗箸，一同走进房来，说道："葛爷用饭吧。"她们就将菜放在沿窗桌子上，鱼了肉了虾了鸡了，摆满了一桌子，十分丰富而精洁。

雅玲的假母把手中的白兰地瓶放到葛雨生面前，带笑说道："葛爷，喝一杯白兰地吧。"

"不要，白天我是不喝酒。"葛雨生把手摇摇说。

"葛爷，你又怕喝醉吗？那么雅玲你陪葛爷用饭吧。"雅玲的假母赔着笑脸说，走出房门去了。

雅玲便走过来坐在葛雨生的对面陪着葛雨生吃午饭，葛雨生一边吃，一边细餐秀色。

饭后，葛雨生坐在沙发里，用牙签剔着牙齿，休息片刻，雅玲在旁边，茶了水果了，忙着侍奉他，倍儿殷勤。葛雨生虽觉处身温柔乡中，多一刻也并不讨厌的，可是自己尚有别的事情，断不能流连忘返，所以他到底和雅玲分别而回家了。

事情真是奇怪而巧合，谁料到十年前的秦雪梅——三宝妹妹，就是今日的雅玲！自己早已赏识这个女孩子了。现在果然出落得清丽如仙，又如琼岛仙葩一般，不知谁家公子修到艳福，量珠载美而去。葛雨生自从这回知道了雅玲的身世以后，常常这般想着。而他对于雅玲的情感，更因此而热起来了。虽然他的走马章台、问津桃源，是偶然的事，可是为了雅玲夙有渊源，苏州女儿柔如水，常常萦绕在他的脑海里，因此他不知不觉地常要盘桓于雅玲的妆阁。

有一天恐怕是星期日吧，下午无事，他想起了雅玲，已有数天不见，今天无论如何必要前去一玩，所以他坐了自备汽车而去。等到他步入雅玲的妆阁时，却见雅玲正和一个近十岁的女孩子讲话，他不认识那个女孩子是谁，倒觉有些奇怪了。

第十一章　妾被黄金误已多

雅玲一见葛雨生前来，连忙立起身来，堆着笑脸说道："葛爷有好几天没来了，我们思念得很。"

这天天气有些燠热，葛雨生穿了一件派立司单长衫，还觉得热，所以他一边把长衫脱下，一边说道："不错，这几天我为了公私事忙，不能到你妆阁中来谈心，这是很抱憾的，因此今天再也挨不过了。你果然想念我吗？"

雅玲笑笑，接了葛雨生脱下的长衫，去挂在衣架上。

"这位小姑娘是谁？可是你的妹妹吗？"葛雨生指着那女孩子问雅玲。

"葛爷，被你一猜就着，伊是我的妹妹四宝，今天伊跟了母亲到这里来望望我。"雅玲说到这里，便对女孩子说道，"你快叫一声葛爷。"

雅玲的妹妹马上柔声叫应，声音清脆得很，立在一边，一只手只是抚弄着伊头上的头发。

葛雨生笑笑，向雅玲的妹妹问道："你在哪里读书啊？"说话时，一手握着伊的小手。

"我在万竹小学里读书，明年要毕业了。"雅玲的妹妹说。

"你好聪明，毕业后要不要再进初中呢？"葛雨生带笑问。

"要的，倘然我母亲能够允许我继续求学。"雅玲的妹妹再回答说。

"当然母亲允许你的，你放心，只要母亲手里有钱。"雅玲说。

"好，我希望你将来成功一位女学士。"葛雨生重重地摇摇雅玲妹妹的小手。

他们说话时，门外有人唤四宝，雅玲的妹妹早摔脱了葛雨生的手，跳出房门去了。

雅玲却坐着不动，向房门外说道："母亲，你进来也不妨，见见这一位葛爷吧。"

雅玲说了这话，早见雅玲的妹妹牵着一个中年妇人的手走进房来，向葛雨生很诚恳地叫一声葛爷。

葛雨生别转脸去，见雅玲的母亲虽然是已近五十岁的人了，而身上衣服也带着一些时式，面貌有三分和雅玲相像，不过鼻子太大一些，现在额上已有皱纹了，若在年轻时也很有姿色的，遂向伊点了一下头。

"母亲，你到了三马路去，所要买的东西可买好吗？"雅玲向伊的母亲发问。

"都买了，此刻我想带四宝回家去哩。"雅玲的母亲说。

雅玲也不十分留伊，便点点头道："你要早些回去吗？也好，否则让妹妹在这里吃过了晚餐再去。"

"不必了，午饭已吃过，再要吃晚饭吗？你也很忙的，没有时间和我多谈，而我家里尚有衣服没洗去呢。"雅玲的母亲说。

"那么你在下星期再带四宝妹妹来此玩吧，后房有两篓白沙枇杷，是一个客人送给我吃的，你们带一篓回去吧，还有那一篓，你叫阿妹拿来。"雅玲再对伊的母亲说。

于是雅玲的母亲携着四宝向伊女儿和葛雨生告辞，雅玲送到房门口，说了一声再会。雅玲的妹妹还转脸来，两个漆黑似的眸子又向葛雨生脸上望望。葛雨生也觉得这女孩子和雅玲一样地动人怜爱，何物老妪，竟生佳丽？

雅玲的母亲和妹妹去后，房侍阿妹早装上一大盆白沙枇杷来请葛雨生吃。

"这个的确是红毛枇杷，东山货，是谁送给你吃的？我竟得分尝他人之惠。"葛雨生笑笑说。

雅玲对葛雨生笑笑，却不回答他的问，只说道："你多吃一些吧，待我来代你剥皮。"一边说一边吩咐房侍去拿一只敞口的小瓷盘来。

雅玲便拣大的熟的一只一只剥去了皮，出了核，且将内层的衣也撕去，然后一片一片地装在瓷盘里。葛雨生吃得慢，伊剥得快，刹那间已剥满了一瓷盘。伊自己拿着走到外房去，在枇杷上加了一撮细白糖，回进房来，送至葛雨生面前请他吃。葛雨生一定要雅玲同吃，于是二人坐在一起，拿着牙签吃枇杷肉。葛雨生又对雅玲带笑说道："这枇杷本来很甜，再加上了糖，可说锦上添花，甜蜜之至了。"

"我知道你欢喜吃甜的，所以你到我这里来时，我必要预备一些松子糖、胡桃糖、可可糖等给你甜一下子，你也欢喜甜蜜蜜吗？"雅玲带着媚笑向葛雨生说。

葛雨生听了"甜蜜蜜"三个字，不由笑起来道："哪个人不欢喜甜蜜呢？但是世上甜蜜者究有几何？况且曾经沧海难为水，除却巫山不是云，心灵上已经受过打击者呢？"他说了这话，刚才欢欣的脸容立刻又浮上一层忧郁，双眉又不自禁地颦起来了。

雅玲却不明白葛雨生说话的意思，望着他的脸只是发怔。

葛雨生又吃了一片枇杷，手里却停住了，在他的脑膜上顿时映现出柳丝的一个情影，立在半园的池边，春风杨柳，袅娜多情，依依然，飘飘然。

"葛爷，你为什么不吃啊？莫不是嫌太甜了吗？"雅玲说。

"不，越甜越好！你剥得这样辛苦，我哪有不吃之理。"葛雨生说着话，又扦着枇杷吃。一会儿早将枇杷吃毕，房侍又捧上一盆清水来，端整了香皂，给他们洗手。洗过手后，又拧上热手巾揩嘴。

葛雨生坐在雅玲的妆阁里，和雅玲喁喁细语，不觉转瞬天色已黑，他知道一到黄昏时雅玲是非常忙的，即使没有人在伊家里碰和请酒，而外边飞笺召伊去侑酒的人也是很多很多，甚至使伊应付不来。因为在目前雅玲也可算是最红的一个人，但是自己却时时要为雅玲做无谓的杞忧，可惜伊没有读过白太傅作的《琵琶行》"曲罢曾教善才服，妆成每被秋娘妒"，这当然是青楼中人全盛的时代，而"今年欢笑复明年，秋月春风等闲度"，这又是在个中人自己十九不能知道的。即使有人理会得一二，她们也会仗着自己的美貌，淹忽度过，不加爱惜，不相信将来有年老色衰的厄运加到自己的身上，何况四周的环境又足使她们不会顾想到呢？等到"弟走从军阿姨死，暮去朝来颜色故。门前冷落车马稀，老大嫁作商人妇"，那么一步一步自趋没落之境，在第三者视之也有爱莫能助之感了。此中人能有几个逃出这个公例而得到好好的归宿呢？雅玲为人明慧，我倒很怜惜伊，等到有机会时我当向伊一诵这首《琵琶行》，效生公说法，警醒伊的芳心。好得伊非顽石，我也不必有广长舌，只要切实指点伊便了。葛雨生这般想着，自然不开口，只是猛吸纸烟了。

"葛爷，你今晚不如在我这里吃了晚饭再回去吧。今天我家并没事情，我想外面叫我的局也不会过多。我若回来得早，再可以陪你打牌呢。"雅玲很诚恳地向葛雨生说。

葛雨生自然也觉得美人情重，但他非普通嫖客可比，谁耐烦坐在这里等雅玲出局回转，不是太无聊吗？自己若然高兴在雅玲妆阁里再请一二台酒，大家热闹热闹，方才可使雅玲的假母们大众欢喜。但他的心里也不忍马上回绝伊，所以吐了一口烟，向伊微笑不言。

"葛爷怎么样？"雅玲走过来，向他肩上轻轻地撼了两下。

"雅玲，你还是管你自己的事，我再坐一刻就要走的。谢谢你的美意，隔几天待我再来请一回客吧。"葛雨生说。

"请客不请客是又一问题，我今天留你是我的诚意，葛爷该知道我的心的。"

"哈哈，我哪有不知你心之理？因此我也不把你做寻常的倌人看待，这一点大概你也知道的吧。"

"多谢葛爷的美意，我领会葛爷的意思，葛爷是爱我的，我还是年纪轻，知识浅，一切要请葛爷多多指教。"

"我倘有资格做你的老师，那么有你这样一个女弟子，我……我……"说到这里，葛雨生哈哈地笑起来了。

两人正在讲话时，听得外边电话铃丁零零地大响，接着阿妹跑进来对雅玲说道："小姐请听电话。"

"谁的电话？你们不可以代我接一接吗？我不去。"雅玲正色说。阿妹听说，立刻跑出去了。

葛雨生对雅玲笑笑道："既然是有人要你接电话，当然你应该自己去听。"

"我不必去，一定又是什么生意经。"雅玲将头一扭说。

"小姐这是从大西洋里打来的，盛爷唤你去听，你没有接，他说叫你快些前去，不要等到客人都到了你方去。"阿妹带着笑脸说。

"知道了。"雅玲的样子似乎很是勉强。

"有客人唤你，你当然就该早去，好博客人的欢心。像我也是一样的，唤了谁恨不得谁立刻就来。"葛雨生说。

"葛爷，我们吃这碗饭的人实在是内心很苦的，有时忙得竟是分身不开，得罪了客人又不是玩的。而母亲对于客人，总是越多越好，岂知客人中难得有几个怜香惜玉，大都是些阔少脾气，不好应酬的。像你葛爷可说是难得的了，所以我向你说这些话。葛爷，你是知道我的，一切请你原谅。"雅玲说着话，又对葛雨生笑笑。

葛雨生点点头道："你说得很对，我岂有不原谅你的道理？雅玲，我望你好自为之。"他一边说，一边立起身来。

"你果然要走了吗？晚餐已在预备，你若在此吃晚餐的，我一准陪你吃过了再出去。"雅玲说。

"谢谢你，这却不必了，我改日再来，我们以后的日子长哩。我去了。"葛雨生说着话，就去衣架上取下长衫，披在身上。

雅玲知道留不住了，便握着葛雨生的手说道："你下回一定要来的，你不来时累我盼望杀了。我又不敢直接打电话给你，恐怕你要怪我鲁莽。葛爷，你别要忘记我啊。"

"知道知道，我绝不会忘记你，下回准来，必不使你望穿秋水。雅玲，你好好珍重。"他把雅玲的手重重地握了一下，马上披了长衫，回转身走出房门去了。雅玲亲自送到楼梯边，假母、龟奴等伺候他下楼去。

葛雨生坐了汽车回至家中，恰巧有几个朋友来访问他，他谈得高兴，许他们隔一星期在雅玲妆阁里请客。

这天晚上葛雨生独坐的当儿，想起了白天雅玲告诉他的话，愈觉得雅玲这小妮子很属意于自己。我若得了伊为姬人，自然也可以聊以慰情，补我缺憾。然而窃恐此中人习惯纷华，虽安室家，而七十鸟更是其视眈眈，其欲逐逐，恐出我私囊也不足填其欲壑呢，我还是不要过于迷恋。他这样想着，遂于绮思瑶情之中带数分警惕之意了。他又在写书寄程景的当儿，约略提起他到娼门中去陶情买醉的事，并追忆半园艳迹，少时多情，语多哀乐之辞。程景也写了一封极长的信复他，劝他不要做杜牧第二。

一天，葛雨生又在雅玲妆阁里宴客了。这天天气很热，然而来宾却很多，房里房外都开着电气风扇。至于西瓜、冰汽水、橘子水、冰激凌等冷饮品，房侍们一样一样地送上来。在雅玲房中有四个人坐着打牌，主人葛雨生自然也是其中的一分子。

坐在葛雨生旁边看打牌的就是雅玲，伊今天穿了一件白纱旗袍，踏着白麂皮革履，薄施脂粉，高卷云发，装饰得如凌波仙子一般。因为葛雨生不善打牌，所以伊在旁边指导他。可是葛雨生虽然对于此道不精，而他的手气倒很好的，被他常常和出大牌来。凑巧有一次他手里拿的白板开杠，九索碰出，和一张春风，他是庄家，内里还有东风对，一二三索一顺，此外便是一张九万，一张七万，等着嵌八万。然而河里已有两只八万，对过还吃出六七八万一顺，只有一张八万了，任何人是不情愿等这一门的，葛雨生拉着一张一索，雅玲在旁连说很好很好，把它留起来，叫他打去九万，顺便可以做索子。谁知葛雨生以为自己业已等张，岂可拆去？所以不听雅玲的话，仍把手里的一索丢出去。

"咦！怎么你把这张牌会打出去的呢？快快收回来。"雅玲在旁喊着。

然而下家已拿出一对一索来碰了，葛雨生道："打出了，由它去休。"下家也说道："你留着也无用的，至多和我对死，还是打去的好呢。"

转过来，葛雨生摸着一张三索，雅玲用手在他肩上拍着道："可惜可惜！你不听我的话，现在还把它留起来吧。"

"一索已打去了，这张牌要它何用？我要抱定宗旨了。"葛雨生说着话又把三索打出去。

"不错，一索已去，三索无用，哈哈你想等嵌二索吗？没有用的啊，我这里也有两张呢，况且你不打一索，三索也不来的。"下家说着话，把两张二索亮了出来。

"哎呀，吃亏了我！"葛雨生的上家把手里一张二索、一张四索拿了出来。

"雅玲你要吃二索吗？但是你该知道不打一索，那张三索给我拉进，你仍然是吃不来呢，不要羡慕啊。"上家笑嘻嘻地说。

"葛爷你这副牌和不出的了，我代你发急。"雅玲又说。

"你不要急，我再要碰出一记才好呢。"葛雨生回头对雅玲说。

这时候对家拉起一张牌来，向河里相视了一下，说道："咦！这张牌却没有见过啊。"

"快打快打。"雅玲在旁催着说。

"不，我要考虑一下的，你的门前大有声势，内中一定有好牌，否则雅玲不会代你这样发急了。我不能再打出来了，你又是庄家，又挨着圈风。"对家相着葛雨生的面色说。

葛雨生却声色不动地燃了雪茄猛吸，对家到底扣住那牌不打出来，而换了一张别的熟牌。挨到葛雨生摸时，他猛喝一声"自摸"，拿起牌来一看，乃是一张九索，他正要打去时，雅玲又在旁喊道："上杠上杠！"一边说，一边把指着葛雨生门前的三张九索。

葛雨生遂把手缩回来，放到九索上去，说一声我又忘记了，马上又伸手向杠上摸了一张牌。

"哈哈，巧极巧极！这不是八万吗？和了和了！这叫作杠上开花，又是金鸡独立。"葛雨生说着话，把那张牌向桌上一拍，然后把身边的牌一齐和倒。

雅玲也在旁边哈哈大笑说道："葛爷运气真好，你等的嵌八万是只有这一张了，所以你方才拉了一索进来，我叫你不要打出去呢。"

"不打出去我又怎会和？怎会有杠上开花？"葛雨生又得意大笑。

"不错，你不打一索给我碰下一张牌时，你又哪里会拉进九索上杠，不上杠，这张八万又哪里会来？"葛雨生的下家说。

对家把他手里扣住的一张牌向桌子上翻出来，乃是一张东风，说道："我早料到庄家手里有东风对了，所以没有打。早知如此，我索性害害他，给他碰出了东风，也就不会和出杠上开花来了。"

雅玲在旁边又说道："满了满了，不必再算哩。"于是大家把码子输给葛雨生。

"我若听了你的话，这牌也就和不出来了，可知我也有我的算盘。"葛雨生带笑向雅玲说。

"葛爷这是你的鸿运高照。"雅玲笑笑说。

"不是鸿运高照，恐怕还有喜星临门吧。"站在对面看门牌的赵先生说。于是大家借此哄起来了，都说葛雨生今年要动喜星，这张嵌八万便是征兆。

"不错，这副牌和得再巧也没有了，看来雨生兄要请我们吃喜酒了。"葛雨生的下家又说。

"你们别要胡说，我家里好好儿已有夫人，怎会请你们吃喜酒呢？"葛雨生掳着牌说。

"你大可以娶个如夫人，一享温柔艳福，我看你很有意思啊。"赵先生说了这两句话，又问雅玲道，"你看葛爷有意没有意？"

雅玲低倒着头笑了一笑说："我不知道。"

"嘿，你会不知道吗？不要假痴假呆。"赵先生又说。

葛雨生回头向雅玲微微笑了一笑。

"好，我料你们郎有情妾有意，倒是一对儿。雅玲，你看葛爷好不好？我来代你做大媒，拉拢拉拢，怎么样？"坐在葛雨生的上家董廉清说。

雅玲给他们你一句，我一言，说得红云上颊，别转身子要想溜去。葛雨生早看在眼里，将伊的手腕拉住说道："你不要走，且代我打牌吧，我要招呼客人哩。"

"你打得正好，不必叫人代打，大家都是熟客，我可以代你招待。"雅玲说。

"不错，这句话说得很好，俨然有如夫人的风度。雨生兄，你尽管打牌好了，真的不必招呼，况且有这位未来的如夫人代为应酬，那是更好了。"赵先生说。

雅玲也不走，葛雨生仍坐着打牌。这时房侍走过来凑在雅玲耳朵上说了几句话，雅玲一边摇头，一边在伊的脸上早露出局促的形貌。那房侍转身退出去了，雅玲依然在旁边言笑自若。一会儿房侍又跑进来了，又把雅玲衣襟一拉，凑在耳朵上说了两句话，雅玲皱了一皱蛾眉，跟着房侍走出去了。

葛雨生虽在打牌，而他的心神一半注意在雅玲的身上，在这时候房侍进来了两次，他察看雅玲的面色，如何不觉得？雅玲又回身走进来了，立在葛雨生身旁，欲言不言。

"雅玲，你可有什么事吗？是不是要出去？"葛雨生回头向雅玲问。

"葛爷，请你原谅，今晚我本不应该出去，别的都已婉言谢绝了，可是杏花楼那边的一个堂差催得很紧，一定要我去一遭，我母亲也要我去敷衍一刻，我真不愿意去。"雅玲说。

"此刻时候还早，杏花楼也不远，你去走一遭。我姓葛的不比别的客人，我总是原谅你们的，你去吧，早去早来，不要难为了你。"葛雨生笑笑说。

"谢谢葛爷的美意，我马上就回来的。"雅玲点点头说了，立刻回身出去。

"娼门多少红颜女，我做哀鸿一例看。"葛雨生一边打牌，一边抬起头来向对面站着的赵先生说。

"想不到你有这般悲天悯人之思，许多公子哥儿谁有你这般思想？这是雅玲之幸也！"赵先生颠头播脑地说。

牌打完了，客人也已到齐，葛雨生歇了局，便招呼众人在外面入席。来宾们为要助兴起见，各人飞笺征花，这时候雅玲已赶回来了。

"葛爷请你原谅，我去的时候不长远吗？你要不要怪我？"雅玲一手搭在葛雨生的肩上，樱唇凑在他耳边低低地说。

"我既然答应了你，还要怪你作甚？你去的时间并不长，很好，你觉得疲乏吗？坐下吧。"葛雨生握着雅玲的手说。

"我不，谢谢你。"雅玲便在葛雨生的身旁坐下，先代他们侑酒。大家知道葛雨生和雅玲很有情愫，便借作题目向二人说笑，祝他们俩好事早谐。

一会儿群花联翩而至，席上更见热闹起来。今天葛雨生兴致甚佳，接连斟着上等的三星白兰地敬客。大家知道他上次喝得酩酊大醉，今夜又想灌醉他，向他百般挑战。此番他用着巧妙的方法，竟被他避去了不少要喝的酒，而赵先生却先醉了。

子夜时席散了，众人带了醉态，尽兴别去。葛雨生今宵却没有醉倒，他拿出支票簿来，写了数目，签了字，交与雅玲的假母，自然称谢不已。他今夜不再住在美人妆阁了，要坐着自己的汽车回家。雅玲送至楼梯口，秋波盈盈，很不忍分别之意。葛雨生却硬着头皮，终于独自回去了。

葛雨生连次在雅玲妆阁请客，且时时前去坐谈，很有报效，缠头之资也已花去不少。假母知道他是个有产阶级，且见他人品亦潇洒俊逸，在雅玲心目中自无间然，也很愿意他肯花一笔钱好将雅玲嫁给他。雅玲心里也是如此，且已和自己的生身母一度讲过了，当然也很愿意的，因为伊已见过葛雨生是怎样一个人了。至于葛雨生个人方面，却尚在慎重考虑之中，经济方面当然不成问题，他早想娶个如夫人，稍慰中年之情，但他本来的意思倒并不在乎青楼里面，他恐怕此中人朝秦暮楚，熟魏生张，环境既是这样的，自然性情的养成往往也易难乎宜其家室。越是红倌人，伊的心越是最易活动。他虽觉察雅玲的性情与众不同，但尚不能有十二分的信心，所以要想迟迟有待。谁知这一迟迟中间，就发生了变化呢。

这一个长夏，天气比往年炎热，青楼里的房屋又不是新式的洋房，大都杂在市廛中间，鳞次栉比的尽是旧式的屋宇，不但花木草地没有看见，而且闷不透风，屋子里人又多，自然挥汗成雨，凉风不至。尤其在晚上，虽开着电气风扇，也仍觉得溽暑不解，可见人工的风怎及得天然的风？而楚襄王兰台宫里的雄风为可贵了。葛雨生本是怕热的，最近又小有清恙，所以雅玲那边也懒得去，常在家中偃息浮瓜沉李以为乐，恰又有几个朋友邀他到莫干山去一游。他因感觉得自己的身体入夏以后微感疲倦，不如到名山去一游，吸些新鲜空气，也好调剂一下精神，所以他就和朋友摒挡行李，做莫干之游。那地方在夏天自是一个大好的避暑所在，山上也有旅馆，可以供游客下榻，泉声松韵，山光月影，处处足以流连。山上的温度在盛夏时也只有七十余度，晚间须盖薄被，如入清凉世界。因此葛雨生和朋辈在山上小住旬余，坐茂树以终日，濯清泉以自洁，暂避尘嚣。偶然栖隐也因上海方面正在事务空闲之际，所以有些机会呢。

174

莫干山回来后，葛雨生写了一篇游记，寄给吴门的程景。程景也是欢喜游山玩水的人，可怜他生了痼疾，跬步难行，终年蛰伏在吴下，倘要去游莫干山，这在他又是何等困难的事啊！此时程景只有效宗少文的卧游，而大半时间都用在笔山砚水之间了。

一天葛雨生又想起了雅玲，便到雅玲妆阁中来。这真是不巧的事，这天恰逢雅玲陪着别一位贵客在家里大宴嘉宾，门前汽车也停了不少。葛雨生起初还没有知道，刚走上楼头，听得雅玲房中欢笑沸腾之声，心里不由一怔，便缩住脚步。雅玲的假母走过来，一见葛雨生，伊的脸上顿时露出尴尬的模样，迎上前叫了一声葛爷，要请葛雨生到别一间房里去坐。

"今天雅玲有客人借在这里设宴吗？"葛雨生早理会伊的意思而轻轻问了这一声。

"是的，有一位愚园路的盛爷，今晚在这里请客，雅玲自然不得不奉陪。葛爷是明亮的人，当不嫌怠慢，且请到我房里去坐坐，可好吗？我可以去唤雅玲出来见你的。"假母赔着笑脸说。

"既然你们这里已有人在请酒了，你们一定都很忙的，也不必去唤雅玲了，我隔一天再来。"葛雨生随便说了两句，他就回身走下楼去了。

他走出大门时，又见有两个年轻的客人笑语着进门去了。他坐上了汽车，想回家去吧，似乎刚才出门，又立刻回去太没趣，不如去拜访老友，以遣黄昏。于是他就吩咐汽车夫开到董仁夫家中去。

董仁夫正和他的朋友熊通坐在客室里闲谈，忽见葛雨生不速而至，十分诧异。熊通也和葛雨生略有相识，彼此招呼着一同坐下。

"老友，你今天光临可有什么事情？你是忙人呀。"董仁夫敬上一支纸烟带着笑说。

葛雨生吸着纸烟微笑道："没有什么事情，我此刻来请你们二位一同出去用晚餐。"

"请你不要去吧，便在寒舍一叙何如？这个东道我还做得起的。"

董仁夫又说。

"不不，我要请你们到外边去，今晚我要吃大菜，你不必同我客气。"

董仁夫知道葛雨生的脾气的，遂也不再说客气的话，点点头道："很好，我们停一会儿同去吃大菜。"

下人送上三杯冰汽水来，葛雨生举起杯子来喝了数口，因他口里很觉渴呢。三人谈了一会儿，葛雨生催着要走，董仁夫遂到楼上去换了一身西装，然后下来，和熊通陪着葛雨生出去，同坐了葛雨生的汽车，驶至北四川一家北冰洋西菜馆里去吃大菜。

"好了，我们到了北冰洋，应该不会觉得热了。"当葛雨生和董仁夫熊通从汽车上走下来的时候，他带着笑说。

三人走上楼头，择一雅洁的小房间坐下，前面正临马路，晚风阵阵，拂入衣袂，顶上又开着电气风扇，自然溽暑都消。

"不错，真是到了北冰洋哩。"董仁夫对葛雨生笑笑说。

侍者过来伺候时，葛雨生吩咐送上三客高等的西菜，半打啤酒，半打可口可乐，侍者唯唯而去。

三个人一边吃喝，一边闲谈。董仁夫心里暗想怎么今天葛雨生竟会突如其来地请我到北冰洋吃大菜？问他可有什么事，他却又说没有。但细察他的神情大有无聊的样子，不知他究竟有什么心事，姑先用话去餂他一下吧。

"这几天你可到雅玲那边去玩玩吗？我瞧这个妮子对你很有情呢。"董仁夫谋定而后问，眼睛向葛雨生脸上紧瞧着，嘴边微微露出一丝笑容。

"你说雅玲对我很有情吗？我以为她们这种人来者不拒，似乎人人都很有情的。你若对伊有情，那就是自己着魔，将要堕入迷魂阵了。哈哈，你以为我一向对于雅玲有情的吗？"葛雨生喝了一口可口可乐冲的啤酒说。

"是的，你是多情种子，我不但认为你对雅玲有情，且也以为雅玲对你大有深情呢，你难道自己还不觉得吗？"董仁夫带笑说。

"我早已对你说过了，我是偶然遣情的，什么有情不有情？我们还谈不到。"葛雨生昂起了头说。

"你们说的雅玲可是雅玲老八吗？"熊通在旁插口问起来。

"熊先生，你也认得雅玲吗？伊的排行正是老八。"葛雨生喝着鸡汤说。

"我虽然不能说认识，也在某次席上见过伊的芳容，确乎不错，最近听说伊要嫁人了。"熊通说。

"雅玲要嫁人吗？你可知道伊将嫁给谁？"葛雨生很注意地向熊通诘问，汤也不喝了。

董仁夫当然也有同样的注意，静候熊通的回答。

"伊恐怕将要嫁与愚园路的盛先生了。盛先生是盐务中的红人，以红人而娶一个红倌人，这又是轻而易举的事。"熊通说着话，哈哈地笑起来，却拈着一片面包送到口里嚼起来，不再讲下去。

"熊先生，你从哪里得到这消息的？雅玲确乎有一位姓盛的客人。"葛雨生说话时兼向董仁夫脸上看了一看。

"这个消息恐怕是子虚乌有之类，也许好事者在那里散放空气，和盛先生开玩笑呢。"董仁夫说。

"这倒并不是的，我从一个姓奚的朋友那边听来的。那姓奚的和盛先生本是好友，近又结了姻亲，是他亲口告诉我的。也是在一个晚上，姓奚的和我在大西洋请客，姓奚的喜欢征花侑酒，有人提议喊雅玲，姓奚的摇摇头说不必去唤伊了，此人不久将嫁人哩。我们问他雅玲将嫁谁，他就说出盛先生来，且说盛先生是他的亲戚，怎好意思去剪他的边。若是不知情，倒也罢了，既已知晓，何能故犯？还是别处去唤吧。姓奚的并非有意做虚伪的宣传，也是讲花界新闻地告诉出来的，怎会子虚乌有呢？"熊通侃侃地说。

葛雨生听了熊通的报告，对董仁夫点点头，道："这消息也许是真的，因我知道雅玲那边确有一个姓盛的，近来常常到伊妆阁中去打牌请酒，很摆出一般阔少的模样，假母等自然曲意献媚，可是我知道雅玲这小妮子还比平常的青楼里人差胜一筹呢。"

"我说的话并无七折八扣，是实实在在的，听说那位盛先生连金屋藏娇之所早已预备了，他和他的嫡室太太为了此事，开过好多次的谈判呢。"熊通又说。

"这倒不像虚构了，雅玲真的要嫁人哩。"董仁夫眼睛望着葛雨生说。

此时侍者送上童子鸡来，葛雨生拿着刀叉吃鸡，又向董仁夫微笑说："一个红倌人还是早些嫁人的好，免得年华老大，沦落自伤。只要伊能够张开慧眼，择人而事，那么后半世的优游生活就可以奠定了。"

"葛先生说的话真对，有些娼门中人往往要再为冯妇，这也是她们意志不定，不能慎之于始的关系，认知道红颜老去，难得人怜，终于走到日暮穷途，潦倒不堪呢，令人可叹。"熊通叹着说。

"老友，你对于雅玲这回的嫁人，有何感想？"董仁夫向葛雨生说。

葛雨生嚼着童子鸡，从他嘴里吐出两根小小骨头来，对董仁夫说道："雅玲嫁人这件事，我的感想也不过如此，我早已对你说了，你还要考试我作甚？"说时似乎露出不耐烦的样子。

董仁夫不明白他心里的意思，只得说道："我只是和你瞎谈谈罢了，不是考试你，因为你不是和雅玲很熟的吗？"

葛雨生吃着鸡，默然不答。

"嗯，葛先生和雅玲老八也很熟的吗？"熊通惊奇似的说。

"没有什么关系，我是逢场作戏的，怎有盛先生那样的多情呢？"葛雨生说时已把鸡吃完，点了一支雪茄吸着。

董仁夫终觉得葛雨生今晚的情怀并不十分佳妙，于是他就把谈锋移转，讲到国际形势去了。葛雨生仍是默然不多说话，尽举着酒杯喝酒。

咖啡过后，葛雨生抢着付去了钞，三人一同走出北冰洋坐上汽车。葛雨生先送他们到了南京路，二人跳下汽车，告辞而去。然后葛雨生自己坐车回家。当然今晚他的兴致并不佳妙，不但董仁夫看得出，就是他自己也觉得的，但也不知其所以然，只是心头怅怅而已。

这次以后，葛雨生便懒得再到雅玲的妆阁里去，因为天热，常在家里休息，以看小说为唯一的消遣。

残夏尾声已过，金风玉露，又是新秋。葛雨生入秋以来，因为厂中事务繁忙，所以饮酒征花也难得有之。雅玲那边也绝迹不去，他以为雅玲既然要嫁盛某了，自己何必再去乱伊的心曲，让伊一心一意地嫁了人吧。拆穿了说，一个普通的人在世间无非为要求得衣食无缺和肉体上的享受，既能有个归宿，也就罢了，何必去追求别的呢？他这样一想，对于雅玲就冷淡了不少，要学太上忘情，渐渐把情丝收回来了。

有一天，他正坐在公司里经理室中写字台边批阅函札，忽然案头电话机上丁零零地响起来，他接过电话一听，是女子的声音。这声音接触到他的耳朵里来，使他立刻就知道这是雅玲的莺声。只听伊在电话里问道："你是葛爷吗？我是雅玲。"葛雨生只得答道："是的，你可有什么事？"雅玲又道："葛爷，你为什么好久不来我家了？有谁得罪了你？使我真是弄不懂啊。"他只得又说道："没有人得罪我，不过我近来公司里事情忙一些，所以没有闲暇。你好吗？"雅玲又道："谢谢你，我还好。葛爷，你繁忙了，身体可康健吗？今天请你到我这里来一次。"葛雨生略一沉吟，电话里又接着说道："无论如何，你必要来的，我有要紧的话和你一谈。"葛雨生遂说一声准来，把电话挂断了。雅玲的莺声似乎还在耳边缭绕着呢。

他独自坐着，燃了一支雪茄猛吸，烟气氤氲，他的脑海里也是思潮如烟而起，他回忆着与雅玲初相见时的细语缠绵，似乎自己是和伊很有缘的。吴下儿童时代的雪梅，和现在青楼时代的雅玲，自

179

己都已见过，只不知他日少妇时代的某某，恐怕我不能再见了。人生到处知何似，犹似飞鸿踏雪泥。泥上偶留鸿爪影，鸿飞哪复计东西？我与雅玲仿佛似之，那么从此不见面，使我将来多一重回忆，也未尝不佳。伊今天为什么又要打电话来请我去呢？我去了，徒增惆怅，但已答应了她，也只得去一遭。究竟伊有什么话要和我谈呢？他想了好一刻，恰巧有人来拜访了，于是他的思潮便告中断。

五点钟过后，葛雨生已在雅玲的妆阁里了，两人并坐在皮沙发中。葛雨生瞧瞧雅玲的容貌并不较前丰腴，雅玲却说他近来胖一些了。

"雅玲，你这些时大概很快乐的，今天打电话来，真有什么事情吗？"葛雨生握着伊的手问。

"葛爷，你为什么像风筝断了线般好久不到我这里来了？我疑心有哪一个得罪了你，或是听了什么谗间之言，以致你恼怒了而绝迹不来。我真是十分思念你，几次三番要打电话给你，却只是没有勇气。今天我实在忍不住了，不管得罪不得罪，方便不方便，才打一电话给你，请你光临，早知是那么容易的，我早就打了。"雅玲说到这里笑了一笑，葛雨生也是微微一笑。

"我来了，你可有什么话要和我讲？快说吧。"葛雨生瞧着雅玲的俏面庞说。

雅玲把身子倚在他的怀里，伊襟上的茉莉花球浓香直透入他的鼻管里去，低低说道："我本有许多话要和葛爷讲，不知何以一见了面又讲不出了。"

葛雨生点点头道："确有此情，但我要问你有个消息真不真？"

"什么消息？"雅玲抬起了头问，在伊的脸上顿时见得有些异样。

"你是不是要嫁给盛先生吗？"葛雨生凑在伊的耳朵上说。

雅玲一听这话，脸色立刻又变得苍白，叹口气说道："黄金误人，又有何说！我今天请你前来便是要把这件事慢慢讲给你听，不料你已知道了。唉，葛爷，我的心你可知道吗？"伊说时，眼眶里的珠泪已扑簌簌地落到衣襟上了。

第十二章　蓬门今始为君开

"嫁人是应该快活的事，你为什么要如此呢？使我不能向你道贺了。"葛雨生柔声说。

"别的姐妹提起了嫁人似乎是欢喜的事，但在我却相反。你千万不要向我道贺，尤其是你更不该贺我的。"雅玲低倒了头回答。

"咦！这使我大惑不解了，难道你不情愿嫁人吗？嫁人是你们好好的归宿，我以前不是和你谈过的吗？这地方岂是你久溷之所？难得有人怜爱你，要娶你回去，这正是求之不得的事，为什么不要向你道贺呢？又为什么我不该向你道贺呢？"葛雨生再问。

"唉，葛爷，你到今天还不知道我的心吗？可是故意和我开玩笑吗？"雅玲说至此，声音凄酸，两颗明珠从伊的眼眶里滴下来了。

"我不是和你开玩笑，我知道你是个好女子，你可有什么委屈吗？"葛雨生将手去拍着雅玲的香肩说。

"唉，现在同你讲，可惜太迟了。葛爷，这好多时候为什么你的足迹竟不到我处来呢？我又要问你了，大概你对于我憎恶吗？我想你是不会的啊。"

"没有什么道理，我只是事情忙。"

"我不信，难道忙得连到这里来小坐一刻的时间也没有了吗？"

"这些话不要讲了，我很觉抱歉的。但是你嫁人总是一件好事，那位盛先生一定不会薄待于你的，脱火坑而登衽席，你为什么要不乐？别要顾虑，你的前途是光明的。"

"不是好事！不是好事！"雅玲连说了两句，双手掩着脸哭起来了。

此时葛雨生倒有些为难了，想不出用什么话去安慰雅玲，只得让雅玲哭了。

"葛爷，你以为我情愿嫁给盛先生的吗？那你就有误会了。"雅玲哭了一会儿又说。

"雅玲，你既然不愿意嫁给盛先生，那么为什么要嫁他呢？我不明白了。"

"这是他们强迫我的。"

"他们为什么强迫你？你自己的母亲又作何主张？"

"伊是没有主意的人，一切听人家的怂恿，他们眼睛里只认得金钱，怎顾到别人家呢？"

"雅玲，你不要轻视金钱，年纪轻的人确乎有些不在心上的，但是人们的生活，精神和物质是并行的，若要求到生活上享受的满足，还是不能弃掉物质，那么金钱也未尝不是好东西。听说那位盛先生是很有资财的，你嫁了他也不错。"葛雨生仍带着柔声说。

雅玲的双眉耸动不已，伊手里的一块小手帕已湿透了大半。

"葛爷，你不该对我说这种话，我说你不知道我的心是不错的了。"雅玲说。

"怎么你老是说我不应该不应该，又说不知你的心？你竟这样地怨我吗？"葛雨生有些躁急的样子说。

"我哪里敢怨你？只怪你这一阵不到我这里来，以致被盛先生一层层地向我包围，使我也摆脱不得。唉，这其中恐有天意吧。"雅玲揩着眼泪说。

葛雨生听得"天意"二字，徐徐抬起头来，把手搔搔自己的头，不免有些怅然。

"葛爷，我再老实告诉你吧，在一星期后我就要出嫁给盛先生了。"雅玲咬着牙齿说。

葛雨生听了这话，他却并不惊异，但他也明白雅玲的意思了，自然心中也有些难过。

"好，你最近要嫁吗？吉期在哪一天？我祝你富贵长春，称心如意。"葛雨生很镇静地说，带着一丝的强笑。

"我不要听你的祝颂话，这好像有鞭子打在我的身上一样。你若骂我，我反而欢喜了。"

"为什么呢？"

"你是聪明人，不要假痴假呆，你不是说过爱我的吗？我愿接受你的爱，但是因我没有福气接受你的爱，所以自己也不明白到了今日之下，我竟和往日的理想、往日的希望相背了，你还不怜惜我吗？你……你……太硬心肠了。"鸦玲说时带着一声冷笑。

葛雨生不防雅玲单刀直入地说得这般干脆的，他的心里更是怅然了。自己和董仁夫说青楼女子恐怕没有真爱情的，虚伪的太多了。谁知雅玲果然不是这样的人，那么我就未免辜负伊人的深情了。这是我自己的过失，为什么中途变更我的宗旨呢？起初我不是很想把伊援出火坑吗？怎么现在竟会消极起来，让给别人量珠聘去呢？我自己的力量并非不够，何以甘心退让？无怪伊要怨我而说我不知道伊的心了，大概这是造化小儿故意在冥冥之中拨弄我们吧。葛雨生这样想着，大觉惝恍。

"葛爷，你为什么没有话和我讲呢？"雅玲说。伊正期待着葛雨生的温慰。

无可奈何的葛雨生只得又对雅玲说道："你的心我现在明白了，我实在辜负了你，现在对你忏悔，希望你不再要怨恨我。以前我确乎对你很有意思，但是莫干山归来之后，我不该自己蹉跎复蹉跎，以致被他人把你得了去。我不怪谁，只怪自己，大概这是古今世俗所说的缘吧。但我和你相聚多时也不容易，以往的欢情虽然转瞬将为陈迹，然而我始终愿意抚摸着，温念着，永永不忘，也可以给我多得一个教训。其咎在我太不积极了，因我的性情凡事不喜欢急就章的。现在我再能和你说什么呢？雅玲，我望你退一步想吧，譬如你没有遇见我而只遇见那位盛先生，也许你心里就没有现在的惆怅了。雅玲，我劝你不要太认真，你只要得到一个好好的归宿，将来自会做一个贤母良妻，那么你的一生也不错了。我不敢自私，我只望天下有情的都成眷属，人家的快乐也就是我的快乐，所以我仍要向你道贺，而你也不必再郁郁了。雅玲，你能体会我的意思吗？"

"葛爷，你的话太……"雅玲说到这里，顿了一顿。

"太什么？"葛雨生怀疑着问。

"太没有竞争心了。"雅玲大胆说。

葛雨生更不防伊说出这句话来，不觉又好气又好笑。

"雅玲，你说我太没有竞争心，也不错的，我没有为了你而和那姓盛的竞争一下，这是我大大对不起你的地方。因我在花丛中一向抱着逢场作戏的，和人竞争不来，唯对于你自然又当别论。姓盛的手段比我高明，我却敬谢不敏，深深地辜负了你，但你该明白，我对你的爱心却并没有消灭和淡薄，虽然你快要出嫁别人了。"葛雨生很恳挚地说。

"葛爷，你这话可是真的吗？"雅玲抬起头来说，晶莹莹的泪珠还停留在伊的眼眶里。

"到了此刻时候，我还来骗你做什么？雅玲，一个人除了身体，还有灵魂呢。有形的是身体，无形的是灵魂，有形之爱不稀罕，无形之爱可宝贵，我和你相聚的时间还暂，难得你有爱我之心，而我也有爱你之心，不过我们的爱就是无形的。仔细想起来，无形的多么宝贵，有形的不足为奇。你我彼此接受了纯洁的爱，也未尝不是一件大佳事，愿你以后好自为之，不要有负了我，你也懂得吗？"葛雨生用启迪的方式讲给雅玲听。

雅玲面上露出惊奇，似有所悟，从伊颦蹙的脸上微微笑了一笑，但这笑是瞬刻就消灭的。

二人正在喁喁细谈时，忽然那个房侍跑进来向雅玲说道："小姐，盛先生有电话来了，你快去接吧。"

"知道了！"雅玲淡淡地答应一声，但是伊的身子还没站起来。

"那么你快去听电话吧，不要耽误。"葛雨生徐徐说。

"葛爷，对你不起，我去听了就来的。"雅玲一皱蛾眉说。

葛雨生向伊点点头，雅玲就走出去了，一会儿马上回到室里，仍陪着葛雨生坐下，却不提起盛先生。

当当地钟声鸣了六下，房间里的电灯亮了。葛雨生立起来说道："我来了好久，恐怕那位盛先生也要到你处来的，我家里也有些事情哩，和你隔天再见吧，愿你的前途幸福无量。"

"这几天我已不应外间的堂差了，你多坐一刻去好吗？"雅玲很恳挚地说。

"不，我要去了，多情反被多情误，这是造化小儿在那里弄人。雅玲，愿你珍重一切，行再相见，只要你记取我言是了。"葛雨生对雅玲说了这几句话，便要掉转身子开步走。

雅玲看看房门外没有他人，便一把拉住葛雨生的衣袖凑到他的耳朵上，低声说道："在我出嫁之前我再要和你聚晤一谈，到那时不要在这个地方，我要到外边旅馆中去开一个房间，我们且饮且谈，做一个纪念，但等日子定了，我再打电话给你，那时候请你千万不要推却，你若可怜我不忘我的，一定要来，别给他人知道。你一定要来的，一定要来的。"

葛雨生不明白雅玲的用意，遂含糊答应一了声，且说道："不错，你此番出阁我也应该为你饯行的。雅玲，你千万要抱乐观。"他说罢，又对雅玲的脸上紧瞧了一下，见伊眼角边的泪痕还没有干呢，于是他和雅玲重重握了一下手，方始离开伊的妆阁。

这几天葛雨生的心里似乎有种种矛盾，自己是薄幸呢，还是忘情？想不到少年时情缘拈惹已在情场中喝得一些苦水，而此刻征歌选色，偶然遣情，又多了一抹情痕，人生真太变幻了！

星期六的上午，他正坐在写字间里，案头电话丁零零地响起来，他以为又是什么客户来问询，或是友人有什么事情接洽了，及至拿起听筒一听，却是女子的声音，不是雅玲又有谁？

"葛爷，你今天下午有暇吗？我已在西藏路一屏香大旅社楼上开定三十六号房间，两点钟，就要到那边去洗浴的。房间里没有别人，我和你细细倾谈以做永久的纪念。无论如何，你怎样的忙，我要请你准到的，别要使我失望。因为过了今天，也许我们俩没有再见的机会吧，所以……所以……我希望你快来。"雅玲的声音在电话中十分的迫切。

此时葛雨生不得不答应了，遂答应一声准来，便把听筒摆上，一只手支颐静思，似乎出了神一般。这天午刻恰巧有一家应酬，他必要到的，遂在十一点三刻光景，他坐了汽车前去，宾主间酬酢有礼，甚为热闹。他被众友人所嬲，喝了不少酒，带有微醺，一看自己手表已是两点半了，他要紧去会见雅玲，想先告辞。可是众友人因今天是星期六，都知他下午没有公事的，一定不放他走。葛雨生两三要走，拉扯了好一会儿，大家方才放他，他就匆匆地向主人告辞而去。

一辆汽车从南面飞也似的开到西藏路一屏香大旅社门前停住，汽车的门开了，跳下一个中年男子来，正是葛雨生。他很雍容地走进旅社，先向水牌上一看，见二楼三十六号的房间写着住者的姓名乃是"秦雪梅"三字，他不由暗暗点点头道："伊今日应该换过芳名了。"马上走上楼头，由侍者招待到三十六号房间里去。只见雅玲一个人正坐在沙发里守候，便带笑叫一声"雅玲"。雅玲回头见了葛雨生，立刻满脸堆笑，站起身来说道："葛爷，你怎么到这时候才来，叫人等得好心焦。"

葛雨生一面向沙发上坐下，一面就把午间有个应酬，给朋友绊住，所以迟了些时的原因告诉伊。雅玲见葛雨生脸上略带春色，说话之间，又觉酒气扑人，知道他已喝过不少酒了。当葛雨生吸着雪茄时，便走到桌边，削了两个大雪梨，盛在碟子里，用牙签扦着，拿过来请他吃。葛雨生早吃着梨，眼光却不曾离开过雅玲，大有食而不知其味的样子。

"这梨又甜又嫩，我知道你爱吃的，特地从大马路买来，快多吃几片，一会儿黄了就不好吃了。"雅玲见葛雨生拈着一片梨吃了许久还没吃完，就托了梨盘催他吃。

"嗯，我是在吃哩！"葛雨生似乎从梦惊觉一般，他看看雅玲神色秀艳、婉娈依人的模样儿，却不由幽幽地叹了一声，那声音里含蓄着无限惋惜，也有无限怅惘。

听了葛雨生的叹声，雅玲的笑靥也顿时消失在一层无形的薄雾中了。

"你出阁的吉期定了吗？"葛雨生又拈了一块梨嚼着，这句话他似乎很费了一番劲才找着说出的。

"嗯，就是明天！所以要你多吃些梨，以后再要吃我亲手给你削的梨，也许没有机会了吧。"雅玲拈了一片大而嫩的雪梨，送到葛雨生嘴边，可是那说话的声音却已岔住了。

葛雨生接过了，却不曾回脸看雅玲，他知道伊的俊俏的眼波，已失去了明澄而蒙上了泪雾，看着手里的梨片，未免意识到离梨同音，不觉黯然地把它重复扔入碟子里了。

雅玲把插在襟里的绸帕轻轻在眼角按了按，强笑道："我这人真该死，今天我约葛爷来，原是要尽一日之欢的，却说起扫兴的话来。屋子里怪闷的，我们且到阳台上去瞧瞧吧。"说着，伊就站起来去挽葛雨生的臂膊。

葛雨生无可无不可地跟伊一同到了阳台上。这时正是秋季大赛马，跑马厅外围拥了不少观众，往来的车马如流水，如投梭，真是十分热闹。

"真的，今天大跑马，我倒忘了。"葛雨生和雅玲不禁同声说了出来。

一屏香旅馆面对跑马厅，他俩站在阳台上，居高临下，远眺近瞩，看起来十分爽快，十分清晰。

"葛爷，你看，那匹黄马跑得多快，等会儿一定是它跑第一。"雅玲双手捧着葛雨生的胳膊，把个粉脸偎傍着他的肩膀，似乎很高兴地说。

"你指的哪一匹黄马？我看两匹黄马跑得都很快。"葛雨生把眼镜往上抬了一抬。

"喏，就是那个穿红色骑马装的胯下的一匹，喏！喏！直对着我们这面它来了，你看见吗？"雅玲一手向跑马厅那面指着，一手轻轻推着葛雨生的胳膊。

葛雨生顺着伊的手指看去，果见一匹黄马，似射箭般地疾驰而来，便是那上面的骑师，也觉得雄姿英发，神采奕奕，确很令人生羡。

"我希望他跑第一。"雅玲轻轻说着，一双俏眼紧瞧着跑马厅内，竟是全神贯注着了。

"你不要高兴，我看有些危险，后面那匹乌骓马也在蹿上来了，也许第一会是它的呢。"葛雨生微笑着说。

"你总爱跟我别扭，你看那个骑黄马的骑师，面貌和你有些仿佛，为什么你不希望他得第一？"雅玲在葛雨生的胳膊上轻轻捏了一下。

"你就因为那骑师像我，所以希望他跑第一吗？"葛雨生轻笑着问。

"嗯。"雅玲孩子似的应着。

"那么你的希望要失败了，我是凭马力来判断的，无论如何，那匹黑马必定会超出那匹黄马的。"葛雨生摸着自己的下颏幽幽地说着。

这时已跑到最后一圈，那匹黄马看看有些不支，而那匹黑马呢，已蹿过了黄马后面的几匹马，而紧随在黄马的后面了。

"如何！那匹黄马不成了吧。"葛雨生说，他的精神比先前兴奋得多了。

雅玲听了，旋过脸来正要跟葛雨生说什么，忽然听得下面哄闹起来，有人拍手，也有人喧叫，二人都连忙正眼看去，原来红衣骑师所骑的黄马，在离开终点不满两丈路时忽然前蹄一蹶，要不是那骑师的本领好，驾驭得得法，简直就给它掀下马来了，因此许多人不禁都失声惊呼起来。就这样一打岔，果然葛雨生所说的那匹黑马抢到第一去了，四围看的人不禁又是一阵拍手欢呼。

"果然不错吧，我就知道那匹黑马有希望。"葛雨生在雅玲肩背上轻轻拍了一下。

"噢！那个人为什么自己不当心些呢，眼看着已到手的锦标落入别人手里，我真不愿意那个骑黑马的人得第一。"雅玲扯住葛雨生的手臂摇了几摇，忘情地高喊起来。

两边阳台上也都挤满了男男女女，在看大跑马，就中有几个人早就注意到雅玲和葛雨生俩，而在猜测着他和伊的关系。这时雅玲高声一呼，引得本不注意的人，也注意起他俩来了。

葛雨生想到雅玲将来的地位，觉得自己不该和伊再有亲密的形象，让人看见，吹到伊未来藁砧的耳中，妨害伊将来的幸福，便拉了雅玲一把道："好，我们进去吧。"

"还有跳浜呢，你不看吗？"雅玲一偏头，方才觉得有许多眼睛在包围着伊，不觉也略微感到了窘。

"站得腿酸了，进去坐坐吧。"葛雨生已先跨进房里去了。雅玲随着也进来，顺手还把窗子关上，问葛雨生肚中可觉饥饿，要否吃些点心。

"今天午餐过饱，这时倒也不觉得饿哩。"葛雨生说着，把搁在烟灰缸上的雪茄拿起来，衔在嘴里，雅玲便划了一根火柴凑上去点着。

雅玲又去按了铃，叫茶房泡茶，不管葛雨生同意不同意，又吩咐茶房去买些点心。

一会儿点心买来了，葛雨生也就和雅玲一起吃。二人在吃点心时，又谈到刚才跑马的结果。

"我自从看出那人的面容和你相像时，就一直希望他得第一了。"雅玲给葛雨生斟了一杯热茶，微笑着说。

"其实就因为他像了我，所以才不能得第一。"葛雨生看着雅玲的脸说。

"这为什么？"雅玲惊异地问。

"因为那个骑黑马的像你的盛先生。"葛雨生叉了一块蛋糕，吃了半块，还有一半递到雅玲的面前。

"不像。"雅玲没有明白葛雨生的话，表示抗议。

"不像？我说像的，否则他不会捷足先得。"葛雨生衔了雪茄，在室中往返走着，说了这句话，不自觉地跟着一声叹息。

雅玲这才听懂了，看看葛雨生的脸色，伊的心里更觉难受。但伊此刻不欲想不如意的事，却要打起精神来找些快乐，便想些别的话来和他有一搭没一搭地瞎谈。二人谈天时，谈人事，不知不觉又谈到雅玲身上。葛雨生只得勉强说些慰藉的言语，以及劝勉伊将来好好地做人。雅玲的心中，蕴有无限幽怨，到这时也仍只能蕴藏在胸中。

时光过得真快，一忽儿已经钟鸣六下，白天已成了过去，夜色渐渐在露面。葛雨生站起身来想走了，雅玲当然留住不放。

"明天你就要出阁，当然有许多事要办，也该早些回去了。"葛雨生对雅玲说。

"一切的事都有他们在办，而且也什么都已舒齐了，今天我特地出空了身体，要和你叙叙。你要知道，只有今宵，我还是个比较自由的身子呀。葛爷，你就怎么这样硬心肠的！"雅玲神色惨淡，牵了葛雨生的一只手说。

"我觉得这样黯然相对，多聚一刻，则多增一分痛苦，离别终于是不可避免的，还不是让我早走，也许后会有期。"葛雨生的内心为矛盾搅扰着，他只是硬着头皮连说要走。

190

"无论如何，此刻不让你走，我早就关照过茶房，给我打酒叫菜了，我们俩今晚上痛痛快快地吃喝一顿，以后再要……"雅玲顿住了不再说下去，站起了身的葛雨生，也让伊仍复按到了沙发上。

"既然有酒，有就拿来浇愁。"葛雨生将身体移动到桌边的椅上坐下，向雅玲张着手说。

酒是雅玲从家里带来的，老牌的白兰地，伊从橱内取了出来，又按铃叫茶房取两个玻璃杯来。

雅玲从皮夹里抽出一条干净手帕，把杯子拭过，替葛雨生斟满了一杯，自己的杯子里也斟了小半。

"我一来时候，就叫你们去买的东西，都齐了没有？"雅玲问茶房，站在房门口。

"刚刚买齐，马上就来了。"一个茶房在房外回答。

没有五分钟，果有一个白衣侍者掇了一只方盘进来，盘里放着四个白瓷的碟子和一个罐头，还有两支牙箸。

那侍者把三个已盛有菜肴的碟子放在桌上，又去开那个罐头，开好了却不倒出来，连罐和空碟都放在雅玲面前，便提着盘退出去了。

葛雨生在侍者没来以前，已喝了几口酒了，这时看碟子里盛的是一样鸭翅膀，一碟子是鸭舌和卤肫，一样叉烧，罐头里却是来路货的冷鲍鱼。

"这鸭翅膀和鸭舌等，我特地叫他们去六马路买来的，是有名的，你尝尝看。"雅玲用牙箸夹了一块肥大的鸭膀，送到葛雨生面前说。

葛雨生喝着醇味的香醪，嚼着鸭膀，对着温婉多情的美人，照理在这样旖旎香艳的场合，他该怎样地陶醉在素心人的缠绵的情意里，但是雅玲愈体贴殷勤，酒味虽醇，肴馔纵美，他的内心愈纷乱，便连辨味的舌儿也失去了本能。所以他对于雅玲布置给他的菜，也不能注意，只是举杯狂饮，满满一大杯白兰地，不多几口已喝完了。

往时当葛雨生酒喝得太急或过多，雅玲总要劝退或代喝，此刻伊却不忍去阻止葛雨生，见他杯中酒空了，连忙拿起酒瓶，又替他斟了一杯。

雅玲一面尽劝葛雨生喝酒，一面又叫侍者去叫了两客西菜上来。等西菜送来，葛雨生已有八分醉意了。

侍者先送上两客来路牛尾汤，葛雨生问侍者道："还有什么菜？"说话时舌头大了。

雅玲把还有三道菜一道点心告诉他听了，他连声含糊说："太少，太少，快再添三道菜。"侍者瞧着他已有醉意，含糊着唯唯而退。

喝完了汤，热汤冷酒，酒气上冲，葛雨生不住打着酒嗝。侍者把第二道菜放在他面前时，他连连挥手道："不……不要了，吃不下了。"边说边站起身来，走到雅玲椅前。

雅玲见他脚步趔趄，便站起连忙扶住他。

"葛爷，你醉了，快别晃动，看待会儿又要闹吐，还是静静地歇一会儿吧。"雅玲把葛雨生扶到沙发上坐下。

"胡说！喝这一点儿我哪里会醉？时候不早，我要回去了，你也该早点回家。"葛雨生嘴里虽这样说，身子却不由自主地随了雅玲的手低下一截了。

雅玲自己哪里吃得下东西，挥手叫侍者把残肴收去，已叫而未吃的菜，叫他们给葛雨生的汽车夫吃。

收拾了一会儿，桌上只剩两个酒杯，高高的酒瓶里，还盛着三寸来高的澄黄的液汁。

"雅玲，别了！愿你琴瑟和好，白头偕老，我不打算再在这里，不，你的面前多耽搁时刻了。"葛雨生摇摇晃晃地站起来，一只手伸到雅玲面前，意思要和伊握手，嘴里含糊不清地说着。

"你一定要走，我不能强留你，不过我们今夕一别，不知何时再见，必须留一纪念。"雅玲推住了葛雨生，把一个粉脸倚在他的怀中。

"怎样留纪念呢？其实多留一重痕迹，反而多添苦痛，我们还是彼此忘情了吧。"葛雨生语音虽含糊，心里很明白，他本抚摩着雅玲的柔发，说了这话，却将雅玲轻轻地从怀里推开。

"瓶里还有余沥，我们喝干了，彼此分手走路，这一杯酒的时候总可少留吧。"雅玲一手掠着鬓发，仰起了粉脸，眼角嵌着两颗晶莹的大明珠，恳求似的向葛雨生低声说。

"也好。"葛雨生不忍峻拒，斜着脚步，就走向桌边坐下，一手握起酒瓶，就颤巍巍地斟在两个酒杯里。

雅玲把自己杯里的酒匀入葛雨生的杯中使满，二人举杯一碰，葛雨生一仰脖子，一杯酒咕噜噜都下了肚，雅玲却只在唇边碰了一碰。

"爽快。"葛雨生放下酒杯说，又摇摇地想站起来。

"葛爷，你酒还没喝完呢，且喝完了走。"雅玲把自己的酒又一起倾入了葛雨生的杯中，却举起他的酒杯说。

"没有完！好！拿来喝，哈哈哈！"葛雨生又是一口倒下，刚站起身子来，胃中一阵翻腾，哇的一声吐了一地，身子重又向椅中坐去。

雅玲连忙扶住，柔声道："葛爷醉了，且到床上躺一会儿再走吧。"

葛雨生这时只觉天旋地转，雅玲和他说话，也不回答，就任雅玲扶着在床上躺下。雅玲替葛雨生解去长衫，脱去皮革，轻轻地盖了一条毯子，只见他头一着枕，便即熟睡了。叫了侍者来，把房里收拾清楚，又在皮夹内取出五张十元钞币，叫他给葛雨生的车夫。

"你对他说，少爷和几个客商打牌，大约今晚不回去了，叫他先回去吧。这是少爷给他买香烟吸的。"雅玲对侍者说。

侍者唯唯地退去，不过当他带上房门时，不由对这房门扮了一个鬼脸。

听听床上葛雨生鼾声正密，雅玲从沙发上站起，长长松了一口气，轻轻走入浴室里去。过了一会儿，雅玲从浴室里出来，铅华重施，在辉煌的灯光下，益发显得艳丽秀逸，伊把正中的大灯熄了，开了床前一盏绿色的壁灯，脱去旗袍，悄悄钻入了罗帐。

一阵丁当丁当的无轨电车的铃声，吵醒了葛雨生，宵来温馨旖旎的梦境，使他十分迷离惝恍，鼻管中还不时透进粉腻脂香，睁眼一看，不由失声。

"这是怎么的，多饮乱智，我真喝糊涂了，你是已经有所属了，我怎对得起你和你的盛先生。"葛雨生搔着头皮，十分悔恨地说。

"不错，从此以后，我的身有所属，但我的心属于谁，你该知道，为什么要叫我身心分成两面呢？"雅玲哽咽着说。

"事已至此，你既和盛君论嫁娶，为盛君守贞，是你的义务。这样一来，岂不使我对你和他负罪？"葛雨生叹着气便要紧离床了。

"我为什么不该这样做？你没有错，我也没有错，而且我要你知道我的心，我总算对得起你，往后我的心上才得稍安。"雅玲说时，点点滴滴的泪珠把胸前的衣襟打湿了一大片。

葛雨生听着瞧着心中十分难受，已经辜负了美人深情，再事留恋，徒增创痛，草草漱洗，穿上长衣，连点心也不想吃，便和雅玲告别。

"人生情缘，都是前生注定，我们的遭遇也只能归咎于命运了。况且真正的爱情，不在形式，只要在你嫁后如意，我的心也可少安。今天是你的吉期，早些回去收拾吧！后会有期，愿你善自珍重。"葛雨生替雅玲把衣服披上，又重重地握了一下手。

"我先走了，再见吧！"葛雨生说了，喉头也觉很不舒服，便再有话也说不出了。他别转身就出房门，不敢看雅玲一眼。

葛雨生走时，雅玲还呆呆地坐在床沿，桌上的电话分机响了，伊接来一听，是伊母亲打来的，催伊快些回去。

"知道了。"雅玲把电话听筒重重地一搁，那眼泪就像断线珍珠般挂满了两颊。

尾　声

　　韶光易逝，年华如水，雅玲自嫁盛先生后，不觉已过了几个年头。葛雨生为了商业方面的酬酢，仍时常涉足花丛，周旋在莺莺燕燕之中。雅玲的印象，在他的脑中，却无法泯灭，有人谈起雅玲嫁后生活状况，虽足以引起他的惆怅，但他却总不肯不听。

　　雅玲所嫁的盛先生，是个深染季常癖的人，在外面问花寻柳，是瞒着夫人偷偷摸摸的，所以自娶雅玲，也难得一至金屋，伊人空闺独守，也不胜凄凉寂寞之感哩。

　　有一天，葛雨生设宴妓寮，请两位自南方来的远客，酒至半酣，少不得飞笺征花，以助豪兴。席间各人都有他们的相知，只有两位南方来的远客，却没有熟识的倌人。葛雨生就替二人各写了一张局票，一个叫的燕妃，一个叫的红英。

　　不一会儿各人所叫的局都陆续到来，燕妃、红英都是葛雨生相熟的，便指点二人坐在那两位远客的身后。那两位远客不善沪语，偶然间几句话都要葛雨生当翻译。红英很觉无聊，便隔着台面和葛雨生俩谈起雅玲来了。

　　"雅玲嫁后，葛爷见过伊吗？"红英从手提袋里拿出一个银光灿烂的小粉盒来，一边抬头问。

　　"没有，你近来见过伊吗？伊总过得很好吧。"葛雨生举起杯来喝了一口说。

　　"我上星期在公司里买东西看见伊的。"红英把打开了的粉盒向葛雨生扬了一扬，"就是买这只粉盒，伊也在买。"

"是不是跟伊的盛先生在一起？"葛雨生有意无意地问。

"哪里！如果是盛先生和伊在一起，伊倒不会那么憔悴了。"红英把嘴唇一撇，新涂上的口红，便格外地显得鲜艳。

葛雨生低了头又喝上一口酒，只听红英继续说道："我在跳舞场里，时常遇见盛先生的，他的身边没有一次是雅玲，却是一个妖形怪状、自以为十分漂亮的红舞女。本来他就是怕老婆的，难得瞒着老婆在外面胡闹，这一些金子似的时光，要紧花在那红舞女的身上，雅玲那里就格外没工夫去了。我一看雅玲的神气，我就知道伊很不称心。"红英叽叽咕咕跟炒爆豆似的说了一大篇。

葛雨生听了，自然不禁为伊人扼腕太息。

"总括一句，男人是不大靠得住的，葛爷，你说对吗？"红英的樱唇里喷出一圈圈的烟气，感慨地说。

在座的除了两位南方远客外（他们也不懂红英的话），都和雅玲有过一面，倒也不以红英之言为忤，却深深地与雅玲表示同情。

葛雨生自从听得红英的话后，每想起和雅玲一屏香之聚，自觉创痕更深。人事变幻，和风云的变幻一般的不可预测。忽然霹雳一声，天地变色，战神居然出乎意外地降临了。因了炮火的威胁，蛰居吴门的程景，也辗转避难来沪。

葛雨生闻讯便到程景的寓所相见，照理知友相逢，该如何的欢忭兴奋。但在这种境遇里相逢，却是不生欢欣但余辛酸了。程景来沪，观察时局，一时尚难安返故乡，为了生活，不得不仍乞灵于管城子，操计字换值、卖文疗饥的生涯。

战局迁延，忽忽数年，生活指数，日高一日，不知多少中下阶级的人民，被淘汰出了生存圈外。程景清贫自守，靠着一支秃笔，仰事俯畜，也自难免捉襟见肘，亏得葛雨生很深故旧之情，时来慰问。如果程景有急用时，葛雨生不待程景开口，往往自动相助。因为时局关系，市面畸形繁荣，葛雨生适逢时会，营业方面大获厚利。

程景因足疾不便行动，总是葛雨生暇日来他的寓所晤叙，二人有时谈起少爷年的情事，总未免引起无限怅惘。

"雅玲近来怎样了？"有一天程葛会晤时，程景问葛雨生说。因程景的一句问话，又引起葛雨生三日前的影事的回溯。

原来雅玲郁居寡欢，时常想起葛雨生，当伊的生活孤寂时，葛雨生的影子在伊的脑中便更加深一些。有一阵子，伊的丈夫好久没来，伊心里烦闷，便到假母处走动走动散散心，得知葛雨生有时也在提起伊。

雅玲回寓，低回往事，在灯下修了一封书信，寄至葛雨生的公司里，约葛雨生在星期日上午十时往汕头路一晤。

葛雨生星期六早上，一到公司，瞥见自己的公事桌上，玻璃下压着一个浅紫的信封，鲜明的蓝墨水，端端正正地写着自己的姓名。可是那笔迹却眼生得很，虽颇见秀丽，却难掩稚嫩，不胜狐疑，便要紧坐下来拆信看了。

里面也是两张浅紫的信笺，密密地写着许多蓝色的小字，葛雨生细细读着，只觉一个个细小的字都会跳动，后来只觉跳动的不是一个个字，而是一张张明艳的面庞。一会儿笑，一会儿啼，一会儿喜，一会儿愁……正是他所熟悉的。

葛雨生看完了雅玲的来信，不觉踌躇起来，明天的约会究竟去呢不去？他正出神着，不能决定时，桌上的电话丁零零地响起来，打断了他的凝思。

第二天早上十时，葛雨生的汽车终于在汕头路出现了。

雅玲这天十时前就和伊的妹妹雅韵一同来了，伊所以拣在上午，因为妓寮中大都晏起，这时候比较寂静，也所以避人耳目之意。

伊穿了一件深色花绸的夹衫，外加一件玄色细绒绣花短大衣，完全家常打扮。伊的妹妹穿的一件红绒线长袖翻领的短衣，外罩藏青哗叽的工人装，苹果似的双颊，活泼伶俐的姿态，活像吴门三元坊家庭点心店所见的三宝妹妹，所以葛雨生一见几乎呆了。

久别重逢，葛雨生和雅玲似该有许多衷肠倾诉，但二人见了面，都觉得万语千言不知从何说起，倒反都顿住了。

葛雨生没有让沉静多占据了他们的时间，看着雅玲的面说："你似乎比前瘦些了。"

"岂但瘦一些，简直要皮包骨了。"雅玲说着声音有些哽咽。

"姐姐说话，有些形容过火，我看你不肥不瘦却十分合度，怎说只剩皮包骨，那么这是什么？"雅韵插嘴说，伊又把雅玲的手臂，轻轻拧起一把肉。

"你的妹妹简直和你小时候一般模样。"葛雨生指着雅韵问雅玲。雅玲点点头。

"你仍在读书吗？"葛雨生拉着雅韵的手问。

"你问姐姐。"伊把手一挣，把小嘴向雅玲一努。

果然雅玲就告诉葛雨生，伊的妹妹现在女学校里读书，学费由伊津贴。因为伊自己读书不多，希望伊的妹妹能好好地多读些书。不过伊的母亲景况不算好，伊自己的命运也不知如何，现在生活日高，盛先生给伊的生活费也不如以前丰裕，像目下的状况，不知能维持到几时，若不能维持时，伊妹妹的求学便生问题了。雅韵听到姐姐谈伊的学业问题，后来那天真的脸上竟然也露出暗淡的神情。葛雨生当下就一口应承他可以竭力帮忙，总不使伊失学。后来又谈谈雅玲的情况，雅玲一腔幽怨，几至哽咽不能成声，葛雨生只能竭力安慰。到将近十二点时，葛雨生因还有应酬，便互道珍重而别。

此刻程景问起时，葛雨生便把那天会晤等情，一齐讲给他听。

"浮沉情海，只惹得一腔愁恨。此中情事，倒也大可做你的小说材料呢。你如有兴，就写上一篇吧。"葛雨生昂起了头，把一手摸着下颏说。程景答应了，可是文债山积，便把这个搁置着了。

战后海上物价飞腾，程景单靠一支笔杆，收入无论如何也不能像物价般地扶摇日上，迫于生活，他就不得不加紧工作，于是他的孱弱的身体，受了深深的打击。和程景同道的友辈，以及少年时的同学如葛雨生等，有的都利用时机，兼做些别的事业，生活都很能应付裕如，只有程景郁不得志，每诵"冠盖满京华，斯人独憔悴"和"同学少年都不贱"等诗句，往往有无限怅触。

程景株守沪渎，屈指数年，这年春光暗淡，风风雨雨。这一天，程景早晨起独坐，看着窗外潇潇春雨，正感无聊，忽然院门呀然推开，葛雨生披着雨衣走了进来。

无聊时忽来故知，程景自然十分高兴，就请葛雨生在对面坐下。程景夫人倒了一杯茶，放在葛雨生的面前。

"半月不见，似乎尊容又清癯了些。"葛雨生对程景面上望了一望。

程景告诉他一些生活的近况，又问问葛雨生厂中的营业状况，暇来作何消遣，雅玲姐妹也常相见否。谈起雅玲姐妹，葛雨生就把雅韵所遇告诉程景。

葛雨生自从雅玲函约汕头路一见后，对于伊的母妹，常有资助，数年来雅韵长成，明艳秀慧，比雅玲更胜。照雅玲的意思，要把妹妹嫁给葛雨生，弥补伊自己的缺憾，可是葛雨生已届中年，儿女绕膝，不欲误人青春，再做金屋藏娇之想了。雅玲的母亲，也把雅韵看作钱树子，要找一个有财势的女婿。有一回，伊的小姐妹忽来看伊，说替雅韵作伐。对方是一个新得势的武人，当着什么师长，愿花十万金，娶一个年轻貌美的姨太太。

雅韵的母亲听了，自然千肯万肯，可是和雅韵一说，伊可把个头摇得拨浪鼓似的，表示不愿。因为伊是个小说迷，课余之暇，便沉浸在各种小说里，伊最爱看的便是张恨水的《啼笑姻缘》，最使伊凛然深感的，便是凤喜被打后成疯的一段，所以听伊母亲一提对方是有枪阶级，伊深恐和凤喜同运，连忙拒绝。伊的母亲百般譬喻、解慰，伊总一百个不愿。可是患金钱病的阿母，怎肯把这大好的主顾失去，又经不起那做媒的利诱威胁，便压迫着伊答应。

于是就演出了背母出走的一幕，雅韵避到了阿姐雅玲家里去。

雅玲也不赞成，着实开导了伊母亲一番。伊母亲无法，但愁难应付那个媒人。雅韵住在姐处，没有一个月，幸得那个要娶伊的武人被人攀倒，悄没声儿地溜跑了。可是不幸的命运，终于不肯饶过这小妮子，伊的母亲又听了人家的怂恿，把伊送到汕头路绿宝家，操神女生活。葛雨生和雅玲虽不赞成，但已不及阻止，为照顾雅韵，葛雨生倒反常往和酒报效。

葛雨生讲述了雅韵的故事，旧事重提，又要问程景小说作成了没有。

"听来个妮子对你，倒也和伊阿姐一般地很有情愫呢。"程景微笑说。

"杜牧扬州，十年一觉，我如今不过是逢场作戏，却不愿有所拈惹了。"葛雨生摇头微喟说。

二人又谈了一会儿，程景便说："你既要我作小说，须要让我认一认这位雅韵小姐的庐山真面，描写起来才能亲切。"

"好吧，过一天我请你吃花酒，你就可见到。"葛雨生站起来披上雨衣说。

窗外的雨还是丝丝地下着，程景看着葛雨生坐上包车走了，因为汽油的限制，葛雨生不坐汽车了。

过了一天，葛雨生果然请程景到了汕头路雅韵的妆阁中。

程景从那天回来后，真的把葛雨生所述写了下来。一页页一行行，以至累积成书，这期间自春至夏，自夏至秋，自秋至冬，整整地费了一年的时间，而程景的心血更不知耗费了几许，因为他写的作品太多，而写得也很迟慢的。

偏偏的这一年，程景体力日衰，病魔乘隙侵入。书成之日，程景已病骨支离了。

葛雨生来探视程景，翻着一页页的纸，看了缠绵床褥的病友，感逝伤时，尽拿着那本书不觉有些黯然了。

章 台 柳

题　前

诗云："殷鉴不远，在夏后之世。"历史本是人类最明了、最切实的一面放大镜，古往今来，治乱兴衰之由，盈虚消长之道，都在这个里面看出来，可惜一班人沉溺于环境，忽略了自身，以致演出种种覆辙重蹈的事迹，遂使后之视今，亦犹今之视昔。

前朝兴废，徒存陈迹，今世演变，增感将来。杜牧所谓"后人哀之而不鉴之，亦使后人而复哀后人也"，这两句话说得何等痛切啊！

当明季天下大乱，社稷阽危之际，江南一隅，偏是灯火楼台，管弦曲巷，纨茵浪子，潇洒词人，车水马龙，歌舞升平。对于当前的危机，好像有耳不闻，有目不见；厝火积薪之上，憪然自以为安，抱着"且以喜乐，且以永日，宛其死矣！他人入室"之念，寻求目下的快活，不顾他日的祸难。便是那些名公巨卿，身负着治国捍患的职责，俨然是庙堂之具，干城之器的，也都自命风流，物色佳丽，退食之暇，河上逍遥。

唉！难道这也是时会使然吗？偏偏彼苍者天，也似知情识趣的，灵秀钟毓之气往往产生于巾帼，一个个堕落风尘的，恰好都是兰心蕙质、多情多艺的绝代佳人，世间尤物。男子本是泥做的，女子是水做的，英雄好色，王公好色，人才好色，一般地难逃美人之关，颠倒于石榴裙下，同时自然也产生出许多娈童狎客、杂技名优，献媚争妍，络绎奔赴，《板桥杂记》所谓"垂杨影外，片玉壶中，秋

203

笛频吹，春莺乍啭，虽宋广平铁石心肠，不能不为梅花作赋也"。然而天下人心岂是尽死？最痛苦的要算那些志士仁人、漆室女子，蒿目时艰，痛心国祸，在众生沉醉、形势险恶的当儿，杞人之忧既属无益，狂澜独挽，又岂易为？他们没奈何，秉着一腔热血，满怀雄心，向艰苦困难的环境中去奋斗，知其不可为而犹为之，成败利钝，一切不顾，这岂非惊天地而泣鬼神吗？一壁这样，一壁那样，交相在多垒的四郊、板荡的中原演出。铁马金戈，翠袖红粉，这留予后人的陈迹，使仿佛其境的后人视之，怎么不伤今吊古、触目惊心？真是"花草朱门空后阁，琵琶青冢恨明妃"。江南断肠之句，安得解人如贺方回领略其味呢？

第一回　有女同舟

　　垂虹亭是松陵东门外的名胜，每当春日，好景如画，堤岸上柳浪风翻，如烟如雾，和春水绿波相映着，上下一碧。又有红的夭桃，白的娇李，点染其间，只觉得绚烂浓艳，好似天公故意施展他造化的能力，发展着春之美，在大地上绣出这明媚景象，给一班爱惜春景的仕女们去游目骋怀，怡情悦性。便是一班林间小鸟，也是飞上飞下，嘤鸣不已，歌颂着大地春色。

　　这天，日已过午，河上有一画舫，桂棹兰桨，在绿波中轻泛着，舟子点着篙，船娘摇着橹，脸上都露出欣欣之色。头舱中两边排着玲珑小巧的檀木椅子，上面也坐着几个妇女和小厮，正紧瞧着中舱里的人，似乎在伺候他们。而中舱里坐着几个男女，正在笑逐颜开地饮酒赋诗。正中坐一个儒巾儒服、五旬以上的文人，颔下有些短髭，神采很是俊逸，手摇泥金纸箑，满面春风。在他左右侍坐着一对姊妹花，左首一个女子，年可十八九，风鬟雾鬓，明眸皓齿，生得一张鹅蛋脸，十分匀净，两颊如桃花灼灼，光泽照人。身衣淡红衫子，弓弯纤小，腰肢婀娜，活似画图中人。右首坐一个尚在雏龄，然而也生得眉似春山，眼如秋波，满露着婉媚灵慧，绝不庸俗，桌上放着许多美酒佳肴。那正中坐的儒生，一手摸着短髭，一手摇着折扇，对二人带笑说道：

　　"古人云，不做无益之事，何以遣有涯之生？我隐居在此乡间，花鸟悦性，丝竹陶情，懒得再向仕途中去厮混。人生百年耳，需富贵何时？我何必去和牛骥同皂、鸡鹜争食呢？世间最可贵的是英雄名士和美人，我自知虽然没有王佐之才，而一支笔不输于古时梦笔生花的江郎。这几年来，息影之际，唯有吟咏自遣，虽不能如辋川之乐，而自知松陵名士，舍我其谁？所可喜的，有你们多才美貌、绿意红情的柳氏双姝，常在我身侧，娇憨伶慧，如小鸟依人，无异解语之花，忘忧之草，使我一见到你们的娇颜，一切愁怀，立刻化为乌有了。料想当年江东二乔，也不能擅美于先，可谓绝世美人，这又岂偶然的事呢？"

年幼的听了，咯咯地笑道：

"我们都是庸劣之资，幸逢张相公不弃微贱，叫我们念书写字，作诗文，这样好的先生，真是难得。"

儒生笑道：

"绛子，你这小妮子年纪虽轻，而很知用功，虽不及你姊姊工书善诗，但也是个可造之材，他日未可限量。待我物色一位佳公子，和你做媒，好吗？"

说罢，哈哈大笑，露出很得意的样子。

绛子听说"做媒"两字，伏在桌上，面孔涨红了说道：

"我不要，我不要，张相公休要说着玩，我将来是要做和尚的。"

儒生道：

"和尚是出家人，况且没有女子做和尚的，像你这样倾城倾国的美人，怎容许你去做和尚呢？天下断没有这种煞风景的事。"

他说到这里，又对左首的丽人说道：

"如是，你听你妹妹说的话，岂不奇怪？真还不脱孩子气。你们都是美人，哈哈！美人和名士倒是相得益彰呢！"

丽人把着碧玉小盏，只顾凑在樱唇上徐徐地喝，面上若有凝霜，见儒生向她说话时，淡淡地说道：

"恩师的话，小女子一向是尊重的，独是今天说的话，却有些不敢苟同了。"

儒生听了这句话，不由一怔道：

"怎么？方才我的话说错了吗？我夸赞你们冰雪聪明，称道你们是美人，确乎都是由衷之言。不要说这里松陵一带地方，就是说江南，若要称起美人来，非卿莫属。况你又是我的女弟子，我是深知你们咏絮才华，求之香闺名媛，尚是凤毛麟角，不可多得，何况章台间呢？如是，你以为如何？"

丽人点点头道：

"多承恩师谬赞，愧不敢当。方才恩师说天下最难得的是英雄名士美人，而把美人来夸奖我们。其实我们俩蒲柳之姿，自幼命薄，以致堕身风尘，奉承色笑。午夜自思，愁焉如捣，安得称之以美人？现在的时势，朝政失纲，天下骚动，眼见中原鼎沸，有陆沉之祸，正要大英雄出来匡济时艰，拯斯民于涂炭，方可挽回这累卵的颓势，立不世的奇功。所谓时势造英雄，英雄当然是可贵的，尤其是在今日。至于恩师，当然是江左管夷吾，名士无双。但小女子以为断不可效陶靖节的归隐田园，自标亮节，当求如谢东山的陶情丝竹，运筹建功。否则，皮之不存，毛将焉附？大厦既倒，何地安身？虽欲独善其身，也是不可能了。恩师也以为小女子说得太严重吗？不知忌讳，死罪死罪！"

儒生听着，脸上不由变色，刚才的笑容顿时收敛，双手频搓，叹口气说道：

"如是，我不能说你的话太激烈，太有锋锐，使我听了，如芒刺在背，心头难过起来。你确乎是个奇女子，乌得以章台间人看待？鲁国漆室女便是你的一流。哈哈！你也有红拂那般慧眼，能在浊世中识得李药师这般英雄吗？至于我，也并非只知肥遁鸣高，不顾国事。当然我在复社中，自问爱国之心不后于人，徒以魏阉窃政，忠良绝迹，钩党之捕，遍于天下，被害的，迁徙的，几被一网打尽。所谓君子道消，小人道长，这是天意，也是明朝的气运。因此我们大都抱哀郢之痛，不得不作江湖之思，没奈何，而如此，心中也何尝不作杞人之忧呢？你是深知我的，也必能谅我。今日何出此言？实伤我心。"

说罢，又是顿足太息。丽人道：

"小女子怎敢伤我恩师的心？这几天多读了些谢皋的诗，心头怅触，不能自已，所以斗胆在恩师面前胡说八道。凡戡乱治国之计，最好能做得早，做得先，事后补救，必定格外困难了。范仲淹先忧后乐之志，这正是士大夫的好榜样。我深惜今日一班有学问的人，还是不能真切地去实行。也恨我做了女子，出身微贱，有心无力。倘得化身为男子，必要轰轰烈烈地去干他一番呢！"

儒生拍案大声道：

"如是，你说得好不爽快！可以愧煞须眉了！我本赏识你多才多闻，不比寻常裙钗，今日一席话，有几个女子能够说得出？佩服佩服！你真是奇女子了，我要贺你一杯！"

说罢，连忙提起酒壶，斟满了一杯，举起来一口喝完，又在丽人面前倾满了一杯，说道：

"你要干一杯的。"

丽人谢了一声，带笑带喝，也把一杯酒喝下肚去。儒生又代绛子斟了一些，说道：

"你也喝半杯，贺你妹妹。"

绛子笑了一笑，拿起杯子，喝了数口。

前舱伺候的人，初闻舱中拍桌子的声音，一个年纪五十多岁的胖妇人，面上涂粉，额上簪花的，慌忙立起身，向里窥探。见大家面上脸色尚好，正在彼此喝酒，方才放了心。儒生朝外坐的，一眼已瞧见了她，就说道：

"徐大娘添酒。"

徐大娘早走上前，撮着笑脸，说道：

"张相公，静园到了，你们要不要上岸？酒可以少喝一些，恐怕影儿绛儿都要喝醉了。"

儒生点点头道：

"静园已到了吗？我们上岸去走走也好。"

这时候，舟子已点着篙子，渐渐把船靠近岸去。忽听岸边有人在大声嚷着道：

"船上的贵人，将一些酒肉给俺吃喝可好吗？俺今天肚子尚是空空呢！"

声如洪钟，响震耳鼓。儒生和丽人等在舱中，举目向篷窗外看时，只见一个很魁梧的大汉，身穿敝衣，手托铁钵，直挺挺地立在河岸上一株大柳树下。虽然是个吹箫托钵者流，可是容貌生得奇怪，和平常乞儿不同。额上一个很深的刀疤，双目炯炯有神，颔下虬髯如戟，宛比当年的钟进士，射出那如电的目光，向船窗里眈眈地注视着。

第二回　壮士何来

绛子一见这个虬髯大汉，吓得背转了脸，说道：

"哎呀！这个大汉好不令人害怕！"

丽人却很注意地属目于他，船头上的舟子早高声斥道：

"你这乞丐，为什么这般大惊小怪？我们船未停泊，你已向我们来行乞了，快快滚开去！不要恼了我们的张相公。"

大汉见舟子向他呵斥，早变了颜色，双目一睁道：

"俺只向你们借些酒喝喝，又不乞钱，你这船家倚着谁的势力，要求欺侮漂泊天涯的人吗？什么张相公？我倒要见见他。"

说话未毕，一耸身，已跳至舱首，这船一些也不摇晃，这样重而大的身躯，竟轻如无物。舟子还是不知利害，伸手把大汉一推，要想将他推落水中，谁料那大汉的身躯如泰山一般，动也不动。舟子反倒退两步，险些一个倒栽葱翻跌下水。大汉哈哈笑道：

"你休要蜻蜓撼石柱，不识进退，自己讨苦头吃。"

儒生和丽人瞧着，早一齐走出舱来。船上旁人见来了一个顽强的乞丐，还想斥责。丽人早把手向众人摇摇，叫他们休要和这个大汉理论，自己轻移莲步，走过去说道：

"壮士，你到我们船里来做甚？"

那大汉见一个如花如玉的美人儿姗姗地走来，顿时犷悍之气尽敛，立正着说道：

"原来是柳家姑娘，俺因为今天没有酒喝，见此画舫，定是有钱

210

之人出来游春，所以乞些余沥，以润枯喉，并不敢有别的举动。"

丽人听大汉唤她柳家姑娘，不由一怔，便又问道：

"壮士和我素不相识，怎知道我姓柳呢？"

大汉又笑了一笑道：

"你的芳名，在此间上至名公巨卿，下至贩夫走卒，哪个不知？谁人不晓？前数天俺和同伴走在街道上，见姑娘乘舆而过，路旁的人啧啧赞美，所以俺已认识芳容了，幸恕冒昧。"丽人听大汉说话刚直爽快，而能不失礼貌，必是一个草莽英雄，断不能因为他求乞而轻视，自己是怎么样的人，同有沦落天涯之慨呢？所以她微露瓠犀，笑着道：

"原来如此，壮士既要喝酒，我们船中正有不少陈酒，足供壮士一醉。"

大汉道谢一声，又向儒生一揖道：

"这位是张相公吗？请教大名。"

儒生忙答揖道：

"不敢！草字天如。"

大汉又是深深一揖道：

"张天如相公是复社老名士，钦佩得很。今日俺无意中得在此间拜识名士和美人，可称有缘了。"

张天如和丽人听了，心里都不由一动。绛子又在旁微笑道：

"名士，美人，咦！我又听到这说话了，英雄哪里？"

张天如已估料大汉必非常人，忙把他让到中舱去坐，一边吩咐徐大娘等，快快将梨花春佳酿烫上一大壶，再煮两样可口的肴馔给壮士痛饮。那舟子好似豆腐船碰着了石头船，吃了亏，心里十分气恼。徐大娘见自己养女和张天如等殷勤招接一个江湖乞丐，大家心里一半儿奇怪，一半儿懊恼。但有张天如吩咐着，不敢不遵命。张天如和柳氏双姝陪着大汉一同坐下。大汉坐在锦凳上，对面凑巧有面镜子，照见了自己衣服褴褛的状态，微微笑道：

"今日乞丐坐到画舫中来，岂非不伦不类？"

丽人道：

"近闻市上有个铁丐，可就是壮士吗？"

大汉点点头，捋着虬髯，说道：

"俺就是人家呼唤的铁丐，不知大家为什么称我此名？"

张天如笑道：

"铁丐就是硬汉，可见壮士性格的一斑了。"

这时船已傍岸，酒菜亦已送将上来。壮士说了一声叨扰，立刻酌酒畅饮。丽人又向壮士询问道：

"敢问壮士姓名，当蒙见告。"

大汉道：

"俺姓石，单名一个达字，至于俺的身世，实在愧无以告，不如让俺喝酒吧！你们可是要到什么地方去吗？"

张天如道：

"我陪柳家二位姑娘本欲赴静园一游，不料泊舟时巧逢石壮士。"

石达把手向窗外一指道：

"静园已在前面，既是你们要去游玩，不妨请便。俺蒙你们赐给美酒佳肴，感谢不胜，且容俺在此多喝几杯。你们若要陪一个乞丐饮酒，俺是愧不敢当，而又万分不安了。"

张天如听石达说得爽快，遂道：

"很好，我们船上少说些也有十数斤酒带着，我们都是量浅的，请石壮士尽喝便了。"

石达道：

"多谢盛情，你们要游静园的，请便吧！"

绛子起初瞧着大汉害怕，此时反惊喜他爽直之中略有妩媚，只是对着他憨笑。于是张天如留大汉石达在舱中饮酒，他自己携带柳氏姊妹舍舟登陆，到静园去了。静园是垂虹亭畔的名园，地方虽小，而结构非常曲折瑰丽，是诗人倪南云隐居之地。张天如和倪南云也是文字之交，时常诗酒唱酬，所以此次他带着柳氏姊妹去拜访他，兼游静园。柳氏姊妹本为松陵产，自幼孤苦伶仃，身世可怜，做了徐大娘的养女。徐大娘年轻时候也是盛泽镇上名校书，后来年华渐老，身躯日胖，自己不能再应接客人了，便领了柳氏姊妹为养女，抚为己有。长名杨爱，字影怜，次名绛子，至于"如是"两字的芳名，是张天如代她起的。如是、绛子一双姊妹花，虽然红颜薄命，幼弱无依，可是彼此都生得天仙一般的美貌，才子一般的灵心。徐大娘请了名师教她们读书写字，而柳如是的大小楷尤其写得工正而娟秀，更兼歌喉清脆，如好鸟枝头，所以名噪江南。所居归家院，车水马龙，门庭若市。大娘有了这一对摇钱树，怎不喜欢？但是如是的性情孤芳自负，十分高傲，每自矜持，少所许可。来游的都是风雅之辈，大家都知道她的脾气，对她不敢狎视。这也因为如是的才学和容貌足以压倒群芳，人家自然情情愿愿让她三分，而她的妹妹绛子，也和她姊姊一样的聪慧绝人，所以看见她们的人无不称赞。复社名士张天如退隐家园，一见如是，许为天人之姿，天天到她妆阁里来教她们读诗词歌赋，且喜二人举一反三，闻一知二，非常颖悟，进步甚快。一二年来，如是的诗学大进，而且她的记忆力尤强，过目不忘，因此经史也很博通。又能深明大义，读书得间，张天如晚年得此一双女弟子，寄托有人，胸怀怡然，目睹着如是这般倾国佳人，心非木石，安能无动？所谓情之所钟，正如我辈，他心里很想把柳如是纳为小星，无奈自己不是食禄万钟之辈，拿不出十斛明珠以聘，且营金屋以藏娇，只得日造妆阁授书，对此绝顶聪明的女弟子，秀色可以疗饥，这也是张天如的一种痴想。其实柳如是既然自负才貌双全，一旦择人而事，也绝不肯下嫁一个荒江穷巷的老名士，心目中自然另有其人呢！

213

清明节边，春回大地，河上绿波清涟，张天如十分高兴，要携柳氏姊妹一同泛舟清溪，兼游静园，访倪南云。如是不忍过拂恩师的厚意，遂随张天如出游。他们到了静园，恰值倪南云到苏州去了，主人不在，由仆人代为招待。张天如未免扫兴，只得在园中四处走走。柳如是却惦念着舟中饮酒的大汉，频催张天如返舟。张天如遂出资赏了仆人，和柳氏双姝走到回船来，只见石达尚在舱中，箕踞而坐，吃得杯盘狼藉。徐大娘凑在柳如是的耳朵边，低声说道：

　　"你们自己去游园，却留一个奇形怪状的乞丐在船中牛饮，一壶烫好，又是一壶，肚皮好似通海的，足有八九斤酒喝去了。菜早吃完，却向我们要花生米下酒，二斤花生又已吃光，还不肯走，你们留他做什么？我从来没见这般施舍与乞丐的。"

　　如是微微一笑，叫了一声母亲，摇摇手说道：

　　"他这个乞丐与众不同，母亲不要咕哝，我们自会打发他走。"

　　如是说罢，和张天如、绛子等走进中舱。石达见他们回来，放下酒杯，向他们拱拱手道：

　　"你们回来了吗？多谢你们请俺喝酒，俺老实不客气已喝得不少，不敢再行打扰。你们的盛情，俺心感不忘，异日如有机缘，也当报答。俺本是河北人氏，流浪江湖，已历十载，风尘碌碌，知己难逢，人家都把乞丐看待俺，俺想现在一班王公大人，寡廉鲜耻，也是无非在那里乞取富贵，倒不如老老实实地行乞吧！俺的身世，虽欲奉告，也无从说起，少年时也曾与盗跖为伍，只是早已忏悔，放下屠刀，所以弄得囊空如洗了。谅你们不致见笑的吧！"

　　说罢，把壶中剩酒凑在嘴上，咕嘟嘟地喝得罄净，咂着舌道：

　　"好酒好酒，长久没有喝到这种好酒了。"

　　张天如和柳如是方要说话，石达已霍地放下酒壶，将手背在自己嘴上抹抹，说声打扰，又把双手向他们拱拱，大踏步走出舱外，轻轻一跳，已至岸上，甩开大步，飞也似的望车边跑去，一眨眼间，已不见了他魁梧的背影。

柳如是目送他去，不觉咨嗟道：

"古有黄衫虬髯之徒，此人即是流亚了，令人可念。"

张天如也说道：

"好一个草莽英雄，惜乎不得其用呢！"

这时，日影已西，水波映着阳光作金黄色，晚风拂袂，尚觉春寒，一行人遂在夕阳影里鼓棹回到归家院去。

第三回　暴徒惊美

隔了一天，张天如在薄暮时候躬造柳如是妆阁，携着一束锦笺给柳如是看，且说道：

"前天我们畅游垂虹亭，杯酒清谈，使我得山水美人之乐，又遇着那个奇怪的铁丐，如灵石旅次遇虬髯公乘蹇驴而来，不由吟兴飙发。昨在寒舍援笔成数十韵，今天特地携来，谅你也饶诗情，可随意和我数韵也好。"

柳如是展开锦笺，曼声低吟。张天如坐在旁边椅子上，摸着短髭，状若得意。

张天如作的诗一共六十韵，如是一一吟毕，又传给绛子去读。自己喝了一口茶，说道：

"恩师作的都好，游夏莫赞一辞。"

张天如哈哈笑道：

"言之过甚了，如是，你有作吗？"

柳如是遂去书桌抽屉里取出张浣花笺来，双手呈与张天如道：

"请恩师郢政。"

张天如方接过看时，徐大娘早从外边走进房来，把一张素笺递到如是手中。如是一看，说道：

"呀！原来是他请客，难得要我去侑觞，那是必要前往的了。"

张天如见有人征柳如是，连忙放下浣花笺，问道：

"是哪一个？"

柳如是答道：

"就是那个陈卧子，恩师也是认识的。"

张天如一听"陈卧子"三字，不由将手搔搔头道：

"原来是陈卧子，他俊逸不群，是此间的有名人物，你大概要去的了。"

柳如是蠓首微点道：

"我要去的，请恩师在此坐一会儿，教绛子念宋词吧！小女子对不起了。"

张天如很不自然地一笑，说道：

"我知道你要去的，那么你去好了。我在此间教绛子读词，停一会儿再要去访一个朋友呢！"

柳如是也笑了一笑，便到后房去更衣。一会儿，姗姗地走至外边，明珰翠羽，艳装盛服，比较平日更是映丽，真如天仙化人了。柳如是立在一面着衣镜前，顾影自怜。张天如眯着一双近视眼，在旁瞧着，口里低声微吟着，嘤嘤嘤地不知吟些什么。柳如是要紧出外，也不去管他了，又回头说了一声，走到楼下，坐舆而去。

在她步出房门的当儿，张天如瞧着柳如是的背后情影，不由微微叹了一口气，脸上也有些不悦的神气。绛子却已拿着一本柳永的词走到书桌边来了，张天如只得教绛子读词，讲了一些声律。见如是还不回来，而飞笺来招的使者络绎而至。徐大娘知道柳如是在陈卧子那边一定不会早归，所以有些地方便叫绛子去应客，绛子也盛饰而去。

张天如独坐妆阁，百无聊赖，先将如是作的词改过一遍，便取过一张素笺填了一首词，把玉狮坠一起压在案头，留给柳如是回来读的。词中暗寓着一片爱柳的情意，向柳试探芳心何属，因他有些知道柳如是颇有意于陈卧子，恐怕自己年纪较高，家道平常，虽然做了柳如是的老师，可以常亲玉颜，然料美人心里未必系恋在他的身上，故留这词以达私衷，看柳如是归后读了这词，怎么作答？谁知柳如是晚上归来，饱受着一番虚惊呢？

陈卧子是柳如是芳心爱慕的一个，以为是风尘中的名士，颇有意将终身寄托斯人，所以这天陈卧子飞笺相招，是极难得的。她也顾不得张天如，立即前往，筵前侑酒，高歌一曲，在众宾客前极尽周旋的能事，以博陈卧子的欢心，因此待至酒阑席散后始归。

从陈家回到她香巢的路途很长，其间有一段较为冷僻的路。镇上人睡得很早的，除了有少数富人舆马经过外，街道上阴沉沉地，冷静得很。柳如是坐的一肩小轿，是陈卧子不放心她深夜行路，特地接送的。轿后打着灯笼，两个轿夫抬着柳如是匆匆地走，忽然对面来了一众无赖，不知从哪里灌饱了黄汤而来。其中一个别号一条腿赵七的，挺起胸肚，大踏步地走路，带着五六分醉意，口里高哼着俚歌。柳如是的轿子来了，他们也不知避让，轿夫不能跑路，嘴里唤着"轿""轿"，一条腿赵七却站着街心中不动了。轿夫只得说道：

"喂！请你们让让路。"

赵七大声说道：

"你们不好让路的吗？轿中坐的是什么人？待我看一下子。"

恰好前面的一个轿夫名唤快嘴阿二，性急非常，早答道：

"轿里坐的是归家院柳氏姑娘，我们陈家送她归去的，你们快快让开一边吧！"

赵七听说是柳如是，他也早闻芳名的，便说道：

"柳姑娘吗？很好，我们这班人素闻柳姑娘的大名，只没有缘分相见。现在要我们让路，快请柳姑娘出轿，当面唤我三声亲哥哥，便可安然过去，否则莫怪我们无礼！"

轿夫知道这些无赖不易对付，况又酒后更是难惹，地方又是冷冽，一时无人相助，只得停住轿子。柳如是在轿子里早听清楚赵七的说话，又惊又怒，她是烈性的女子，如何受得起这种侮辱？但也知深夜冷巷，和这些无赖有什么道理可讲？所以忍住不出声。谁料赵七走上前来，掀她的轿门窗，对她说道：

"柳姑娘，你听见没有？快叫我三声亲哥哥，让你回去！"

诸无赖又鼓掌附和。柳如是满脸生嗔，说道：

"你这厮好生无礼，何得黄夜拦路？快快退去，否则明天捉将官里去，悔之无及！"

赵七哈哈大笑道：

"我们预备吃官司的，柳姑娘你不要把官来吓人，今夜非叫不可，停轿停轿。"

赵七和诸无赖大声嚷着，喝令轿夫把轿停下。柳如是斥道：

"谁敢侮辱我，有死而已！看国法容得你们吗？轿夫快唤人来。"

快嘴阿二果然喊了一声"救人哪！"背上早着了赵七一拳。但是背后忽然蹿来一条黑影，大声喝道：

"什么事？莫非有人行劫？"

柳如是在轿子内早应声答道：

"有人妄施非礼，请一救援。"

那黑影跑过来，乃是一个魁梧大汉，展开两条铁臂，向诸无赖打去。赵七飞起一脚，想踢大汉的肾囊，早被大汉一手接住，掷仆丈外。诸无赖方才识得厉害，忙扶着赵七鼠窜逃去。柳如是探首出外，认得这大汉就是铁丐石达，欣喜万分，忙叫了一声："石壮士！"石达走过来说道：

"我道是谁？原来是柳姑娘，俺方从吴家坝走回，听得此间喊声，以为盗匪行劫，故来援救，真是巧极了。那些无赖忒煞可恶，但不够俺打的。姑娘莫惊，姑娘从哪里来？"

柳如是遂告诉了他，又向他千恩万谢。石达道：

"夜深了，待俺送你归去吧！"

柳如是又谢了一声，轿夫立刻抬着柳如是赶路。石达跟在后面，有了他在旁边护卫，芳心更无虚怯了。到得柳家门前，石达辞去，柳如是遂坚邀石达明天来此喝酒，谢谢他的援助美意。石达很爽快地答应，甩开大步去了。柳如是回家后，把这事告诉她妹妹和徐大娘知道，都额手称幸。

次日，柳如是梳妆毕，忽见书桌上玉狮坠压着的张天如的一首词，她拿在手里，读了一遍，蛾眉微皱，低低叹道：

"恩师，你的才学我虽然钦佩你，且蒙你的殷殷教诲，使我在学问上日有进步，但要叫我如是来侍奉你的巾栉，这却是难以成功的事，实在我的心里已有陈卧子其人了。他的才华豪放，是我心中所崇拜，孤高的性情尤其为我所重。唉！恩师恩师，只好辜负你的深情了。"

她遂握着柔翰，也作了一首词，暗暗表示自己不能曲徇天如之意，并谢天如钟爱，写得甚是婉转。叫她的假母徐大娘煮了两样菜，和这首词一起送到张天如家里去。

下午，石达来了，柳如是竟把他让到楼上外间客室里，端整了美酒请他吃喝。石达也不客气，大碗地喝。如是坐在一旁陪他谈谈，听他的谈话，很有志气，如是乘机将话激励他一番。石达听了如是的话，一边喝酒，一边环视四周，叹道：

"天生俺一具铜筋铁肋，本应立功万里之外，无奈不逢识者，潦倒穷途，不甘仰面伺人，遁迹丐中，却难得柳姑娘能够知道俺，使俺十分快活。从今以后，俺愿振作精神，为国效力，只要有出路就是了。"

柳如是听着，点点头，心里正在想着一件事，却见徐大娘急匆匆地走上楼来，说道：

"有两位客人来了。"

柳如是正要问是什么人，只听得楼梯声响，那二位客人已走了上来。

第四回　白发红颜

　　柳如是回眸一看，见前面走着的乃是一位二十多岁的少年，生得英俊不凡，原来是昨宵在陈卧子宴会所见的江阴诸生黄毓祺。背后却是一个年近六旬、两鬓斑白的老翁。黄毓祺见了柳如是，便大声嚷着道：

　　"如是如是，你果然是个江陆绝代佳人，今天我特来拜访，且介绍位绝代才子大宗伯和你见见。"

　　一边说，一边指着老翁道：

　　"如是，你道这位老丈是谁？哈哈！他就是虞山钱牧斋尚书，他的名望，他的才华，谅风雅如你，早已饫闻，真是天下何人不识君呢？"

　　柳如是一听"钱牧斋"三字，如雷贯耳，她一向拜读钱牧斋的诗词，十二分地倾服，以为比较她的恩师张天如凌驾而上之，且又知牧斋字谦益，身任户部尚书，又是一位廊庙冢宰，所居虞山红豆山庄，有两株红豆树，可称当今第一高才。私淑其人已久，只恨未见其人，想不到今天他会纡尊降贵，到她妆阁里来的，这又是何等荣幸的事？连忙玉颜含笑，敛衽为礼，且说道：

　　"小女子不知钱尚书和黄公子驾到，有失迎迓，勿罪勿罪！"

　　一边偷瞧，钱牧斋年纪虽老，而精神饱满，威仪棣棣，果然迥不犹俗。钱牧斋也对着柳如是作刘桢平视，频频点头，且带笑说道：

　　"素闻芳名，知为尘世间奇女子，今日相见，果然不虚。"

黄毓祺又笑道：

"尚书，你一向以为今世无阴丽华，今日见柳卿，以为如何？"

钱牧斋拂着手中竹扇说道：

"自有柳卿，人间粉黛无颜色了。"

黄毓祺又对柳如是说道：

"昨晚陈卧子宴客，钱牧斋尚书本在被邀之列，只因他从虞山坐船到此，遇了逆风，当天不能赶到。他渴欲一见芳容，所以陈卧子叫我导引尚书到此，你总该欢迎吧！"

柳如是辗然一笑道：

"难得尚书宠临，增光蓬荜。"

他们说话时，石达却托着大碗喝酒，旁若无人。黄毓祺和钱牧斋见了他，未免有些奇异。柳如是早把二人让至她的妆阁里去坐。徐大娘和侍婢奉上香茗和茶盘，殷勤招接。钱牧斋见如是的香闺华丽之中带着文雅而不俗陋，沿窗书桌上放着文房四宝，左图右史，卷帙琳琅，壁上也悬着好多幅书画立轴和对联，都是名人手笔，复社中人十居七八，不禁又点头说道：

"美具难并，雅绝丽绝，秦淮河边虽多粲者，怎及得此间柳卿呢？"

柳如是听钱牧斋称赞不绝，芳心自然愉悦，陪同坐着清话娓娓。黄毓祺向她问起方才所见的大汉是怎么样人，柳如是把相逢前后的事详细告知。

黄毓祺本是任侠之辈，听了柳如是所述，便道：

"原来他也是一位风尘中的奇士，本不像一般的乞丐啊！我倒要和他去谈谈了。"

说着话，立即走出房去。石达酒已喝得够了，见柳如是忙着款待客人，他本要向徐大娘告辞而去，忽然黄毓祺过来和他招呼，他见黄毓祺相貌不凡，也就留着交谈。二人一谈之下，相见恨晚。黄毓祺许石达是个有肝胆的武士，石达也识得黄毓祺是俊杰之士。黄毓祺便要介绍石达到左良玉将军那边去谋个出路，可以建功立业，遂约石达明天在他旅舍中晤谈，又将自己意思去告诉钱、柳二人。柳如是听了，正中其意，代石达欢喜。石达不欲多坐，反受拘束，遂告别而去。

这晚，钱牧斋便在如是妆阁设宴请客，吩咐徐大娘预备一切。当嘉宾没有莅止时，柳如是取了自己作的许多诗词文章，呈给牧斋等评阅，一本本誊写得非常工整。钱牧斋看了，大为叹赏道：

"谢道韫、李易安以来，要推柳卿可以首屈一指了。"

推敲之下，代她略为点易数字，柳如是尤为佩服。柳如是要求他和数首诗，钱牧斋抚须略思，援笔立就数诗。柳如是读了，拜倒道：

"尚书真是当代李赞皇了。"

亲自献茗。黄毓祺大为赏识柳如是的书法，定要她书一楹联，以为他日纪念。柳如是却之不可，只得命婢磨墨，出纸大书一联，上联是"浅深绿水琴中听"，下联是"远近青山画里看"，写的行书，秀媚可喜。黄毓祺大喜道：

"柳卿多才多艺，须眉勿如。书斋悬此，可以傲视朋侪了。"

遂先把来张在壁上，一会儿，众宾客络绎而至，都是本地的缙绅先生，以及复社中的名士，见了壁上的楹联，无不称誉。张天如也闻信而来，唯有陈卧子不到。柳如是心里未免有些不悦，觉得是一大缺憾。席间有如是姊妹侑觞，即席联吟，檀板金樽，逸兴遄飞。柳如是坐在钱牧斋身旁，白发红颜，相映成趣，众人都为目眙。

柳氏姊妹在行令的当儿，也都当席赋诗。张天如素来倾倒牧斋的，便对钱牧斋带笑说道：

"钱尚书，你看我女弟子的诗作得如何？务请尚书指教！"

钱牧斋莞尔而笑道：

"黄绢幼妇之作，非绝顶聪明者不办。这也是天如兄教诲之功。"

天如很得意地笑道：

"这是她们自己的天才，小弟何功之有？今得尚书一言，如登龙门，声价十倍，还要请尚书惠赐数首诗给她们，以为光宠。"

钱牧斋微微笑道：

"方才已胡乱诌了数首，明天待我再送几首词吧！"

柳如是遂将牧斋写的诗奉给张天如读。天如朗声而吟，击节叹赏道：

"自是李杜手笔，他人为之搁笔了。"

柳氏姊妹又各歌一曲，直饮至夜深人静，酒阑灯炧，方才散席，各赋归去。

次日，牧斋又造如是妆阁，把几首新词给柳如是。柳如是不胜欣谢，陪着钱牧斋谈些古往今来，深佩牧斋经史渊博，有许多启发，是她闻所未闻的。

稍停，黄毓祺又来告诉柳如是，说石达业已由他修了一封书信，交他带去金陵见侯方域，再托侯方域修函，打发石达携书赴武昌，投奔左良玉麾下立功，并赠盘缠二十两。石达已动身，托他转言，不再来辞别了。柳如是听了这消息，心头上放下一事。这晚，又陪着钱、黄二人在妆阁中欢饮，别的客人没有邀请，绛子也出外去侑酒，三个人且饮且谈，各吐胸臆。二更过后，黄毓祺欲归去，钱牧斋对于柳如是一见倾心，懒懒的不肯起身。柳如是心里未尝不觉得，可是她已有陈卧子萦旋怀抱，对钱牧斋只有敬意而尚无爱心。牧斋见柳如是无何表示，知道她是有声价的名妓，自己虽然爱她，若要得到美人的青眼，也不是一朝一夕之事，所以他只得和黄毓祺告别而去，倦倦之意，连徐大娘也看出来了。

徐大娘知道钱牧斋是贵人，和张天如又是不同，她很希望如是可以嫁得一个金龟婿，自己好得到一笔巨资，为养老之计。但柳如是芳心却仍系恋在陈卧子的身上，她虽是堕溷之花，而天生慧质，素重名节，慕斯文，是个很有气骨的女子。钱牧斋到了松陵，迭来两次，诗酒流连，对于她不可谓不情有所钟。钱牧斋的文章又是她素所钦佩的，因此芳心百转，要试试陈卧子对她究竟可有真心与否？遂想出一条滑稽突梯的奇计来，作陈卧子的试金石。

第五回　鸳湖俪影

将近中午的时候，陈卧子送走了一位朋友，在他的小琅环斋书室里，手执一卷，焚香默坐。忽然书童入报，有客求见。陈卧子问：

"是谁？可有名刺？"

书童答道：

"那来访的客人没有名刺，只说是金陵侯方域公子那边介绍来见的。"

陈卧子本性傲慢，不喜接见外人，现闻侯方域所介，遂点点头道：

"请他进来。"

不多时，书童竟领进一个面如冠玉、服装华丽的美少年，向他长揖为礼。陈卧子一见这美少年虽然来得突兀，而容颜依稀似乎在哪里见过的，脑海里一时想不出，便请少年上座。书童献过香茗，陈卧子遂向美少年叩问姓氏。美少年说道：

"在下姓许名幻，素慕吾公大名，故浼侯公子为介，特来拜见。"

陈卧子道：

"可有书信？"

美少年摇摇头道：

"在下和吾公当面一说，可以不落痕迹。"

陈卧子问道：

"有什么事？"

美少年说道：

"吾公为天下名士，当有天下美人为吾公红袖添香，侍奉巾栉。方今柳如是虽为倡优贱畜之人，而知诗达礼，貌美才高，为巾帼中不可多得的女子。她的心里很愿得天下名士而事之，写书与侯公子，所以，侯公子今日托在下便道趋前执柯，不知吾公亦以为柳如是其人可取吗？"

陈卧子一听此话，对美少年脸上相视了一下，又察视美少年腰肢婀娜，绝类闺人，心中有几分明白。暗想：落花有意，流水无情，我已耽禅悦，远避情魔，岂可自堕绮障？不得不辜负伊人一片心了。自己托黄毓祺导引钱牧斋到她妆阁中去相见，本是有意欲成他们姻缘，想不到伊人还是眷眷于我，那么我也不必说破，只要严词拒绝，灰了伊人的心，也就是间接促进钱、柳二人的成功。所以，他脸色一沉，毅然答道：

"柳如是固是天下佳人，蒙侯公子一番雅意，代为蹇修，但鄙人年来学佛心切，屏绝纷华，无意金屋藏娇，只得有负美意，尚乞代鄙人转谢侯公子，并谢如是，勿再以鄙人为念。"

陈卧子末一句说得甚是斩钉截铁。美少年听了，脸上顿时怫然变色，双眉紧锁，又说道：

"吾公此话可真吗？"

陈卧子道：

"岂敢虚言唐突？我心已决，毋烦赘词。"

说罢，双目闭上，下逐客之令了。

此时，美少年冷笑一声道：

"向闻吾公贤名，但不能在风尘中辨识人物，岂得称天下名士？吾目儿盲了！"

说完这话，拂袖而出。一径走至归家院柳如是妆阁里去下儒巾，脱去外衣，竟是美人化身，哪里来的许幻？便是柳如是自己易钗而弁，故意到陈卧子家中去试探真意的。绛子走进房来问道：

"姊姊方才去看陈卧子，他可曾识破你的庐山真面？姊姊试探他，他怎样回答呢？"

柳如是叹了一口气说道：

"陈卧子枉是有名，他不能在风尘中辨识人物，怎配称天下名士呢？徒负我一片深情，真是懊恼。"

绛子道："姊姊何用懊恼？陈卧子这般木强无情，姊姊何必恋恋于他？以姊姊的才貌无双，倾倒你的人何止百数？他日何患不得美郎君而事……"

绛子再要说下去时，柳如是把纤指在她脸上羞着道：

"妹妹年纪轻轻，说什么郎君不郎君？被人听得，岂不要羞煞吗？"

遂将衣巾收拾去。绛子笑了一笑，便到她自己房中去读书。柳如是独自坐着，支颐默想，十分无聊。忽然，钱牧斋又来了，带着几件高贵的物品，赠送与柳如是，亲自将花插在柳如是鬓上，掉着斯文语句道：

"将花比卿，卿美十倍于花。"

遂又取过纸笔，作了四首簪花诗，都是五律，香艳绝伦，声调铿锵。柳如是一时高兴，也作了一诗答谢钱意。钱轻抚她的香肩说道：

"绛仙才调女相如，卿之谓也。"

这天晚上，钱牧斋又在如是妆阁中宴客，众名士都至，只有陈卧子和张天如不到。陈卧子当然不会来的，至于张天如是因见钱牧斋颇有眷怜柳意，而柳如是前日答复他的一诗，明明是流水无情，意兴十分阑珊，所以他也托病不来了。

钱牧斋在松陵流连六日，差不多天天在柳如是处，朋侪中也都知道其意，颇欲玉成此事，只不知如是心中怎样，可要嫌牧斋年老？牧斋临去时，柳如是坚约后期。钱牧斋答以三月。

他归到虞山红豆山庄后，便将自己多年宝藏的两颗红豆，用锦盒贮着，又作了十首《红豆》诗，特遣专足送至松陵，表示他爱慕之意。柳如是接到后，也将她自己一块锦帕，题了一首诗，送给牧斋，并修书论文。所以，牧斋和柳如是常有诗束往来。

柳如是是好名慕才的人，她既不欲嫁张天如，对于陈卧子亲自试探，碰了一次壁，几乎很使她意冷心灰，恰巧遇见名重大江南北的钱牧斋，待她一片深情，十分诚挚。所作的诗词，班香宋艳，鲍俊庾清，非君子所可颉颃，足称骚坛祭酒，所以，她的芳心不能无动了。经过一个相慕相爱的时期，有情人终成眷属，柳如是毕竟许嫁钱牧斋了。

牧斋曾为她作有《美生南国》一百韵，可谓呕尽长吉心血，博得美人垂青。如是肯嫁牧斋，一则倾慕牧斋才华和名望，二则为和陈卧子怄口气，自己非名士不嫁的。牧斋的才名只在陈之上，而不在陈之下，也给陈卧子看看。所以她尝对她的妹妹绛子说道：

"隆准公即未复绝古今，亦一代颠倒英雄手。余子碌碌，怎能望其项背？"

遂也不嫌牧斋的年老了。徐大娘本是欢迎钱尚书的，力促其成。牧斋不惜阿堵物，量珠以聘，方才如愿而偿。

这一天，在鸯湖舟中行结褵之礼，许多名公巨卿、才人淑女，闻得这个喜讯，都来道贺。天气晴朗，鸳湖中画舫如云，箫鼓喧阗，宾朋杂沓，齐牢合卺，礼仪具备，可以说得十分盛美，韵事传播在鸳湖虞山之间。这时候，牧斋年已六旬，须发全白，而柳如是盛鬓堆鸦，凝脂竞艳，当时遂有"一树梨花压海棠"的谐谣。

钱牧斋娶了如是，一同回归虞山，乡里中竟有轻薄子弟，乘他们彩舆行过的时候，向他们的彩舆之前投掷石块。牧斋也不理会，回至山庄，吮毫赋合欢诗四章，以为他日的纪念，遂称柳如是为河东君，家人都唤柳夫人，把柳如是看待得十分敬重，非常小星可比。牧斋又在北山之麓建筑起一座五开间的珠楼，题名为"绛云"，取真诰绛云仙姥下降的意思，将柳如是比为天上仙子，双成再生。在那绛云楼上，满贮着牙签玉轴，万卷琳琅。二人朝夕晤对，校雠许多异书古本，往往钱牧斋要搜检某一卷考证，柳如是能够在数万卷书中某书某卷随手抽来，百不失一，足见柳如是记忆力的强了。四方名士纷至沓来，绛云楼中每多佳客。有时，牧斋懒得出见，柳如是便出来代他酬应，时或貂冠锦靴，时或羽衣霞帔，风流倜傥，在男子中也是罕有，何况巾帼呢？并且她胸罗万卷，博通古今，所以和客人对答时，清辩滔滔，应对无穷，座客无不为之倾倒。艳史佳话，流传得很多，虞山人一提起"河东君"三字，人人称善，大家知道她是个奇女子。

第六回　言犹在耳

钱牧斋在温柔乡中，当然是优哉游哉，聊以卒岁。可是中原鼎沸，天下大乱，闯贼祸国，清兵入关，明朝正在危急存亡的当儿，福王由崧虽经一班人把他在南京拥立起来，而大厦将倾，一木难扶，其势如风雨飘摇，不可终日。况朝臣中又有马士英、阮大铖之流，昏庸误国，陷害忠良，史可法督师邗上，勉力支撑，终不能肃清君侧，一心对外。钱牧斋此时虽然供职金陵，而给马士英等笼络在一起，诗酒流连，酣歌恒舞，却已有了暮气，对于君国大事，反而淡漠，不能奋起。柳如是却常在牧斋耳边絮聒，要他正色立朝，不阿权奸。牧斋虽善其言而不能用，所以在群臣中间毫无什么政绩建树，常常回至虞山，和柳如是咏花吟柳，偏多闲情逸趣，柳如是便有些不耐。

那时，柳如是已有一女了，她尽心抚养女儿，教她读书写字，渐渐清兵南下，局势一天天不好起来，江左一隅，岌岌难保。柳如是独坐深闺，听到外面所传不祥的消息，芳心非常隐忧，寂寞寡欢，想起以前在垂虹亭畔，泛舟探胜，归家院头，吟诗赏月，种种的欢娱情景，前尘如梦，回首不堪。老师张天如已于数年前委化，自己曾送了百两赙仪。而自己的妹妹绛子，誓不嫁人，日诵《楞严》《金刚》诸经，皈依禅悦。有时布袍竹杖，游山玩水，隐居不出，始终没有到过虞山来。亲如姊妹，也作劳燕分飞，不能晤面，岂不更增人家感叹吗？

这天，钱牧斋忽又从金陵回家来慰问如是，见她一人独坐楼头，便带笑说道：

"卿独在闺中，得勿有思妇楼头之感吗？"

柳如是微叹道：

"我倒没有这种愁思，所忧的国势日危，清兵南来，江南诸郡县都有朝夕难保之势呢！"

钱牧斋坐在柳如是身旁，托着茶杯，刚喝得一口，接着说道：

"金陵的形势果然十分危急，恐怕史公在江都，虽然誓死力抗，终不能御清兵方盛之师。朝廷诸臣也有主降的，所以我们很为杞忧。"

柳如是道：

"我有一句话要问相公，假若清兵渡江，金陵沦陷，那么你将作何准备？要不要做母狗？"

钱牧斋不由一怔道：

"什么母狗不母狗？我倒不明白。请卿有以语我。"

柳如是笑了一笑道：

"我也是听来的。据说以前有个塾师教一个学生读《礼记·曲礼》，把'临财毋苟得，临难毋苟免'两句念作'临财母苟得，临难母苟免'。有人在旁听了，问作何解，塾师又把苟字解作狗，就说：'临财时母狗去得，临难时母狗独免。'听的人笑道说：'那么世间最便宜的是母狗了。'"

钱牧斋正喝得一口茶，听了如是这样说，不由扑哧一声笑，喷得他自己身上都是茶。柳如是忙拿了一块干净的手帕代他去拂拭。钱牧斋又道：

"这是人家有意造出来的笑话，说笑一班教别字的塾师的。"

柳如是道：

"恐怕不是吧！照我看来，这是讽刺一班朝廷官吏的。现在的士大夫倒不少这种人呢！所以我敢问相公，要不要做母狗了，你不以

231

我言为忤吗?"

钱牧斋摇摇头道:

"我哪里愿做母狗?见危授命,见得思义,我是服膺圣人之言的。"

柳如是点点头道:

"如此说来,社稷倘然倾覆,你是准备一死殉国的了?"

钱牧斋道:

"当然如此,设有不幸,我这条老命也不要了。文文山就是我的好榜样,所恶有甚于死者,故不为苟免也。柳卿柳卿,那时我也顾不得你了。"

说着,把手中茶杯向桌上重重一放,又叹了一口气。柳如是将纤手握着牧斋的手道:

"相公果能如此,妾之幸也!到那时候我也一死以殉,相随地下,五帝之圣而死,三王之仁而死,贲育之勇而死,世人哪一个没有死?不过死有重于泰山,有轻于鸿毛,全在吾人自择。遗臭万年,怎及到流芳百世?老死牖下,怎及得醉卧沙场呢?也不愧了大明二百数十年来养士之恩。"

钱牧斋听了柳如是这几句话,便对她玉颜端详一下,只见她面上笼罩着一重严霜,凛然若不可犯。不由暗暗佩服,遂又说道:

"卿能这样明勖励我,这是我之幸也。大难临头时,我必一死殉国,只不忍你花一般的貌,玉一般的质,玲珑剔透的心肝和我同逝罢了。"

柳如是道:

"我已决定了,你又何必代我惋惜?所谓求仁而得仁,又何怨焉?疾风知劲草,板荡识忠臣,到了这个时候,真是一块大好的试金石,忠奸贤不肖之分,人禽之判,便在这个关头。如洪承畴、吴三桂之徒,背叛求荣,倒行逆施,恐怕江南诸将吏难免不有降志辱身、为虎作伥的。近来我静观相公的志气消沉了好多,所以今日乘

232

你回来之时，把话提醒你，千万不要摇惑了心志，后悔无及。现在相公果能浩然有不屈之志，时穷乃见节义，留得正气于千古，也使后世人赞叹柳如是的慧眼尚能识人，虽死犹荣，这是我的大幸了。"

钱牧斋握着她的柔荑道：

"你放心吧，我绝不会辜负你的心就是了。这几天心中沉闷得很，亟欲和你对饮数杯，以浇块垒。"

柳如是方才展颜一笑道：

"我有斗酒，藏之久矣，今天我闻相公之言，激昂动人，私心甚快，当陪相公痛饮数杯。一旦胡骑南下，河山变色，恐欲求欢乐而不可得呢！"

遂去吩咐侍婢煎煮几样肴馔，自己从食橱里取来一瓶玫瑰佳酿，用两只细瓷小杯斟满了，陪着牧斋，面对面地坐下，举杯欢饮。牧斋心里却觉得有些异样，似乎不知所可，只顾把酒来喝，竟喝得酩酊大醉，不省一切，柳如是扶了他去睡。娟娟明月，从纱窗上映入房中，照见闺房里幽美的情景，罗帐低垂，鸳衾轻覆，铜漏夜滴，银檠穗急。却不料江南景色虽好，而邗上风云已急，言犹在耳，而斯盟已忘呢！

第七回　池水春寒

虎踞龙盘的石头城下，布满了腥风血雨，杀气战云。清兵破了扬城，史公殉国，明军瓦解。长江上面艨艟旌旗，都是清兵，虽有天堑，也难拦阻，可谓金陵王气黯然收了。

弘光帝已弃城而走，遁往芜湖，大小官吏逃遁的逃遁，投降的投降，许多难民扶老携幼，纷纷乱窜，平日笙歌鼎沸的秦淮河，也满罩着死气，珠帘绣闱间不见玉人，只睹鬼影了。

此时，钱牧斋早已乘隙溜回虞山，对柳如是说道：

"国家不幸而倾覆，我唯有一死报国了。其奈卿何？"

柳如是很镇定地说道：

"我早已准备身殉，一切都不顾了，相公何必慌张？"

钱牧斋叹了一口气，将身坐在椅子里，好似瘫痪了半截，站不起来。柳如是道：

"京师已陷，守土者都四处遁逃，这是最可耻的事，唯有史公可法力抗胡虏，殉国扬州，留得天地正气。我等计无复之，当然只有追随史公后尘，舍生取义了。"

钱牧斋点点头道：

"也只得这样做便了，容得与卿痛饮三日，然后随先皇帝于地下。"

柳如是心里暗想：你不能在南京死，却一溜烟地跑回家来，这已有后顾了，回家后又不能与家人诀别、尽忠报国，还要痛饮三天，然后殉节，为什么这样迟迟作态呢？所以，已有些不以为然。但因伉俪间以前情爱甚笃，也许他对了我未免英雄气短，儿女情深，一时难以舍却。楚霸王垓下之歌，也有"虞兮虞兮奈若何"之句，他虽非重瞳英武之流，亦难毅然死国，只好原谅他些了。所以，在这三天之中，牧斋躲在红豆山庄里，夜夜和柳如是相对痛饮醇酒，醉则高歌一阕，钱歌多奈之何哉的情调，而柳歌则颇有视死如归的意气。日间柳如是助着牧斋办理身后事务，教训儿女，隐居不出，毋以父母为念，所以家中人都知道尚书要殉国了。但在第三天的早晨，本邑知县忽然亲来拜见牧斋，如是初意不欲延见，而牧斋却吩咐下人许见，他到书斋里去和知县谈了好多时候，知县方才告别而去。柳如是问牧斋，知县来见有何事商议？牧斋道：

"他无非来问问我，倘然清兵来时，怎样对付，可以不致糜烂地方？"

柳如是道：

"相公对他怎样说呢？"

钱牧斋道：

"他是个小官，若要顾全地方，只好随机应变，不比我是有名望的人，不得不死。"

柳如是冷笑一声道：

"相公，你说这话错了，当然朝廷公卿负治乱之责的，在国家覆亡的当儿，应该一死以全忠贞，但死于国事，不仅限在大臣，也不论有名望与否。古时很不乏贩夫走卒之流，为国不屈而死，而公卿大夫，反多腆而降的。知县官虽然卑小，也是百里的小诸侯，你何不回答他'守土有责'四个字呢？"

牧斋默然无语。柳如是瞧牧斋神情又有些萎乏不振了，暗想：古今最易的是死，最难的也是死，全在方寸一念之中。一个人到了紧急的当儿，踏死不顾，咬着牙关一死，也就完了。若是逡巡退缩，便缺乏了勇气，到底不能死，而要变换心志了。好在三天的日期已

235

尽于此，明日清晨我就催促他快快一死吧，不要终于堕了名节，连自己也蒙耻辱。柳如是这样一想，也就不再和牧斋絮烦。这时候，清兵已下南京，弘光帝在芜湖遇害，以及总兵黄得功战死的消息，纷至沓来。虞山一邑，变得风声鹤唳，草木皆兵。因恐清兵即将到临，扬州的屠戮是令一班人很害怕的，也有些缙绅先生以为明社已屋，天意在清，大家应该投降新朝为顺民的，都到红豆山庄来刺探钱牧斋的态度。见钱牧斋尚无动静，纷纷猜测。

这晚，牧斋仍和柳如是对饮闺中，左顾右瞻，黯然寡言，不似前两天的悲歌了。柳如是到了翌日的清晨，一早起身，催促牧斋下床。牧斋懒懒地披衣起身，盥沐毕，时候已近巳时了。柳如是也是盛妆华服，预备和牧斋双双饮鸩自尽。牧斋对如是说道：

"喝了鸩酒，毒性发作时，死得甚惨，不如投缳的好。"

如是道：

"相公既要悬梁，妾当相从。"

遂去预备两条白绫安放在桌上。此时，柳如是心里也难过得很，强自将珠泪忍住，不使流出眼眶来。心上却如有乱刀攒刺，因恐自己一哭，更要使牧斋短气而死不成了。牧斋也穿着朝衣朝冠，坐在椅子里，对着桌上的白绫呆呆出神，面色惨白。

柳如是将房门轻轻掩上，勉强带笑，对牧斋说道：

"我与你悬在床上也好，生则同衾，死则同穴，也使你在泉台之下，不致寂寞吧！"

牧斋又道：

"梁上自缢，舌必伸吐，这也是十分难受的。我想起后面花园里有个池塘，不如投身清流，表示节操的清高。"

如是见牧斋这样不好，那样不好，心里很是不快，遂道：

"相公既已决心死节，饮鸩也好，悬梁也好，投池也好，我们就去投池。"

遂去吩咐下人在大厅上摆设香案，在陪牧斋去焚香叩头，拜辞了先祖，拜了先皇帝，然后从容殉节。一会儿，下人来报，香案已设，请下楼跪拜。柳如是遂走至牧斋身边将纤手去扶他，说道：

"从容就义，还我清白。今天是我们成仁之日，请相公勿再犹豫。"

钱牧斋道：

"只是我还有一件事未了呢！"

柳如是不由一怔道：

"相公有什么事未了？"

牧斋道：

"平生所作诗文不可谓不多，前者和你校对整理了一大半，尚有新作未及增入，我死之后，子孙可为我镂版，留传后世，所谓马死死骨，人死留名。可惜还有些未曾竣事，最好也把它办好了，吾心方安。"

柳如是一听这话，说声哎哟，又道：

"这是什么时候，还有心思去整理丛残吗？真有价值的文章宛如金石，虽然暂时埋没，而它的光彩绝不会掩没，终有人发现而传布出来的。苏东坡代苏舜钦作序，也曾如此论及，而况文以人传？假使相公殉国而后，你的大名可留宇宙，还怕这些文章不传于世吗？何必鳃鳃过虑及此？否则秦桧、严嵩的文章何以不为世人所重，而流人间呢？现在相公已决定一死，更要恋恋不忘到这个事情，难道相公的死志到今日还不决吗？前几天我听人说某地有两个士人，也因不愿为他人奴，相约同死。到那日某士人去约他的朋友同死，但他的朋友说，后边猪圈里豢养着的许多猪尚未上食，恐怕饿死了不能卖钱，所以请某士人稍待等他去喂了猪，然后同去赴难。某士人听他朋友这样一说，便知他朋友死不成了，立即拂袖而去。相公你不要生嗔，你今日若还要恋恋于诗文集时，那么又何异于士人喂猪呢？"

柳如是说了这话，双眉紧锁，更露出不快活的样子。钱牧斋徐徐立起身来，说道：

"卿言未尝不是，我就和你去殉国吧！"

柳如是遂和钱牧斋一同走下楼来。牧斋的嗣子和女儿以及众家人都在一旁伺候，莫不含着眼泪。钱牧斋、柳如是心里各有非常的难过，先至香前亲自拈香，拜过先皇帝，又祭拜自己的祖先毕，牧斋嗣子和女儿都来向牧斋和如是叩头。牧斋的亲族尚未知晓，所以只有家中几个人。如是的女儿不由哀哀哭泣，众人都哭起来。牧斋凄然无语，柳如是却紧摇双手，止住众人的哭泣，且说道：

"这虽是悲伤而实非悲伤的事。人生莫不有死，我们以身殉国，生为忠臣，死为上鬼，你们应该喜欢，何必悲泣？只要你们以后好好做人，不要辱没了父母、玷污了自己，我们虽在九泉，也是瞑目的。万一大明气数未尽，东南数省起了勤王之师，将来能够逐退胡虏，还我河山，那么'王师北定中原日，家祭无忘告乃翁'。陆放翁的诗可以为我们一诵，更是你们的幸，而我们在地下也要距跃三百、曲诵三百了，你们又何必哭泣呢？徒乱人心，这是儿女子态，万万不可有的。"

柳如是说毕，众人果然不敢哭了，于是柳如是携着牧斋的手，走向后花园去。众人遥遥地随在后面，不敢声张。牧斋穿了朝衣朝冠，踱着方步，只是嗟叹。

这时，正在暮春，天色已暖，园中柳绿花红，景色鲜艳，花架上的荼蘼已是开放了，乳燕在嫩嫩的柳丝中穿梭般地来来去去，黄莺也在枝上娇啼。牧斋不觉叹道：

"大好春光，伤心人对之触目惊心，怎有闲情地玩赏？杜甫所谓'国破山河在，城春草木深'，虞山一片土，安能长保干净呢？"

柳如是在旁说道：

"我们所以不愿生在龌龊世界中，一死反而干净了。"

牧斋又叹了一口气，绕着荔枝小径走去。在一座小轩之前，有几棵李树，堆着一座玲珑的假山，假山之下正有一泓清泉，池水很是浅澈，也有几条游鱼在水面喋喋，四围绕以白石之栏。以前牧斋尝和如是在池边飞觞醉月，斗草吟诗的，想不到今日要毕命于此，能无感慨？

牧斋走到池边立定了，四下瞧瞧。只听西边树下吱的一声叫，二人回头一看，原来是自己家中养着的一头狸奴，正蹲在那边捕鸟，凑巧有一小麻雀飞下地来觅食，它扑上去抓住了，就往口里送，这样，那小麻雀惨叫一声，小小生命就断送在凶残者的口里了。钱牧斋心里又是一动。如是在旁说道：

"相公，我们今日为国殉身，他时名垂竹帛，自有其不朽者在，请相公安心下池，妾当相从。"

牧斋又一握如是的柔荑，颤着声音说道：

"我今与卿同归地下了，愿泉台之乐，无异于生。"

说罢，遂一手抠衣，走下池去。柳如是此时含着一包眼泪，紧视着牧斋，见牧斋左脚踏入水中，连忙缩了起来，口里喊着一声："哎哟!"柳如是忙上前问道：

"相公为何惊呼？难道还有什么事情放不下吗？"

牧斋摇摇头道：

"不是的。我觉这池水太寒，冷入骨髓，使人当不起。"

柳如是一听这话，不由喊道：

"哎哟!相公既拼一死，还怕什么寒不寒？况且风日晴和，春江水暖，池水何致一寒如此？你究竟要不要殉国？"

如是说着这话，玉颜上又罩着一重严霜。牧斋默然不答，立在池石上，低倒了头，一阵风来，把他头上戴的朝冠吹落池中。牧斋嗫嚅而言道：

"我不想效三闾大夫，却想做夏遗臣靡。今天不必死，请俟异日。"

如是听牧斋如此说，她完全绝望了，回身一走。牧斋也就一步步走上来，如战败公鸡一般，秃着头发，走回楼上去，一只脚却湿淋淋的都是水了。家人在旁瞧着，都不明白这是怎么一回事，但瞧见了钱牧斋这般狼狈形状，都在背后窃笑。牧斋步进房中，气喘吁吁地便往椅子里一坐，鞋袜下裳虽都湿了也不顾。如是坐在妆台边，桃靥气得发青，指着牧斋说道：

"我不该说你是个银样镴枪头，怎么闹了三天的死，临到末了，却又死不成？你前日说的话，是否由衷？可是哄骗三岁小孩子吗？你为什么不死？这样大的年纪，还有所顾惜吗？"

牧斋道：

"夫人不要见责，我当然要死的，但想何必着急，一则金陵虽陷，清兵起义，别立鲁王，效少康之中兴，南宋之半壁。留着这个身体，也许将来自有用处，务要请你鉴谅我的苦心。"

柳如是蛾眉一竖道：

"啐！有什么苦心？你无非怕死罢了，否则何必这样迟迟作态？我知道你暮气已深，心志动摇，怎能及得文文山、史阁部于万一呢？枉恐你是一代尚书，骚坛祭酒，却是个偷生怕死的伧夫！明礼义者尚且如此，其他则又何说？哼！你真是母狗了。往日的话都不足信，既然你怕死，那么又何必哄人呢？"

柳如是从来没有对牧斋发过怒的，今日可谓盛怒之下了。牧斋听她侃侃而道，理直气壮，断非自己遁辞所可对付，只好让她责备，耐着性子忍受。此时的牧斋，大有唾面待干的风度了。如是又接着说道：

"我也并非狠心肠，逼你一同去死，只因义有所不得不死，所以不欲苟活。忍辱含垢而生，何如扬烈激忠而死？古人所以有'宁为袁粲死，不作褚渊生'的谣。今日你倘一死，自能名垂竹帛，假若偷生人间，那么将来的事，波谲云诡，不可说，也不忍说了。我要你死，就是爱你。你该明白春秋大义的，为何今日这样畏葸如庸人？怎不使我失望至于极点呢？"

如是说到这里，却把罗巾去拭着眼泪，她此时真是忍不住要哭了。牧斋露出一副尴尬面孔，立起身来，走至柳如是面前，连连作揖道：

"如是如是，你切莫伤心，我很惭愧，辜负你一片好心。但我终欲得当以报国家，万一不成，以死继之，你千万要鉴谅我的，徒死无益，并非是我怕死。"

柳如是恨恨地说道："明明是怕死，还要说什么不怕死，现在尚不能死，将来更岂能死？从今以后，我终不相信你的话了。唉！柳如是无负于你，而你却大有负于我了。"

牧斋只是作揖，且说道：

"卿且稍缓，我绝不负你的，我也感谢你的好意。"

柳如是把蠢首背转了，一声儿也不响，并不理睬。牧斋好生没趣，自去将朝衣脱下，换去湿履，于是他不想死了。但是，这件事却已传播出去，给人当作笑柄。

次日，常熟县和几个本地有名的绅士又来谒见钱牧斋，牧斋欢欢喜喜地把他们招待到内书房中作谈。柳如是估料必非好事，所以她又蹑足走至壁后窃听。

原来，他们都自命为识时务的俊彦，以为明朝国祚已尽，天命已改，无可挽回。清兵势盛，一定能得天下，早有许多明朝的文臣武将投降在地边。常熟县的表亲翁某，便在洪承畴府里，洪承畴命他写信前来，劝导常熟县早日归顺清朝，并劝武进县一同投降。因常熟县和武进县是儿女亲家，关系密切，可以诱致。常熟县口口声声劝牧斋早日表明态度，向清廷投降，使清廷欢喜，不失将来的富贵。几个绅士也在旁劝说，力言尚书为江南人望，领袖群士，清廷一向闻名。摄政王又是好贤下士之辈，前曾有书劝史公可法归降，无奈史公执迷不悟，螳臂当车，以至身殉扬城，害了扬城数十万生命遭受刀兵之劫。尚书倘能弃暗投明，择主而事，怕不能和洪承畴经略一样地享受富贵荣华吗？柳如是在壁后听了这些人的说话，芳心如林，要想走进去痛斥他们一番。又听牧斋回答他们的话，都是模棱两可之语，意思很愿效学洪承畴了。

此时，柳如是再也忍耐不住，她本是个倜傥不羁的女子，平日常常接见名公巨卿的，区区常熟县更不在她的心上，所以她一整衣裙，竟姗姗地走至内书房，掀帘而入。钱牧斋一见如是出来，心头卜的一跳，只得说道：

"夫人来了吗？"

常熟县和绅士们也一齐立起身来，向她作揖，口称柳夫人。如是敛衽为礼，一一请他们坐了，自己也在下首一张椅子里坐定。大家当了柳如是的面，却不便再谈这话。柳如是强笑问道：

"邑宰这几天一再光临，不识和尚书谈些什么重要之事？"

常熟县还未作答，牧斋早抢着说道：

"我们无非谈些国家的事罢了，一方面要求地方安宁，一方面要求克尽臣节。"

柳如是道：

"那么你们将怎样办呢？"

常熟县却说道：

"我等尚没有良好的办法，要请柳夫人见教。"

柳如是故意说道：

"事已如此，有什么两全的办法呢？若然要克尽臣节的，预备着一死，便无大难，若是要顾全地方以及一己身家性命的，那么上表投降，甘心供人家的驱使而已。古人云，畏首畏尾，身其余几，降不降，死不死，两言而决，何用多多讨论？三思而后行，圣人所戒，疑者事之害也，何用逡巡却顾？"

常熟县道：

"便是为了不忍使地方生灵涂炭起见，所以要和尚书熟商。至于某等一己的性命，尚是小事。"

柳如是道：

"原来你们诸位都是仁人君子，怀着好心好意，要保全地方，那

242

么你们既不能挥戈奋起，只有投降清廷了。"

常熟县不知这话是柳如是故意说的，立刻点点头，带笑说道：

"柳夫人说得非常明达了，我等之意也是如此。况且洪经略来信也劝我们首先归降，尚书名望是清廷素来看重的，倘然……"

常熟县的话没说毕，柳如是早已不耐，拦着说道：

"洪经略是什么人？"

一个绅士早接口说道：

"就是我们的经略使洪公承畴，名满天下。柳夫人难道忘记了吗？"

柳如是道：

"什么我们他们？姓洪的究竟是清朝的官呢，还是明朝的官？"

绅士给她这么一问，不由呆住了。钱牧斋带笑说道：

"夫人，你不要故意说笑。洪承畴的大名岂有不知之理？"

柳如是冷笑一声道：

"我只知道明朝的洪承畴是早已死国了。崇祯先皇帝不是亲行御祭过的吗？怎么又有一个洪承畴呢？这当然是清朝的洪承畴，我不认识他。"

众人听了这几句话，顿时默然无语。柳如是也严正着玉容说道：

"孟子《鱼与熊掌》章，谅你们都读过的。天下事绝无两全，你们若不能舍生取义，自然只有屈节投降，然而一个人生在世间，究竟是哪样重要呢？圣人之言，岂欺我哉？腆颜为人奴而生，何如一死以明心志、留正气于天下？所为不义而富贵，于我如浮云，何况再加上'不忠'两字。这得来的富贵终不可持，赵孟之所贵，赵孟能贱之。你虽想效忠于他们，为他们立功，然而他们仍对你怀疑，不过一时利用，等到鸟尽兔死的时候，废黜的废黜，诛戮的诛戮，也有什么好结果呢！只落得受人唾骂，悔之无及。何况邑宰是民之父母，理该以身作则，坚持到底，守土有责，不容退缩。所谓其济，则君之灵也，不济则以死继之，这期间没有徘徊的余地。尚书食君

243

之禄，理当忠君之事，万一清兵到临，唯有一死报国。你们休用不义之言来在尚书耳畔絮聒，不忠不义之人是投畀豺虎，豺虎不食的。你们枉是读了诗书，难道胸中的见解不及一个弱女子吗?"

柳如是说话时声色俱厉，凛若冰霜，常熟县和绅士们被如是斥责一番，各自羞惭满面，无语可答，一个个告辞而去。柳如是又劝牧斋不可轻信不义之言，她虽然不满牧斋所为，还要把正言去劝醒他，休叫牧斋陷于不义。这是她的苦口婆心，切望于牧斋的，不愿牧斋被群小包围，失身于清朝。牧斋一死不成，要等待着将来，然而将来又怎样呢? 徒然辜负一片美人心而已。

第八回　不速之客

　　世间的人忠奸贤不肖，本来是要盖棺论定的，谁也料不到后来的事，就是因为庸凡之资，心志游移，往往到了紧要关头，把握不住，孟子所说"向为身死而不受，今为宫室之美为之……"又说："此之谓失其本心。"人若失去了本心，日暮途穷，倒行逆施，一切寡廉鲜耻、不忠不义的事都要做了。

　　钱牧斋是一代文人，廊庙冢宰，不能扶危支倾，已是有负于国。假若当时听了柳夫人的话，一死殉节，虽不能和史可法、张煌言等并驾齐驱，而亦无忝臣节，留得芳名了。只因他没有决心，逡巡退缩，非但死不成，而又在清兵奠定江南、徇行郡县之时，他竟忘记了以前和柳如是说的誓言，竟被一班利禄熏心之徒包围左右，而和他们一同签字在降表上，作谯周第二了。牧斋这般行为，他的身家性命固可保全，而他的气节堕地，一失足成千古恨，虽以长江清流，洗濯不得的了。把一个忠贞节烈、饶有丈夫气概的柳如是气得花容憔悴，芳心抑郁，卧倒在床上，恹恹成病。她为了牧斋的失节，几次三番和他怄气，然而已是没用了，叫她如何不要气死呢？一病数月，万念俱灰。在病中时候，牧斋朝夕陪伴她，亲自料理汤药，且用许多好话殷殷勤勤地安慰她，献媚她，可说衣不解带，目不交睫，做人子的侍奉父母也不过如此了。柳如是虽然怨恨他，但见他以年逾六旬之人，而这样劳神疲体地看护自己，心里也有些不忍，便请牧斋好好节劳，不要过于辛苦。牧斋仍是一心一意，侍奉维谨。

后来，柳如是玉体恢复健康后，对于牧斋在外的事一概不管，每日在闺中静坐学佛，诗词也懒做，笔砚久疏，更无以前唱玉联珠、倚楼击钵的清举雅怀了。

无聊的岁月过得很快，这时，江南遍地都是顺民，故国的旗帜不见只影，清朝的贵人到处扬威，虞山一邑早已投在爱新觉罗氏的怀抱里。江阴血战，嘉定屠城，这些惨剧才过去了，牧斋的心志早已动摇，自然难免不被一班宵小包围，而和他们同流合污，不惜屈膝事清了。

牧斋受了清朝的官职，虽仍在尚书之列，而清廷不过行的一种笼络政策，并不对他重视，只因他究竟是一个文人，没有什么效忠的政绩，不及其他一班官吏的得宠，常告假在家。柳如是书空咄咄，徒唤奈何。她究竟是一个弱女子，怎敌得过这汹涌狂澜呢？

有一天，牧斋赴南京去了，她独坐在楼上，十分无聊，偶取得一本庾子山的诗集，吟了数首，故国之思又跃跃欲动。忽见小婢来报：

"外面来了一个大汉，欲见柳夫人，自称有要事面谈。"

柳如是不知是谁，恐为歹类，所以对小婢说道：

"主人又不在家，他是远客，见我做甚？你们为何轻易通报？你可去说我有些不适，不能延见就是了。"

小婢唯唯而去，一会儿又跑上楼来，满面通红，禀告道：

"小婢奉柳夫人命，照样回答他，但那大汉一定要见柳夫人。他赖着不肯走，且说若不通报，他自己要闯入妆阁来了。他的神气很是粗野，特地来再请柳夫人的示。"

柳如是眉头一皱，道：

"此间竟有这种不速客吗？你们何不问明他的姓名？"

小婢道：

"我们问过他的，他的名字不肯直说，似乎道出姓'石'来。

柳如是一听那不速之客姓石，不觉心里突然触动旧事，遂点点

246

头道：

"那人为何这样缠绕不清？我只得去一见他了，你们可先引导他到内书房中去坐，好好款待。"

小婢诺诺答应，走下楼去了。柳如是放下书卷，立起娇躯，换了一件外衣，娉娉婷婷地下楼，走至内书房外。早见男女仆人有好几个都站在那边伺候，柳如是一摆手道：

"不用多人侍立，只须小婢碧桃在此，余可退去，静候呼唤。"

众家人答应退去，柳如是掀帏而入，见炕床上正踞坐着一个虬髯大汉，托着一杯茶尽喝。不是昔年垂虹亭畔所遇的石达，还有谁呢？形容虽无大更，而风尘满面，一种不得志的景况可以概见。石达一见柳如是，连忙把茶杯放下，跳起身来，向她作揖道：

"柳夫人别来无恙，可还认得当年铁丐吗?"

柳如是微笑道：

"怎么不认识壮士呢？多年不见，时时忆念，不知壮士一向在哪里？从何而来？且请会了见告。"

石达谢了一声，仍在炕床上侧身坐下，柳如是却坐在旁边一个锦凳上。石达又叹了一口气，说道：

"前蒙柳夫人和黄公垂爱照拂，绨袍之谊，没齿不忘。自得金陵侯公子一函后，曾往投宁南侯麾下，也曾擐甲执戈，相随效力，后因宁南侯跋扈骄横，野性难驯，遂去而之他。尝从总兵黄得功力抗胡虏，不幸得功战死，俺遂流浪江南，仍为铁丐。也有旧时的同袍招俺同去清兵帐前立功，俺不愿干这种勾当，所以宁为饿殍，不肯前去。后来飘荡至舟山群岛，忽遇……"

石达说到这里，忽又缩住口，四下望了一望，问道：

"外边可有人窃听吗？俺尚有几句紧要的话奉告呢!"

柳如是便唤声：

"碧桃，你且到里面去停一会儿再来。"

又向石达说道：

"壮士，你有什么话要说呢？"

石达道：

"柳夫人可知黄公毓祺现在舟山吗？"

柳如是叹道：

"国变以来，我等蛰伏于此，苟活人世，故国的遗臣大都不通声气了。石壮士，你须要原谅我的苦衷，真有说不出的难言之痛呢！"

石达点点头道：

"柳夫人，你也不必说了，俺都在外边探听得明明白白，像你柳夫人是值得钦佩的，因此俺今天还要冒险赶来拜见呢！尚书可是到金陵去了吗？黄公很思念他呢！"

柳如是微微叹了一声，说道：

"说也惭愧得很，尚书竟没有殉节，反而附和在他们一起，这是任何人都不能原谅他的，清夜思之，汗颜无已。我常想，倘有好机会给尚书补过自新，一涤今日的垢辱，这是寤寐求之的。黄公毓祺在舟山吗？可有什么好消息？"

石达将着虬髯说道：

"俺此来就是报告与柳夫人听一个好消息的。"

柳如是欣然道：

"那么请壮士快讲，这里四下无人，不虞漏泄。"

石达说道：

"俺到舟山时，凑巧黄公也在那边。黄公自随阎典史等苦守江阴八十三日，城破时，黄公逃生，潜渡大海，想要请兵于镇南伯，岂知事机不密，被一僧人泄其事于外，黄公险遭不测，逃遁而免。后来，他又曾一度秘密回到江阴，和生员徐趋，约众于八月十五之夜起事，但是又给人家自首告发。徐趋仓促发炮，以致失败。黄公持剑蹈海而去，反害了同党二百人，仍没有能成大事。"

第九回　海上犒师

柳如是点点头道：

"这些事我在此间也微有所闻，只是不知其详。现在他在舟山，又将何为呢？"

石达道：

"这一遭俺在那边重逢黄公，很有些希望，所以他特地差俺前来，有事接洽。"

柳如是道：

"黄公有什么事烦石壮士远道而至？即请赐告。"

石达又叉着手，很激昂地说道：

"此番黄公毓祺在舟山集合得许多舟师，要想定一日期，潜师以来，袭取江阴，联合江南志士，共举义师，重振明室。他意思要求钱尚书作一檄文，如陈琳为袁公讨曹、骆宾王为李敬业讨武曌这样的文章，非尚书如椽之笔不办。而且要劝尚书趁此时机，为故国尽一些力，以盖晚过。欲求尚书应允，非先请柳夫人从中力劝不为功，所以他命我来了。清廷在江南的兵也不多，而且都四散着，中间又有明朝投降过去的将吏，倘得尚书和黄公登高一呼，志士蜂起，大事或可有济。千祈柳夫人鼎力达到，就是大明之幸。万一柳夫人不以此言为然，也不妨缚俺以献。"

柳如是道：

"石壮士说哪里话？我也久有此心，难得黄毓祺能举义师，正合

249

吾意。当即请尚书返虞，稍费唇舌，说得他同意去做就是了。"

石达笑道：

"俺也知柳夫人是个忠义的女子，果然不虚此行。"

于是，柳如是又叩问了一些话，便吩咐下人留石达在客室歇宿，并备丰盛的美酒肥肉给他吃喝。石达有酒下肚，十分快活。柳如是立遣急足至金陵催请牧斋回虞山。

这天晚上，柳如是心里转了好多的念头，不料急足方去，而明天牧斋已回来了。柳如是怎的不欢喜？遂在房里和牧斋很秘密地谈了长久的话，力劝牧斋响应黄毓祺共举义师。因江阴和常熟本是毗连的，并要牧斋起草檄文，牧斋何等谨慎？胆小如鼠，怎肯贸然起兵？他遂说自己是个文人，没握兵权，如何可以骤起义师？事之不臧，反贻后悔。毓祺前在江阴起事未成，害死了许多戚郐中人，这是殷鉴炯戒，所以他也不肯起草这檄文了。柳如是又是大大失望，说得舌敝唇焦，方才允许输家财以佐军饷。须黄毓祺取了江阴，再看情势，以定向背，这也是钱牧斋的狡猾。

柳如是无可奈何，便自愿前往海上犒师，激励军心，意欲借此和黄毓祺一吐自己胸中的苦衷。牧斋起初不肯放她前去，以为这是危险的事。柳如是道：

"我有石达相助，定可无虑。相公自己既不能立即呼应，又不放我前往，那么我就死在相公面前吧！不愿长此受恶名了。"

牧斋见柳如是态度十分坚决，只得允许如是秘密前去一行，万万不可泄露。他们夫妇俩既已谈妥，柳如是遂伴牧斋下楼去见石达，石达又申说了一遍，要求牧斋赞成此举，牧斋含糊答应。柳如是遂告诉石达，说自己愿意往海上犒师，一见黄毓祺，略助军饷，要请石达保护。石达欣然说道：

"柳夫人能够同去，这是最好的事了。江阴口外俺有一艘海舶停着，正可载柳夫人同往，此刻黄公大约已离舟山了。"

约定之后，牧斋即罗掘所有，得白银五千两，交柳如是带去，说道：

"并非我不肯多多解囊，实在我是没有什么积蓄，你是完全知道的，烦你转言毓祺，算我钱某尽了一些心了。请他好好起义，万不可孟浪将事，自取其殃。"

柳如是自己也把她的妆奁中所有珠宝以及私蓄，凑成万金之数，藏在行箧里，自己又化装扮了男子，悄悄地辞别牧斋，和石达一同上道。暮气沉沉的钱牧斋，不得不惊叹河东君的胆魄和热忱了。柳如是随着石达，先坐小船到了江阴，然后再到江边，坐上石达驶来的海舶，开出长江口去。她虽然带着金银财物，因有石达保护，心中无所悸怯。海舶驶过崇明，将近浙境一个小岛时，早和黄毓祺的舟师相遇。

柳如是遥见帆樯如云，戈矛耀日，心中不胜欢喜。石达吩咐坐船驶近义师，通报与黄毓祺知道，黄毓祺即请柳夫人过船相见。当石达扶着如是，步上艨艟时，两旁侍卫森列，齐行军礼。柳如是见了毓祺，因为自己作男子装，所以长揖道：

"黄公别来无恙！今日得见义师，忻喜万状。"

黄毓祺见柳如是到来，如何不惊奇？忙在舟上设宴款待，殷殷问牧斋近状。如是以实而告，自称惶愧，便把带来的财物奉交，作为犒助义师之用。黄毓祺虽有些不满于牧斋，而见柳如是这样热心爱国，红粉翠袖中间，殊属不可多得，非常恭敬。石达也陪坐在一边。

酒至半酣，黄毓祺将箸击着酒杯，很慷慨地高歌道：

"操吴戈兮被犀甲，车错毂兮短兵接，旌蔽天兮敌若云，矢交坠兮士争先。"

柳如是听黄毓祺高歌国殇，芳心感触，因亦别转了脸，歌一阕岳武穆的《满江红》。歌至"壮士饥餐胡虏肉，笑谈渴饮匈奴血"句，凄绝之中，挟着雄壮，黄毓祺击节称善。一阕歌罢，石达过去取了一柄宝剑，在筵前起舞，剑光闪烁，宛如蛟龙腾挪。舞毕，黄

251

毓祺又命军中奏起出征乐来，胡笳悲鸣，鼙鼓雷吼，令人心雄气壮。

隔了一会儿，酒阑席散，柳如是又询师期。毓祺道：

"约在半个月内，预计可达江阴，直取镇江而窥金陵，到时还请柳夫人敦迫钱尚书出而声援，义师幸甚！"

柳如是一口答应。别了毓祺，归舟安寝。夜间睡不着，正逢明月在天，起视海景，怅触百端，又吟了数首诗。次日，仍由石达送归虞山。

军中得了柳夫人的犒赏，人心更是兴奋。石达回转后即作先锋大队，舟师过了崇明岛，驶向长江口去，一时声势倒也盛大。

柳如是在虞山朝夕盼望义师早临，可是不幸黄毓祺的义师在长江口时，忽然气候剧变，海上陡然起了很大的飓风，浊浪排空，日星隐曜，吹刮得黄毓祺的兵舰七零八落，东飘西散，十有八九都倾覆在海浪里。黄毓祺的大船被风吹折桅杆，也沉没海中。尚幸石达的船未覆，把黄毓祺救起，没有和波臣为伍，逃至海滩上，十分狼狈。遭受着这个不幸的打击，黄毓祺多时的辛苦，尽付东流，义师死的死，散的散，化为乌有。

第十回　侠骨芳魂

　　然而黄毓祺抱着百折不挠之志，不以失败而灰心，仍旧要谋复
国之举。他曾赋诗一绝道：

　　　　可怜上帝□□□，自叹愚民与石玩。
　　　　纵使逆天成底事，倒行日暮不知还。

　　惜有三字残缺了。后来，他又潜约常郡五县同日起兵恢复，聚
众屯武进白土地方，要想袭取常州。石达因为前次海上覆舟，未能
和清兵厮杀，建立功业，所以他在此次更是踊跃用命。

　　黄毓祺听了他亲戚徐趋的说话，以为常州城内空虚，且有内应，
不难一鼓而下。所虑的丹阳地方驻有清朝的重兵，清将阿里泰凤有
骁勇之名，倘然闻信来援，不可不防，遂令石达率健儿六百人，去
假攻丹阳，使那边不能前来援救。石达自然奉令而去，他跨了一匹
乌骓马，手中挺着一支丈八蛇矛，带领义兵，乘夜衔枚急进，五鼓
时已抵城下。他自知人马不少，恐被对方窥破，于己不利，所以把
旌旗遍插在树林里，作为疑兵。

　　破晓时，擂动战鼓，呼噪攻城，城内外人民无不惊惶万状。清
将阿里泰仓促间不知义兵来了多少，连忙分一半兵守城，自领一半
兵出城抵御。石达在马上见城内冲出数百官军，旌旗招展，当先一
将驰至，盔甲鲜明，人马强壮，知是阿里泰了，遂瞋目大呼道：

"杀不尽的鞑子，今日大明义师到临，你们死无葬身之地了！"

挺矛直刺。阿里泰也将手中大刀使开，和石达酣战，石达义愤填膺，有死无生，一支矛急如风雨。阿里泰本是久历战阵的，当然不弱。狠斗到六十余合，不分胜负。

石达虚晃一矛，回马便走。阿里泰跃马追赶，渐渐相近，两马相隔不过七八步。阿里泰正想挥刀去劈石达的马屁股，不料石达猛喝一声，突然扭转熊腰，霍的一矛从下挑上，如鸢飞龙跃般直挑到阿里泰的咽喉。阿里泰说声不好，将头一偏，想把手中刀收回去架格时，石达跟着将枪往下一落，顺手向前一送，正刺入阿里泰的肩头，鲜血直溅，阿里泰顿时跌下马去，清军慌忙救起，纷纷乱窜入城。

石达趁势掩杀，城中清兵上前接应，将城门坚闭，放下矢石。石达率众攻了半日，不能冲进城去。忽然得到黄毓祺所遣的人来报，方知黄毓祺昨晚和徐趋带领义兵，五鼓薄郡北城，放火烧门。城将攻破时，知府夏一鹗领着一百多精锐兵丁，开门杀出，冲过吊桥。

在夏一鹗身边有两个家将很有几分蛮力，手中各拿了很粗的棍子，把义兵一连击倒了五六个。夏一鹗又吩咐部下把战鼓紧敲，义兵不知虚实，究竟都是仓促集合，未经训练之辈，所以四散逃窜。黄毓祺将剑斩了二人，喝止不住，跟着败退下来。徐趋早被清兵擒去。

黄毓祺被清兵困在一个小山上，不能突围，深悔自己误听徐趋之言，差开了石达，未免失计，遂派二健卒速到丹阳来请援了。石达闻耗，不由一惊，连忙弃了丹阳，回师来援。

城中见义兵骤退，不明缘由，又见附郭林子里隐隐有旌旗，疑是义兵所诱，况主将已受重伤，遂不敢来追赶。石达赶回常州，向清兵包围之处冲突。黄毓祺在山上遥见义师旗帜，清兵两边分开，中间有一团黑云，左右驰突，银光一道，上下翻飞，他瞧见了，心中大喜，知道石达救兵到了，便令部下冲杀下山。两面呼应，方把清兵驱退，救出黄毓祺。

石达重和黄毓祺会面，握手唏嘘，收集败残之卒，退向江边而去。谁料镇江和江阴的清兵已得到警报，各来应援，恰和黄毓祺的义师相遇，又把义兵围住，剧战一阵。石达保护着黄毓祺，拼命突围，腿上虽已受着刀伤，而所到之处，清军辟易，被他力斩百数十人。逃至江边，身边只有数十人，其余皆已亡散。雇了三只渔船，渡江而北，刚至中流，不料清军早已侦知，派遣大队战船前来堵截。石达奋勇抵御，黄毓祺飞隙兔脱，逃至江北。而石达和毓祺失散后，只得逃出海外，到厦门去投奔郑成功了。

黄毓祺此次起义，又遭失败，他有几个儿子，名大湛、大淳、大洪的，都于是役殉难，争死勿怯。大湛的妻子黄周氏在浙西闻耗，也决心死难，被官中所捕，对簿时引刃自刎，众称烈妇。

黄毓祺孑身只影，踽踽凉凉，锋镝余生，虽然侥幸兔脱，想到石达已和自己分散，这样一位英雄，柳如是能在风尘之中认识他，可谓独具只眼。然而左玉良没有好好用他，自己也调遣失度，卒归失败，埋没了他的将才。若把他去比较三国时的张桓侯和虎痴许褚，也是无多让焉！可惜我庸庸碌碌，复国不成，大大有负了他，幸赖他救我出险，而他却从此不能和我聚在一处了。但愿他能够杀出围去，择木而栖，改投他处，将来如有机会，再可崛起的。又想到家破人亡，止不住滴下几点英雄之泪。但他一点不灰心，遁至江北，改名王梦白，或号太白行者，甚至衣穿履决，乞食于市，依旧要找机会。最后被奸细告发，泄露了他的行藏，方被清兵所捕，死义不屈，在狱中还题了首诗以表心志。

柳如是在虞山先后听到毓祺义师覆舟，兵败出奔，被逮遇害等凶耗，扼腕太息。毓祺被害之日，柳如是为了他，哭了一夜，泪湿枕被。钱牧斋却私自庆幸自己没有代毓祺起草檄文，否则必受灭门之祸了。然而柳如是犒师的事外间不免未有泄露，金陵方面便要查问此事，治钱叛逆之罪。牧斋万分发急，不得已，尽出家财，不足时更向亲族告贷，到金陵去上下使用，买了不少人情，方才把这事隐蔽过去，渐渐平息。牧斋虽不敢怪怨如是，而如是为了此事，更觉意念俱灰，匿居不出。绛云楼又遭祝融之灾，境况日见恶劣。其间牧斋虽曾一度赴燕京去做尚书，然而也非柳如是的夙愿。她曾用话几度讽谏，而终不能挽回牧斋之心，况且牧斋已被清廷注意，到这时候也不得不去为他人奴，不由自己做主了。因此，牧斋北行，柳如是却仍蛰居虞山，杜门不出，绝不愿意到那腥风膻气的燕京去，以免刺伤了她嫩弱的心，牧斋也无可如何。他到了燕京，并无什么事业可以做，一班献媚求荣者流，抢在他的面前，也挨不到他，反而受着许多冷嘲热讽，令人难堪。最后，仍回转虞山，得不偿失，名和利都是镜花水月，而且颠倒给人家讥笑，真是一朝失足，遗恨千古，明哲保身，又复何益？而且逋负人家的债很多，因此常常不乐。

柳如是躬行节俭，荆钗布裙，一洗昔日纷华，人都称颂她的贤德。牧斋郁郁不得志，如是却把君子乐道安贫的意思劝慰他，牧斋此时更懊悔以前没有一死殉国了。因此，牧斋也日渐衰弱，桑榆暮景，欢娱日少，时时要卧病。

柳如是虽然受了殉国的事和牧斋意见有些不合，但夫妻感情方面，仍是和好而没破裂，不过牧斋对了这位华如桃李、凛若冰霜的爱姬，觉觉神明内疚罢了。

丙午某月，牧斋竟一病不起，医药无效，病中柳如是也很辛勤地侍奉汤药。当牧斋易箦之时，他紧握柳如是的纤手，长叹一声，颤着声音说道：

"谦益上负故国，下负爱卿，深悔以前没有听从你的金玉良言，双双殉国，博得万古留名。现在我得到些什么？偷生几多年月而已，罪过滋多，今日我悔之不及了。愿卿恕我！惜我生平善逋，没有积财，黄毓祺的事牵连及我，又几毁家。我死后，这个重负抛与你的肩挑，这更是对不起的，千万请卿看在昔日的情分，收拾我这臭皮囊，其他我也顾不得了。"

牧斋说了这话，含恨而殁。柳如是哀哀痛哭，心如刀刺，忙着料理牧斋的后事。谁知堂上之尸方陈，责敛之衅又起。这因牧斋生时逋负很多，而他对于乡里族人等又大都没有好感，有许多人不慊于他。凑巧牧斋的嗣子又是个文弱的书生，乡里豪黠之徒很藐视他，以为此子易与，其势可欺，所以大家联袂而起，把索债为口实，一窝蜂似的赶上钱家大门，大声噪呼，搪撞诟谇。嗣子宛如秀才遇了兵，有理讲不清，魂魄丧失，莫知所出。柳如是见了这种情景，悲愤不可自遏，便对嗣子泫然出涕，说道：

"你不要恐惧，有我在此，足以当之。"

她就缟衣素裳，步出中庭。众人见如是走来，大呼：

"柳夫人，尚书所负的债款，请你怎样料理？"

柳如是很温和地对他们说道：

"尚书所少你们的款项，我都承认，这是尚书所做的事，不关他子女事的。有我在此，只请你们稍缓些时，我自当负责清偿，你们又何必这样叫嚣隳突、欺侮孤儿寡妇呢？"

众人一则听她说的话理直气壮，二则业已允许他们负责归还，债有主，不落空，凶焰稍戢，都说：

"只要柳夫人能够归还我们就是了。"

但是有一半人依然环集门中，不肯离去。其中有一个别号白花蛇何四的，最是无赖，他纠合的人都随着他，没有走。在钱家要酒要肉，坐着吃，吃着要钱。酒食不够时，大家七手八脚地自己到厨下去搬取，喝酒时更是大闹，假装着醉后发疯。嗣子没有法子对付，依然躺在后面楼上，不敢下楼。柳如是恨恨地说道：

"这些人真是可恶，明欺着尚书死后无人出头，一味伺隙乘衅，如若真的要钱，也何至于此？"

嗣子道：

"白花蛇何四是此间有名的地痞，以前人家都不理睬他的。自从清兵南下后，他联合了一班无赖，首先剃发，结识几个旗兵，仗着他们的势力，在本邑作威作福，欺侮良善，诈去人家的钱财，其势日盛，俨然厕身于士绅之列。这次索债的事，人家利用了他来威吓我家，他也想借此淘浑了水来摸鱼，所以别人走了，而他尚不肯走，我们怎样对付他呢？"

柳如是道：

"你不用发急，我知道后边储藏间里有十数坛陈年好酒，是会稽范用藏公馈赠的。你父亲在日，曾开过一坛喝了，因那酒性强烈，最易喝醉，所以一向藏着没喝。你可吩咐下人抬出去，请他们尽喝便了，我自有道理！"

嗣子遂依着她的话，叫人把酒抬出去。白花蛇等见了好酒，大家尽量狂饮，一个个都喝醉了，睡倒在客厅上，也没有人吵闹了。这虽是暂时的安宁，然柳如是早已决心殉节，不忧不惧，遂在中夜刺血写于讼牒之上，暗遣急足速诣郡邑告难。这封血书非常慷慨热烈，足动人心，她发书后，便用香汤沐浴全身，自去取了三尺白绫，竟结项死于牧斋尸侧，一宅举哀。白花蛇何四手下的人有两个喝酒较少，被哭声惊醒，一闻柳夫人殉节，知道事情不妙，要把何四唤醒了溜逃。但何四仍是烂醉如泥，不能唤醒，大家忙着把他好似死人般抬了走，一齐鼠窜而散。

明天，郡邑已得讼牒，又闻柳夫人身殉，立刻派出许多隶役去捕索逋的诸恶少，要问他们杀人的罪。何四等诸恶少都雉窜兔脱，四面逃遁，不敢复至界地，于是再没有人敢于来钱家责逋了。

牧斋的嗣子深感柳夫人的恩德和节烈，遂用匹礼，把如是和牧斋并殡。三吴人士无不嘉美柳如是的才高志烈，纷纷作诗以吊幽魂。而柳如是的芳名，玉洁冰清，亦足传之千古，称道勿衰垂虹亭畔。柳丝常青，韵事艳闻，伤今吊古，哪里知道她又是一个忧时爱国的侠女子呢？

附载　柳如是之姓氏及诗词

　　余近为《申报》写《章台柳》小说，摭拾钱牧斋、柳如是逸事，拉杂成篇，勉博读者一粲。

　　余羁居孤岛，手头缺书，参考甚少，不知其可也！曾蒙柳亚子先生赐函，见示两诗，并告柳如是本姓杨，名爱，而柳为其假姓。其妹绛子即作杨绛子，而不称柳绛子云云，又惠赠《笠泽词征》一书，雅意可感。《词征》为故吴江陈去病先生所编纂者也。按余初查柳如是姓氏，柳夫人传颇不详，而于某笔记中得见柳如是初名扬爱，字影怜……云云。

　　余以"扬爱"二字欠解，故于拙著中仅书及影怜而略之。今方知扬为杨字之误，则如是本姓杨，此中人固多假姓也。如果一名是，又字蘼芜，一称河东君，牧斋所命名。而牧斋又敬称之曰柳君而不字所居有我闻室。如是有《春日我闻室》诗云：

　　　　此去柳花如梦里，向来烟月是愁端。

尤为脍炙人口。所著有《戊寅诗集》《红豆山庄杂录》《灵鹣阁小集》等，惜余皆未寓目焉。一以小说体裁，不同传志，故推衍不能稍异；二以篇幅关系，诗词皆不能录入耳！兹从《笠泽词征》中录其《咏寒柳》一阕，调寄金明池云：

259

有恨寒潮，无情残照，正是萧萧南浦。更吹起霜条孤影，还记得旧时飞絮。况晚来烟浪迷离，见行客特地瘦腰如舞。总一种凄凉，十分憔悴，尚有燕台佳句。春日酿成秋日雨，念畴昔风流，暗伤如许。纵饶有绕堤画舫，冷落尽水云犹故。念从前一点春风，几隔着重帘，眉儿愁苦。待约个梅魂，黄昏月淡，与伊深怜低语。

即此一鳞，已可概见其余。清才丽质，仅有绝无。惜托身非人，不得抒其忠君爱国之怀抱耳！

呜呼！此殆河东君之不幸欤？至于柳亚子先生之诗，足资考证，亦可为拙著尾声时平添一段隽谈也。谨录如下：

钱翔春索题河东君小影

红粉能谈兵，何异梁红玉？
（事见《牧斋投笔集》）
惜哉钱尚书，老去徒碌碌！

绝代杨影怜，底冒吾宗姓？
同时曹麻子，奇侠正辉映。
（柳敬亭本为曹麻子，亦不姓柳也。）

图书在版编目 (CIP) 数据

江南花雨·章台柳 / 顾明道著. — 北京：中国文史
出版社，2018.5
（民国通俗小说典藏文库·顾明道卷）
ISBN 978 - 7 - 5034 - 9959 - 3

Ⅰ.①江… Ⅱ.①顾… Ⅲ.①中篇小说 - 小说集 - 中
国 - 现代 Ⅳ.①I246.5

中国版本图书馆 CIP 数据核字 (2018) 第 009931 号

点　　校：袁　元　清寒树
责任编辑：薛媛媛

出版发行：**中国文史出版社**
网　　址：http://www.chinawenshi.net
社　　址：北京市西城区太平桥大街 23 号　邮编：100811
电　　话：010 - 66173572　66168268　66192736（发行部）
传　　真：010 - 66192703
印　　装：廊坊市海涛印刷有限公司
经　　销：全国新华书店
开　　本：720 × 1020　1/16
印　　张：17　　　　字数：212 千字
版　　次：2018 年 5 月第 1 版
印　　次：2018 年 5 月第 1 次印刷
定　　价：51.00 元